Huguette Clara

OMBRE PORTEE

CHRONIQUES DE COURAURGUES
TOME 7

roman

Relecture et corrections : Claude Damais, Anne Damais-Cepitelli

Autres contributeurs : Serge Pesce , Sophie Reynier-Clara, Jean Louis Clara

Édition : BoD · Books on Demand, 31 avenue Saint-Rémy, 57600 Forbach, bod@bod.fr
Impression : Libri Plureos GmbH, Friedensallee 273, 22763 Hamburg (Allemagne)
ISBN : 978-2-3225-6995-3
Dépôt légal : Juin 2025

Deposta avea l'usata leggiadria
Le perle e le ghirlande e i panni allegri
E'l riso e'l canto e'l parlar dolce humano
Petrarca, il Canzoniere

Elle avait quitté la grâce ordinaire
Les perles et les guirlandes et les habits de fête
Et le rire et le chant et le doux parler humain

1

La nuit est comme le temps, une absurdité, se disait-il en accélérant le pas. Elle n'est qu'un jeu de la lumière, une farce que nous font le soleil et la lune. Elle n'a rien à nous révéler, elle se contente d'être. Mais il n'aimait qu'elle, il aimait la respirer à pleins poumons, il aimait sa lumière sombre, la couleur qu'elle donnait aux choses. C'était son alliée. Elle le libérait de ce poids que lui apportait le sommeil si difficile à conquérir et qui, une fois qu'il s'était emparé de vous se révélait plein de fausses promesses et de trahisons. Quand les cauchemars l'éveillaient en sursaut, il rejetait couvertures et édredon qui l'étouffaient, s'habillait en hâte puis quittait sa maison comme si elle était en feu. Il sortait par tous les temps, même s'il devait se frayer un chemin dans la neige fraîche. Il marchait d'un bon pas, au risque de se rompre le cou sur la glace, descendant quatre à quatre les marches des rues étroites qui ne voient jamais le soleil même en été. Il connaissait les rues du village comme sa poche : la nuit les pétrifiait dans une torpeur bienfaisante pour laisser apparaître par intermittence les signes d'un temps révolu dont il aimait traquer la présence dans l'obscurité.

En automne, le Mistral soufflait parfois toute la journée. Il couchait les arbres centenaires de la forêt de Garmagne comme d'un revers maladroit de main on fait tomber un verre, s'engouffrait entre les collines de Terpane et le Couron, heurtait les maisons du village de toute la force de sa rage voluptueuse. Mais vers le milieu de la nuit il finissait par s'apaiser, épuisé par sa propre colère et ses vains efforts. Il laissait tomber sur la nuit un silence vibrant d'une vie occulte.

Debrume s'éloignait alors du village. Il pouvait marcher des heures en tendant l'oreille. Parfois, montant Icare, il rejoignait son nouveau point de chute, du côté de la forêt de

Terpane, où il avait ses chevaux. Car, après le départ d'Elodie qui avait rejoint son époux Adalberto Bonacci da Corsan à Turin, il avait mis en pratique ses conseils avisés : il s'était rendu propriétaire de l'ancien haras d'Evangéline de Bourdaine. Cela n'avait pas été sans mal, au prix de négociations, longues et douloureuses, avec le père d'Evangéline, le notaire Trabon. Elles avaient pourtant fini par aboutir. Ce père éploré qui ne s'était jamais remis du décès de sa fille avait enfin compris que remettre sur pied l'écurie qu'elle avait créée avec passion était une sorte d'hommage que Debrume voulait lui rendre. Ainsi, l'inspecteur avait-il acquis ses terres et repris contact avec les maquignons de Camargue avec lesquels autrefois Evangéline avait établi un fructueux commerce.

Il y avait maintenant plusieurs années qu'il avait participé aux côtés de Marthe, d'Elodie et de Corsan à la campagne électorale qui avait fait de Gustav un député du parlement italien succédant à son père adoptif, Adalberto Bonacci da Corsan. Et alors qu'Elodie semblait définitivement établie à Turin, Debrume avait consacré son temps à ses chevaux et à Combeferres, aidant Marthe dans la gestion du domaine. Il n'avait plus revu Elodie depuis, mais il ne pouvait imaginer ne jamais la revoir, tant son amitié avait pris de place dans sa vie. C'est pourquoi la nouvelle de sa disparition l'avait bouleversé. Le visage de Gustav était ravagé d'inquiétude lorsqu'il était venu la leur annoncer, leur montrant la dernière lettre que sa mère adoptive leur avait laissée. Il avait seulement pensé que ce mot griffonné à la hâte et où l'on reconnaissait avec peine l'écriture d'Elodie, était une piste énigmatique et peut-être la seule, pour tenter de la retrouver. Et depuis, il avait toujours Elodie devant les yeux, il entendait sa voix, il se souvenait de chaque mot qu'elle avait dits durant leurs longs entretiens sous le tilleul, et des confidences qu'ils avaient échangées lors du dernier été qu'elle avait passé à Couraurgues.

Gustav ne s'était pas attardé à Combeferres et avait rejoint aussitôt Turin où les recherches continuaient. Utto, qui parcourait l'Italie allant de déceptions en échecs, venait de signaler une nouvelle piste mais depuis, on était sans nouvelle de lui. Deux semaines avaient passé et encore une fois Corsan avait appelé Marthe et Debrume à la rescousse. Ils quitteraient Couraurgues dans la semaine.

Debrume avait donc commencé à préparer sa malle. Le séjour risquait d'être long. S'il considérait les voyages comme un mal obligé, il ne les aimait pas vraiment. Il détestait encore davantage les journées qui précédaient les départs où il ne pouvait penser à rien d'autre qu'à ces stupides préparatifs qui en découlaient. Il y perdait son temps dans des activités sans intérêt. De plus, incorrigible, il aimait avoir avec lui tout ce qui contribuait à le tenir debout dans le vide de sa vie bancale. Il devait donc prendre sur lui et faire un tri draconien pour ne pas emporter tout le contenu de sa maison. C'était à sa malle qu'il pensait en remontant les rues pentues du village.

Aux carrefours, toutes les torches avaient été éteintes depuis longtemps. Aucune lumière ne perçait encore aux fenêtres bien qu'on approchât du lever du jour. Mais comme toutes les autres nuits, il était sûr de voir luire une lampe à la fenêtre de la brodeuse à qui Cendrine confiait son linge pour le faire marquer à ses chiffres. En effet, il constaterait sans doute que cette femme méritante était déjà au labeur : sa lampe posée sur la table près de la fenêtre, comme toutes les nuits, s'y brûlant les yeux. En arrivant près de sa maison, il entendit une porte claquer au milieu du silence. Il tendit l'oreille mais haussa les épaules et n'y prêta plus attention. Il était maintenant sous la fenêtre de la brodeuse : il n'y avait personne près de la lampe à pétrole posée à côté de l'ouvrage en cours. Il marqua un temps d'arrêt, puis choisit de n'en faire aucun cas non plus.

Il continua son chemin, se contentant de penser qu'il serait bien entré chez elle, comme il le faisait parfois, pour passer un moment agréable après avoir parlé de littérature. En effet, Hortense Lanchenay avait pour les lettres une passion immodérée. Elevée au couvent, elle avait bénéficié dans sa jeunesse d'une solide formation et jouissait d'une large culture générale. Elle s'était réfugiée à Couraurgues après la chute de l'Empire quand son mari, proche de l'empereur, avait été contraint à l'exil et qu'il en avait profité pour l'abandonner, choisissant d'emmener avec lui sa maîtresse. Après le décès de sa sœur, elle avait hérité sa maison où, pour survivre, elle avait établi un atelier de broderie. Elle avait gardé auprès d'elle son ancienne bibliothèque qu'elle avait réussi à sauver du désastre de sa vie. Après le départ d'Elodie et comme il ne trouvait aucun réconfort auprès de Marthe qui, sans qu'il sache pourquoi, se révélait de plus en plus distante, Hortense était devenue son amie. Comme l'absence d'Elodie lui pesait, faisant contre fortune bon cœur, il avait commencé à se rendre chez elle de temps en temps. Ils avaient d'abord parlé de livres, ils en avaient échangé. Puis, un soir, il s'était retrouvé dans son lit. Elle était devenue une maîtresse occasionnelle comme il en avait eu tant tout au long de sa vie de veuf. Elle avait senti son désarroi, elle l'avait cajolé comme un enfant et il avait trouvé reposant de se laisser faire. Elle exigeait seulement qu'il rentrât chez lui avant la ronde de Marino. « Ma réputation, suggérait-elle… »

Ils se voyaient plus régulièrement depuis quelques semaines. Elle l'invitait à dîner et lui concoctait des plats bien mitonnés. Ils parlaient souvent d'Evangéline qui était, disait-elle, sa seule amie d'enfance. Il aimait évoquer la belle défunte, sa vitalité, sa beauté et l'étrange adoration qu'elle suscitait parmi les hommes sans qu'aucun d'eux ne songeât à s'offusquer de son inconstance. Il était intarissable sur les exploits d'Evangéline, son engagement politique, mais surtout sur ses amours qui suscitaient la jalousie des femmes du village, la vie libre qu'elle avait choisie et qu'il avait toujours respectée car il considérait que ce choix n'appartenait qu'à elle et qu'il faisait partie de son charme. Hortense avait également pour Evangéline la plus grande admiration et se mettait à l'unisson pour chanter ses louanges. Puis ils échangeaient quelques livres et il repartait de chez elle le cœur plus léger d'avoir évoqué tant de beaux souvenirs ainsi que d'avoir eu sous les yeux les ouvrages raffinés dus aux gestes délicats et précis de cette brodeuse experte dans son art.

Ce soir-là, ne l'ayant pas aperçue attelée à l'ouvrage, il ne chercha pas à la voir mais se promit de lui faire une visite le lendemain : il irait chercher lui-même son linge chez elle pour laisser à Cendrine sa servante le temps de préparer les vêtements qu'elle remisait dans la grande armoire en chêne et qui sentaient la naphtaline. Dans deux jours, il partirait aux côtés de Marthe par la patache. Il leur restait à faire enregistrer leurs malles. Ils quitteraient Nice pour l'Italie par le chemin de fer tout récemment ouvert. Il était heureux de découvrir aux côtés de son intrépide amie ce moyen de locomotion qu'il n'avait pas encore expérimenté.

Une fois de plus, il n'avait eu aucune hésitation à répondre à l'appel de Marthe et de Corsan. Il devait beaucoup à Elodie qui l'avait aidé à surmonter des moments difficiles et il n'était jamais en reste pour rendre la pareille à ses amis. Comme toujours, il abandonnait temporairement Couraurgues avec l'espoir de respirer ailleurs un air moins vicié. L'oubli, il le savait, serait momentané mais réparateur car loin de Couraurgues, il trouvait toujours de quoi embellir son souvenir. Il le quittait pour mieux pouvoir l'aimer. Il y reviendrait - il y revenait toujours - l'âme apaisée, impatient de le retrouver malgré les drames sordides qu'il avait vu s'y dérouler, comme on retrouve un vieil ami avec tous ses défauts que le temps et l'éloignement temporaire ont réussi à rendre supportables.

2

Marino n'avait jamais douté une seule fois de l'inspecteur Debrume depuis qu'il était en poste à Couraurgues. Il avait pour lui une sorte de vénération. Il adorait toute sa personne, autant physique que morale. Il n'eût pas hésité à remettre sa vie entre ses mains s'il le lui avait demandé. Il eût désiré vivre dans son ombre, comme une épouse vit dans celle d'un mari adoré. Mais ce n'était pas du tout ce que l'inspecteur attendait de lui, bien au contraire, et il le savait : Debrume lui faisait souvent sentir qu'il avait autre chose à faire que de supporter sa compagnie. Le brigadier se désolait quelquefois de se voir ainsi maintenu à distance par les airs de supériorité et de condescendance agacée que l'inspecteur montrait parfois à son égard. Mais malgré tout, le fait de se voir rejeté à sa modeste place le lui rendait encore plus aimable.

C'est pourquoi lorsque Debrume, deux ans après son dernier voyage à Turin, dut à nouveau s'y rendre en compagnie de Mademoiselle Marthe pour y résoudre une affaire énigmatique concernant Elodie da Corsan, le respectueux brigadier ne manqua pas de se réjouir : restant seul à Couraurgues, il trouverait l'occasion de démontrer à son maître à penser combien son enseignement avait été efficace, et qu'il n'avait jamais cessé d'en tirer le meilleur parti sans jamais le trahir. Bref, c'était moins à l'attachement d'une doctrine et d'une théorie qu'il dédiait sa vie entière qu'au dévouement de celui qui avait su en démontrer l'efficacité avec brio, celui qu'il considérait comme son unique guide et seul modèle. Ainsi vouait-il tous les actes de sa vie à lui démontrer sa fidélité sans limite. Il n'avait aucune crainte de tomber dans l'obséquiosité : bien que sachant que ses démonstrations le rendaient antipathique aux yeux de Debrume, il ne voyait pas comment manifester autrement ce lien tyrannique qui l'avait attaché à lui dès leur première enquête commune, ce lien dont il se sentait prisonnier malgré lui pour l'éternité.

Il adorait également épauler Debrume dans sa nouvelle activité. La réouverture du haras d'Evangéline de Bourdaine n'était pas à proprement parler l'activité qu'il eût choisie pour l'inspecteur. Il considérait ses autres talents bien supérieurs à sa pratique de l'équitation et décidément, le savoir-faire du palefrenier était loin de convenir à ses manières délicates et à son nez trop fin, facilement intolérant à certaines odeurs. S'occuper des chevaux était une activité rustique pour laquelle l'inspecteur n'était pas fait et relevait davantage des propres facultés du brigadier qui s'y adonnait avec ferveur pour épargner son Maître. Mais il n'était pas seul à avoir la responsabilité du haras : Mademoiselle Rosine venait monter tous les jours les chevaux et surveiller la croissance des poulains. Quant à Peppino, arrivé récemment d'Italie en compagnie de l'épouse et de la fille de Gigi dont il était le neveu, il se montrait assez volontaire et efficace pour que le brigadier se chargeât de lui apprendre les secrets du métier.

Malgré tout, le brigadier restait accroché au rêve de la création d'une brigade à Couraurgues, une brigade dont il serait le chef. Ne voyant rien venir de la part des autorités, il continuait d'assurer l'ordre dans le village, ce qu'il considérait comme son seul devoir. Il y organisait des rondes chaque jour à heure fixe avec tout le sérieux et l'enthousiasme dont il était capable et sans jamais déroger à la réglementation qu'il s'était imposée, sans complaisance pour sa peine. Il se levait aux premières lueurs du jour en toute saison, rejoignait son écurie dans le bas du village, à l'orée des remparts, harnachait soigneusement sa monture et entreprenait de revenir au centre du village par la porte d'Orient. Il remontait lentement, de ruelle en venelle jusqu'à la grand-place, sans oublier aucun passage ou andrône obscur, traversant le village dans sa largeur et revenant sur ses pas autant de fois qu'il fallait pour le sillonner en entier. Bien sûr, il déplorait que son nouvel uniforme fourni par Monsieur le maire ressemblât autant à celui du garde-champêtre et que, malgré ses boutons dorés, il ne possédât pas la prestance et les ornements de celui de l'Empire avec ses épaulettes et autres soutaches colorées du plus bel effet. Mais les temps avaient changé et il était néanmoins orgueilleux d'être devenu le représentant de la loi de cette troisième république tant attendue.

Pendant ses rondes, il laissait aller ses pensées qui continuaient de tourner autour des regrets de son ancienne prestance abolie. Que n'avait-il celle de Debrume dont l'allure ne cessait de l'éblouir depuis qu'il le connaissait ? Cet homme devenait plus beau avec les années, constatait-il, contrairement à lui dont la calvitie et quelque embonpoint peu seyant révélaient l'âge. Il aimait tout de l'inspecteur, sa silhouette élancée, son regard vif, son sourire si rare mais dont le charme le ravissait, surtout quand par miracle il lui était destiné. Depuis quelques mois, il s'émouvait de l'apparition de quelques cheveux blancs sur les tempes de l'inspecteur qui adoucissaient, s'il en était besoin, la régularité de ses traits que le temps n'avait pas effacée et qui restaient ceux d'un jeune homme : Marino en ressentait cette sorte de coup au cœur qu'il avait éprouvé autrefois auprès de certaines femmes, alors qu'il caressait encore le rêve de prendre épouse. Ainsi, être en sa compagnie le comblait-il de bonheur. Il espérait chaque matin rencontrer l'inspecteur rentrant chez lui après l'une de ses expéditions nocturnes, ce qui n'arrivait pas souvent, car Debrume ne suivait pas un horaire aussi réglé que celui que le brigadier s'imposait. En revanche, il lui arrivait parfois de rencontrer Baptiste qui, comme l'inspecteur, aimait rôder dans les rues à n'importe quelle heure de la nuit. Mais ce matin-là il ne rencontra âme qui vive.

Toutefois, alors qu'il se dirigeait vers l'abreuvoir des remparts sud pour y faire boire son cheval, il vit surgir de la porte d'Occident qui commandait la placette et ouvrait cette partie des remparts faisant face aux grands pâturages de Combeferres, une silhouette maigre et longue, autour de laquelle voltigeait une soutane noire. C'était Monsieur l'Abbé nouvellement arrivé à Couraurgues pour y seconder le vieux curé du village qui entrait dans le grand âge sans avoir pourtant perdu une once de son énergie. Il n'y avait personne dans les rues entre lesquelles la lueur du jour commençait à peine à s'insinuer et le calme de la nuit y régnait encore. L'abbé, dont la noire maigreur habituellement compassée et digne faisait peur aux petits enfants quand il les toisait de toute sa hauteur, se démenait en tous sens. Au mépris du silence qui immobilisait encore le village, l'Abbé appelait Marino de loin en agitant ses bras au ciel dans des gestes désespérés. « Ne dessellez pas, brigadier ! Monsieur le Curé a un besoin urgent de vous à l'église ! » Ce fut de cette manière insolite que, ce jour-là, à la grande satisfaction de Marino, le calme et l'ordre tant prisés par lui furent encore une fois rompus dans le village de Couraurgues.

<u>3</u>

Voyager en train était une bien étrange expérience, s'étonnaient Marthe et Charles Debrume quand il se trouvèrent assis face à d'autres néophytes comme eux dans ce wagon où la chaleur était étouffante et le confort tout aussi rustique que celui d'une voiture à cheval. Mais la voie ferrée inaugurée depuis peu entre Nice et Savone longeait la mer. Et cette côte escarpée à laquelle s'accrochaient de petits villages de couleur rose et ocre, où l'on s'arrêtait pour embarquer ou débarquer des voyageurs, ces terres nues à perte de vue, d'une beauté sauvage, évoquaient les voyages mythiques des héros de la Grèce antique. La lumière du soleil sur les vagues, diffractée en une myriade d'étincelles, les atteignait au visage sans qu'ils puissent s'en protéger : ajoutée au rythme des rails qui les secouait avec régularité et à la gêne due à la promiscuité des voyageurs, elle faisait peser sur Marthe une fatigue inattendue qui tombait mal à propos. Voyager par le chemin de fer était aussi peu agréable que voyager par la poste, même si la durée du trajet était quelque peu réduite. L'odeur du crottin des chevaux était plus agréable que celle de la fumée du charbon qui noircissait tout, du sac de cuir aux vêtements et aux gants de daim clair qu'elle avait eu la mauvaise idée de choisir pour le voyage. Elle avait hâte de retrouver le rythme du trot des bêtes et la chaleur de leur corps qui rendaient le voyage plus humain comparé au bruit de ferraille scandé par les rails et au rugissement de la machine lorsqu'elle freinait en lâchant ce sifflement strident qui perçait les tympans afin d'annoncer glorieusement son entrée en gare. Mais, bien sûr, elle ne soufflait mot de ces impressions maussades. Elle se tenait droite et digne sur son siège de bois vernis dans sa tenue de voyage sombre et sous son petit chapeau ovale qu'elle avait ressorti pour l'occasion et posé en avant sur ses cheveux retenus en chignon. Elle avait cru indispensable d'abandonner sa tenue d'amazone et ses bottes pour se fondre dans la foule huppée qui fréquentait ces lieux nouvellement à la mode qu'étaient les gares de chemin de fer.

De son côté, Debrume l'observait, comme toujours enveloppée de son halo de silence qui la lui rendait chère mais qu'il espérait bien avoir le courage de rompre un jour. D'une manière ou de l'autre, il romprait cette carapace ouatinée qui la retenait dans son mystère. Il lui faudrait inventer un geste, même banal, comme celui de lui prendre la main par exemple. Mais aujourd'hui, émettre un simple raclement de gorge en guise d'entrée en matière lui paraissait tout autant incongru et impossible que le moindre petit geste qu'il pourrait tenter. D'ailleurs le but d'une avancée vers elle était encore à préciser dans son esprit : il redoutait autant qu'il espérait ce à quoi elle pouvait aboutir. Voilà pourquoi, en présence de Marthe, la procrastination était sa seule échappatoire.

Perdus dans leurs pensées et évitant de se mêler aux conversations qu'ils entendaient autour d'eux, ils arrivèrent enfin en gare de Savone, protégeant leurs oreilles du vacarme que cette arrivée déclenchait. Ils quittèrent les quais enfumés avec soulagement, heureux de trouver un fiacre qui les conduirait à leur hôtel où ils ne passeraient pas plus de deux nuits. Tandis qu'ils s'installaient dans le fiacre, laissant les porteurs charger leurs malles, Marthe en profita pour expliquer enfin à Debrume la raison de leur séjour à Turin où on les attendait.

Comme épuisée par l'effort que lui avaient coûté quelques paroles échangées, elle était rentrée en elle-même et avait repris cet air mystérieux qui mettait les nerfs et la timidité de Debrume à rude épreuve. Il faudrait bien qu'il se décide à lui parler, mais que lui dire pour préserver leur relation sans la mettre en danger, le temps de comprendre enfin ce qu'il attendait d'elle et elle de lui ? Toutefois, il n'avait pas à résoudre ce casse-tête aujourd'hui. Il avait beaucoup de temps devant lui : le périple qui se préparait, dont ils ne savaient rien encore mais qui les obligerait à vivre côte à côte, ne faisait que commencer. Pour l'heure, il fallait se rendre à Turin, en traversant les montagnes puis les Langhe piémontaises avant d'arriver dans cette grande ville royale qu'il avait appris à connaître et à aimer lors de ses précédents séjours.

4

Alors que Debrume s'était obstiné dans son silence respectueux qui la mettait si mal à l'aise, Marthe n'avait cessé de penser à Elodie. Certes, après les élections, son amie avait eu ses raisons pour rester à Turin, à la Villa Palatina, auprès de Corsan et de Gustav, mais celles-ci lui étaient restées inconnues. Marthe avait pourtant dû accepter sa décision, même si sa douleur était grande de constater qu'il existait entre elles plus de secrets qu'elle n'avait jamais imaginés. Toutefois, malgré l'absence d'Elodie et jusqu'à la visite de Gustav à Combeferres pour lui annoncer sa disparition, Marthe s'était persuadée que c'était bien à Couraurgues, quant à elle, qu'elle devait vivre. Elle y avait finalement trouvé une place dans le monde et un rôle qui la rendait autonome dans ses actions par rapport à l'organisation de Corsan. A elle de jouir de cette liberté dont les ordres de

Corsan autant que les événements l'avaient privée pendant des années et qu'elle avait mis tant de temps à conquérir. Assumer les responsabilités qu'elle s'était imposées était désormais sa priorité.

A côté d'elle, Debrume regardait défiler le paysage. La voiture bruyante qui les emmenait à Turin rendait difficile voire impossible la conversation. Mais l'inspecteur était un taiseux et il profitait de la situation pour exercer son art subtil du silence. Malgré le brouhaha et l'inconfort qui interrompaient le fil de ses idées, Marthe voguait entre deux rêves, retombant par moment dans la réalité où s'imposait, contre sa volonté, l'inventaire obsessionnel de sa situation actuelle. Elle était satisfaite de ce qui avait été fait à Combeferres depuis leur retour d'Amsterdam. Le projet d'école auquel les deux amies tenaient tant était en place tel qu'elles l'avaient imaginé, voulu et réalisé après les terribles épreuves dues à la santé chancelante d'Elodie qui avaient mis le groupe entier sur la brèche. Le souvenir des étapes douloureuses de leur voyage depuis Amsterdam et des difficultés qu'ils avaient dû affronter lui glaçait encore le sang. Puis, après la trop lente et douloureuse convalescence d'Elodie, il y avait eu la visite surprise de Corsan et leur départ précipité à Turin aux côtés du couple à nouveau réuni. Corsan les avait convaincus de participer aux débuts de la campagne électorale qui devait faire de Gustav un député. Après la victoire de Gustav et la décision d'Elodie de prolonger son séjour à Turin, Marthe avait eu du mal à l'admettre : Elodie s'était réconciliée avec son époux et montrait maintenant un intérêt soudain pour Gustav qu'elle avait décidé d'épauler. Marthe s'était résignée contre son gré à cette nouvelle séparation. Si, à ce jour, on ne savait toujours pas ce qu'Elodie était devenue, ni même si elle était encore de ce monde, Utto venait de lever une piste qui semblait plus sérieuse que les précédentes. Marthe s'était mise sur les routes, ce nouvel espoir au cœur avec la joie qu'il lui donnait.

Certes, sans Elodie, Combeferres n'avait aucun sens. Il avait retrouvé la couleur déroutante du sombre séjour qu'elle y avait fait la première fois, il y avait bien des années. Alors, perdue, privée de la présence de son amie, elle s'était sentie à nouveau seule au monde, aussi seule qu'elle l'avait été après la mort de sa mère face à son père dont elle redoutait les crises de désespoir autant que les colères homériques et qui, replié sur son malheur, s'éloignait de plus en plus d'elle. De cette redoutable période de sa vie d'adolescente elle gardait encore le souvenir d'une angoisse incontrôlable qui, mêlée au chagrin du deuil, avait fait disparaître en elle toute joie de vivre. Lors de son premier séjour à Couraurgues, dans sa solitude renouvelée, séparée d'Elodie pour la première fois, elle avait plongé dans la maladie. Pourtant très entourée, sans doute à cette époque n'avait-elle pas su apprécier à leur juste valeur les amitiés qu'elle y avait nouées. Il y avait eu d'abord Evangéline ainsi que son amie Nadège[1]. Quand, quelque temps plus tard, Debrume avait été dépêché à Couraurgues pour mener sa première enquête criminelle, son insistance à la suivre sur les chemins du Couron l'avait indisposée à son égard, elle s'en souvenait avec déplaisir. Et pourtant, son amitié qu'elle avait considérée à ce moment-là si encombrante prouvait à chaque instant sa solidité indéfectible : elle durait, intacte, malgré les années et ses longues périodes d'absence.

Il y avait eu ce jour marqué au fer rouge où, par un geste de malveillance, sa maison avait brûlé.[2] Elle avait dû quitter

---

[1] Voir *Le taureau d'Apreville*
[2] Voir *Selon le feu*

Couraurgues avec Utto et sa servante. Le souvenir de cette terrible fuite après l'incendie lui avait fait jurer qu'elle ne reviendrait jamais dans cet endroit et qu'elle oublierait jusqu'au moindre souvenir du temps qu'elle y avait passé. Malgré les dénégations de Corsan, elle avait toujours considéré ce séjour qu'il lui avait imposé comme une mise à l'écart, une punition. Aujourd'hui, à distance de temps, elle supputait que les secrets existant au sein de ce couple torturé en étaient l'origine. Malgré la douleur qu'elle en avait éprouvé alors, elle devait reconnaître que vivre seule à Combeferres avait été une expérience difficile mais essentielle. Sans savoir exactement ce qui l'y avait poussée, elle y était revenue après quelques années d'errance. Devant les tronçons de murs calcinés et envahis par le lierre, sous la force des étranges émotions qu'elle avait éprouvées, ce désir de voir la vieille bâtisse léguée par son père renaître de ses cendres s'était en quelque sorte subitement imposé à elle. Mais aujourd'hui, l'absence d'Elodie suivie de sa disparition révélaient l'absurdité de ce nouveau séjour. Elle se trouvait dans une prison où elle était revenue s'enfermer de son plein gré, ce qui était absurde. Mais sa vie n'était-elle pas une suite incohérente d'absurdités ? L'absurdité n'était-elle pas entrée dans sa vie ce jour où tout s'était décidé sans elle et où elle avait été emportée par un tourbillon qu'elle n'avait pu imaginer ?

Et pourtant, dans sa jeunesse, elle avait cru tenir son existence en main, elle avait cru choisir seule sa voie. Elle avait compris plus tard que ce choix, les circonstances l'avaient obligé à le faire. Mais à ce moment-là, sachant déjà qu'elle ne pouvait plus compter que sur elle-même, elle avait construit ses propres mythes sur lesquels elle avait appuyé les fondements de sa nouvelle existence. Car la réalité était déroutante et ne manquait pas de cruauté avec ses multiples facettes toutes aussi insaisissables les unes que les autres : il fallait lui trouver un sens ou bien la fuir.

Son adolescence d'enfant grandie trop vite auprès d'un père vieillissant, dans un foyer tronqué, accablé de tristesse par la mort de sa mère, n'avait présenté comme consolation que la compagnie de son cheval. Ses galops effrénés, chaque jour par tous les temps, lui permettaient de respirer un autre air que celui, confiné, de sa maison. S'engager à corps perdu sur les sentiers de la garrigue allégeait sa douleur. La montagne étirait ses vergers d'oliviers et lui semblait flotter lascive et dédaigneuse, couronnée de sa tour de garde, au-dessus de l'étique végétation des collines. Le vent et le soleil y régnaient en maîtres. Elle se fondait en eux. Elle revenait le soir épuisée de ses longues courses solitaires. Son père l'attendait auprès de l'oratoire, sur le chemin qui menait à la bastide, montant le vieil étalon qu'il affectionnait. Ils rentraient chez eux sans dire un mot. La servante avait déjà dressé la table du soir. Marthe avait cru que ce semblant de liberté lui était donné pour toujours. Le souvenir de ses fuites désespérées devant le chagrin de sa mère morte avait fini par constituer un socle de sa vie. Des années plus tard, il l'était encore : c'était les mêmes moments de liberté qu'elle avait partagés avec Elodie. Leurs voyages, leurs chevauchées, leurs mascarades n'avaient été qu'un retour à ces moments d'enfance et d'adolescence. Elle y avait respiré à pleins poumons le même air, et le vent dans ses cheveux avait encore ce parfum qui lui rendait la douce présence de sa mère. Et auprès d'Elodie, comme dans les chevauchées de son adolescence, dans sa tristesse éperdue où seule comptait la compagnie de la nature sauvage et les risques insensés sur les sentiers accrochés le long du vide, c'était encore comme si la fuite devant le deuil ne devait jamais finir.

Cependant, son peu de liberté n'avait tenu qu'au fil fragile d'une décision inattendue de son père, tout à coup persuadé qu'il ne pouvait plus s'occuper seul d'une sauvageonne indomptable, impossible à marier correctement. La sœur de sa défunte épouse s'étant proposée depuis longtemps de remettre la jeune fille sur le droit chemin et de lui inculquer des manières de demoiselle, il l'avait appelée à la rescousse. Marthe la connaissait depuis l'enfance : sa tante Armance était son aînée de quelques années seulement, mais lui paraissait être une jeune femme accomplie, quand elle-même n'était encore qu'une gamine en jupe courte aux nattes bien serrées qui lui descendaient à la taille. La jeune personne avait toujours été familière de la maison et très attachée à sa sœur aînée, Emilienne, la mère de Marthe. On ne pouvait pas dire si cette dernière, qui était l'image même de la sagesse, appréciait la compagnie de sa cadette qu'elle trouvait par trop fatigante et frivole. Mais son père jugeait sans doute Armance autrement. Il l'invita à s'installer à la Bastide du Canal pour l'aider à parfaire l'éducation de sa fille.

Armance arriva un dimanche de Pâques, juste après la messe. Marthe ne l'avait plus revue depuis les jours heureux de son enfance. Elle avait espéré retrouver en elle quelque chose de sa mère. Mais elle avait eu beau chercher, il n'y avait rien, ni dans ses gestes, ni dans sa silhouette, ni dans ses inflexions de voix qui pût la lui rappeler. Armance était définitivement dépourvue de la calme sagesse de sa sœur Emilienne, cette sagesse qui assurait à Marthe le sentiment de sécurité recherché en vain depuis. Sans être délurée, la jeune personne était très vive, toujours agitée de quelque improbable projet. Cette joyeuse vivacité rendait quelque sourire au visage taciturne de son père : Armance était un soleil qui l'éblouissait de ses rayons factices. Marthe avait compris peu à peu que le côté superficiel, la futile légèreté d'Armance ne pouvaient qu'assombrir sa vie et la jeter dans les tourments de l'instabilité et de l'incertitude.

Les deux sœurs, Emilienne et Armance, étaient aussi différentes qu'on pouvait l'être. Elles venaient pourtant de la même famille de notables qu'une fortune ancienne avait haussée au niveau de l'aristocratie. Elles avaient reçu la même éducation très stricte et très chrétienne que la noblesse donne à ses filles. Mais chacune à sa manière s'était libérée des chaînes du couvent. Emilienne avait épousé un patriote italien, Roberto Regardini, chassé de son pays à cause de ses idées trop progressistes. Elle en avait adopté la cause avec la conviction religieuse de la néophyte, jetant aux orties les rites et les croyances dans lesquels elle avait été élevée et les remplaçant pas un autre dogme tout aussi exigeant sur le plan de l'éthique et du dévouement envers l'humanité. Elle avait vécu auprès de son mari d'anxiété et d'angoisse partagées, participant à sa manière à l'aide aux clandestins en exil qui militaient pour l'unité du pays de son époux, ce pays où elle n'avait jamais mis les pieds mais qu'elle aimait plus que le sien car il lui semblait propre à développer cette spiritualité tournée vers la beauté et vers les arts qui seuls pouvaient sauver les hommes. Elle connaissait tout de ce pays pour lequel elle avait développé une passion intransigeante qu'elle s'était efforcée de transmettre à sa fille Marthe dès son plus jeune âge.

Quant à Armance, la cadette, son tempérament était moins enclin aux choses de l'esprit. Au sortir du couvent, déçue par un fiancé jugé quelque peu falot que son père avait voulu lui donner comme mari, forte de cette première expérience néfaste et jugeant que le mariage ne valait rien, elle avait choisi d'explorer le monde à sa manière. Quand elle avait reçu son héritage, elle s'était transférée d'abord à Aix où elle avait mené grand train puis à Paris, où en peu de temps elle avait réussi à dilapider une fortune conséquente. Ainsi, à la mort de sa sœur Emilienne, elle pensa à ce refuge que constituait pour elle la place laissée vide dans sa maison.

Elle eut vite fait de persuader son beau-frère qu'elle pourrait le seconder dans l'éducation de Marthe qui alors avait tout juste treize ans. C'est ainsi qu'un jour elle s'installa à la Bastide du Canal, dans ce foyer démantelé auquel elle estima aussitôt qu'il fallait donner un peu de couleur et d'animation. Ses traits évoquant vaguement ceux du cher visage de la défunte, mais tout le reste étant si différent, Marthe en vint à penser qu'elle les avait usurpés comme elle usurpait éhontément ce qui ne lui appartenait pas, et ce, sous le regard béat de son père qui laissait faire comme s'il avait perdu tout vouloir. Armance continuait à prendre ses aises et à étendre son pouvoir et son territoire sans fléchir, se révélant très vite une marâtre intolérante. N'ayant d'autre intérêt que les plaisirs faciles, elle n'était préoccupée que de toilettes et de chapeaux. Elle n'aimait pas les chevaux, elle en avait peur. Elle refusait les promenades avec Marthe et son père et n'allait jamais inspecter terres et fermes à leurs côtés. Elle préférait se rendre en ville pour quelques courses dans les boutiques de luxe qui imitaient celles de la capitale et où se côtoyaient les dames de la haute bourgeoisie et de l'aristocratie locale. Quand elle se rendait chez sa couturière, son beau-frère l'attendait patiemment dans un café de la Rue Grande.

Marthe ne comprenait pas pourquoi son père se pliait si aisément à ses exigences. Il ne venait plus attendre sa fille auprès de l'oratoire, la mine triste, tassé sur son cheval. Père et fille n'avaient plus jamais le loisir de se trouver seuls, de lire en silence devant le feu, pendant les longues soirées solitaires vouées parfois à l'étude de quelque texte d'histoire. Il ne lui parlait plus de l'Italie qu'il avait quittée le cœur brisé, ni de Garibaldi et de ses exploits, ni des efforts qui restaient à faire pour rendre au pays sa liberté, son indépendance et son unité. Souvent, Marthe restait à la maison avec les domestiques alors qu'Armance avait exigé qu'il l'emmenât au théâtre, heureuse d'exhiber sa dernière toilette. Ainsi Marthe se trouvait-elle plus libre que jamais, mais terriblement seule. Elle ne rentrait qu'à nuit noire de ses cavalcades dans les collines ou le long du fleuve, au pied du Mont d'Or puisque personne ne l'attendait plus ni à l'oratoire, ni à la bastide. Elle prenait ses repas seule servie par sa gouvernante qui la regardait d'un air contrit comme si elle avait quelque chose à lui dire et qu'elle n'osait le faire.

Mais le pire était encore à venir. Il advint par une longue journée maussade et grise, sans un rayon de soleil, sans un souffle de vent, l'une de ces journées immobiles où vous accable une tristesse incompréhensible et où l'on recherche en vain la chaleur d'une compagnie rassurante. Elle avait entrepris une promenade à cheval avec l'intention de longer la garrigue qui borde le pied désertique de la montagne. Après un long galop dans la plaine, son cheval avait été affligé d'une soudaine boiterie. Comme elle ne lui voulait que du bien, elle préféra démonter et rentrer à la bastide à pied en le tenant par la bride. La route était longue, elle s'était éloignée sans doute plus que de raison. L'air pesait d'une chaleur humide et irrespirable, et son cheval, souffrant de plus en plus ralentissait le pas. Elle arriva à la bastide à la tombée de la nuit. De loin, elle put apercevoir sous l'allée de platanes où flottait la brume légère des premières soirées de forte chaleur, la calèche de son père en train de s'éloigner. Elle voyait de dos les deux silhouettes enlacées.

Armance avait posé sa tête sur l'épaule de son père. Il était trop tard pour appeler, la voiture abordait le large virage qui allait la dérober à sa vue. Et elle disparut. Marthe se sentit tout à coup trahie, abandonnée. Elle comprit que sa place auprès de son père ne serait plus jamais celle qu'elle avait été. Elle comprit aussi qu'Armance était la destinataire invisible des sourires qu'il adressait au vide, dans le silence, en son absence.

Ce fut le soir même qu'elle prit la décision de partir. Elle ne resterait pas dans cette maison où une autre femme avait pris la place de sa mère, fût-elle sa propre sœur. Elle organisa en silence son départ, préparant un sac de voyage et quelques effets qu'elle cacha sous son lit. Mais elle ne savait où aller et devait attendre une opportunité. Les mois passaient et rien ne se présentait. Dans la maison l'atmosphère était vouée aux caprices d'Armance qui n'en faisait plus qu'à sa tête sous le regard ahuri et amusé de son père. La vie de tous les jours où toutes les anciennes habitudes étaient abolies l'une après l'autre était devenue une torture. Quand Armance réquisitionna la chambre de sa mère, où Marthe avait installé une sorte d'autel à sa mémoire, et qu'elle voulut en faire une chambre d'amis, la coupe fut pleine. Ce fut alors, par un étrange hasard, que Corsan se présenta. Marthe n'hésita pas une seconde. Elle décida de partir avec lui pour devenir la dame de compagnie d'Elodie son épouse qu'elle ne connaissait pas et la seconder dans son engagement auprès des patriotes italiens, ce vieux rêve d'Emilienne, sa mère. Elle n'avait pas quinze ans.

C'est ainsi que Marthe était entrée dans l'organisation. Elle avait quitté la Bastide du Canal sous le regard hébété de son père qui avait l'air de se demander comment il avait pu accepter de la laisser partir. Elle n'avait pas pleuré. Depuis longtemps elle avait appris à ravaler ses larmes et elle savait que son cœur était devenu dur comme la pierre et qu'il le resterait.

On arrivait en gare. Les grincements des freins la ramenèrent à la réalité. Marthe, sortant de sa longue rêverie, vit que Debrume la regardait sans broncher. Peut-être l'avait-il regardée ainsi tout le long du voyage et elle ne s'en était pas aperçu. Elle marchait maintenant dans la foule des voyageurs, s'abandonnant au flot, comme dans la vie, pensait-elle, jetant un œil discret vers Debrume qui s'employait à chercher un porteur introuvable. Ils laissaient derrière eux les quais enfumés avec soulagement. Ils avaient hélé un fiacre. Ils y montèrent tandis que le porteur installait leurs bagages à l'arrière.

5

Le voyage vers Turin par les petites routes de montagne avait permis de nombreux arrêts auprès des membres de l'organisation qui montrait encore une certaine vitalité dans cette région. Le réseau y restait dense et présentait des points de relai très reculés. Marthe avait espéré y trouver les traces d'un éventuel passage d'Elodie que les émissaires de Corsan n'auraient pas décelé. Mais ils arrivèrent à Turin tout aussi bredouilles que leurs collègues. Corsan les y attendait, plus anéanti que jamais. Il était seul en compagnie de Gustav qui devait repartir très vite à Florence où siégeait le Parlement. Ils tinrent conseil.

Les nouveaux venus posèrent une infinité de questions à Gustav qui, depuis la disparition d'Elodie, fréquentait régulièrement la Consolata :
- C'est, disait-il, y retrouver le souvenir de ma mère. Je m'assois sur le banc où elle méditait et priait. J'attends. Peut-être

attendait-elle aussi. Mais quoi ? Ou bien avait-elle seulement besoin d'être à cet endroit pour apaiser les tourments de son âme. Le lieu s'y prête. Mais ce ne sont que suppositions. Elle ne me parlait jamais d'elle. Il y a trop longtemps maintenant qu'elle est partie et que nous la recherchons… Un seul signe me suffirait… Je ne peux pas me résigner à l'avoir perdue à jamais… Pourquoi ne nous avoir pas dit où elle allait ? Pourquoi seulement ce mot plein d'ambiguïté ? Quand j'ai vu cette image pieuse, je me suis dit : voilà le signe ! Cette petite image va nous mener quelque part. Elle était bien en évidence dans ce portfolio qui appartenait à Mère et qui avait été déposé à l'endroit où, quelques jours auparavant, on avait trouvé sa lettre si inquiétante. Ce portfolio, elle l'avait emporté avec elle la dernière fois que je l'ai accompagnée à la Consolata. Etait-elle revenue pour le déposer là ? Et si ce n'était pas elle, qui l'avait fait ? Et pourquoi ? Peut-être d'où elle est, elle essaie de nous joindre en trompant la surveillance qu'on exerce sur elle. Ce qui pourrait signifier qu'elle est retenue prisonnière.

- Pourquoi cette image serait-elle un signe ? Ce n'est qu'une de ces images que l'on met dans un missel en guise de marque-page. Peut-être en est-elle tombée par hasard ?

- Mais ai-je un autre choix que d'y voir un signe ? Il nous faut un signe ! Quel qu'il soit… Pourrions-nous ne pas tenir compte… de quelque signe que ce soit ? Et celui-ci est le seul !

- Un signe… ? Cette image aurait été laissée là à notre intention ? intervint Debrume, devant le scepticisme général.

- Je voudrais le croire. Mais j'ai bien peur que l'on ne soit déçu. J'ai pris la peine de questionner le bedeau mais il m'a assuré n'avoir rien remarqué de particulier. Il m'a dit d'un air entre deux airs que j'ai trouvé étrange : « Les visiteurs sont toujours très nombreux ici et moi, Monseigneur, je ne fais que sonner les cloches ! »

- Et c'est là que vous avez mis Utto sur l'affaire… ?

- Oui, à cause de cette phrase anodine du sonneur de cloches. Et peut-être n'ai-je pas eu tort. Puisque, aujourd'hui, Utto aussi semble avoir disparu… Le lendemain du jour où je lui ai montré cette image, il nous a signalé qu'il était sur une piste. Et depuis, il ne donne plus signe de vie. Est-ce pour les mêmes raisons qu'Elodie, ou pour d'autres raisons encore ? Nos gens le cherchent, mais il n'y suffiront pas. C'est pourquoi nous avons besoin de vous encore une fois. Cela fait plus de dix jours maintenant qu'Utto n'a plus donné sa position et cela ne lui ressemble pas…

- Et bien sûr, il ne vous a laissé aucune indication à propos de cette nouvelle piste ? …

Debrume retournait l'image dans ses mains. Au dos de cette image de la Vierge Marie étaient griffonnés quelques mots : « *Casa della Divina Provvidenza* ». En l'absence de tout autre signe et en désespoir de cause, pouvait-on s'en remettre à la divine providence ? Quelle ironie du sort ! S'en remettre à elle pour commencer une enquête… Cette étrange technique policière allait à l'encontre de tout ce que son expérience dans le métier lui avait appris. Il avait toujours clamé haut et fort que le premier devoir du détective était de refuser de s'en remettre aux hasards et coïncidences… Il lui faudrait pourtant chercher Elodie avec l'aide de Dieu et il était prêt à le faire par amour pour elle… Debrume déclara qu'il se rendrait à la Consolata dès le lendemain. Ici on ne le connaissait pas. Il pouvait se faire aisément passer pour l'un de ces étrangers qui sillonnent l'Italie, leur Baedeker en main, portant haut leur admiration ou leur morgue, selon le cas. Puis il se mettrait en quête de la *Casa della Divina Provvidenza*

L'église était déserte, mis à part le bedeau qui le regardait de biais, occupé à recueillir les pièces du tronc. Debrume surveillait son manège du coin de l'œil et pensait à Elodie. Elle entrait dans l'église au bras de Gustav, avançait dans la travée, s'installait sur ce banc, entourée de la sollicitude de son fils adoptif, lui parlant à voix basse, lui caressant la joue d'un geste maternel. Puis Gustav la laissait seule. Et sans doute se mettait-elle à écouter le silence en soupirant. Et lui-même soupirait en écoutant ce silence qui pesait sur toute chose, bondissait de dorure en sculpture de marbre ou d'albâtre et faisait tinter les pampilles des grands lustres de cristal sous les voûtes couvertes de scènes bibliques qui s'élevaient grandioses au-dessus de sa tête. Mais désormais Elodie n'observait plus les représentations de ces corps torturés par la souffrance dans un foisonnement de couleurs et de mouvement. Debrume savait également qu'elle ne priait pas. Si elle n'était là ni pour Dieu, ni pour les prières, ni pour la méditation ou le repos comme elle avait tenté de le faire croire à Gustav, qu'y faisait-elle ? Or, un jour, Gustav n'avait plus retrouvé qu'une lettre, sur le banc où s'asseyait Elodie et quelques jours plus tard son portfolio avec l'image pieuse. Depuis, de longues semaines avaient passé et un silence sans fin s'était installé.

Comme Gustav avant lui, Debrume observait. Il ne quittait pas de l'œil le bedeau. En cet instant même, celui-ci s'employait à mettre soigneusement une partie de l'argent des fidèles dans un sac de velours sur lequel une croix était brodée de fils d'or, et l'autre partie, vivement mesurée, dans une poche cachée sous la casaque sombre qui lui servait de vêtement de travail.

Ce ne pouvait être sans aucune raison que, deux ans plus tôt, Elodie avait décidé de prolonger son séjour à Turin en dépit des supplications de Marthe. Pourtant, depuis qu'elle avait quitté Combeferres, la mission que Corsan lui avait confiée avait été accomplie : Gustav avait été élu au parlement. Elle avait également contribué à une réhabilitation relative de Corsan au sein de son parti politique. Puis elle avait aidé le jeune parlementaire inexpérimenté à affronter la fosse aux lions dans lequel il était jeté, en lieu et place de son père adoptif affligé du don peu commun « de prendre les gens exactement à rebrousse-poil », disait-elle en riant. Elle considérait injuste que le pauvre garçon reçût un héritage de ses parents adoptifs qui l'eût directement conduit à la banqueroute politique si on ne s'employait pas à y remédier. Le but avait été partiellement atteint et cette mission aurait pu ne pas avoir de fin, si Elodie n'avait placé autour de Gustav des personnes de confiance et de bon conseil pour l'aider à voler de ses propres ailes et sans son secours.

Or, cela n'avait pas empêché Elodie de prolonger son séjour à la Villa Palatina. Elle ne reviendrait pas à Couraurgues. Debrume se souvenait d'une scène entre les deux amies à laquelle il avait involontairement assisté autrefois. Il s'agissait de Corsan et de l'avenir qui attendait Elodie auprès de lui : « Vous savez bien que sa tyrannie ne faiblit que lorsqu'il se sent perdu…, répétait en vain Marthe. » Marthe, qu'il avait toujours connue si impassible, implorait Elodie en pleurant comme une enfant. Elle répétait inlassablement d'une voix nouée par les pleurs : « Je vous en prie, mon amie…, vous le savez bien…, les événements du passé nous l'ont prouvé tant de fois…, ne refaites pas la même erreur, elle nous a coûté si cher… ». Mais Elodie était restée de marbre. Debrume, tout en se retirant discrètement, avait entendu ses paroles de repentance à propos de ce que sa compagnie avait eu de désobligeant pour son entourage lors du dernier voyage entre Amsterdam et Sélane. Puis elle avait ajouté : « Je me rachèterai…, je nous rachèterai tous. Il faut un sacrifice et il me revient. Vous ne pourrez pas m'en empêcher, quoi qu'il advienne. Mais un jour, mon amie, vous saurez pourquoi je fais ce choix… Tout sera révélé et lumineux et je vous assure que si je réussis… Mais, je ne puis rien vous dire de plus, je vous en prie ne me questionnez plus… » Depuis, il n'avait plus vu de larmes sur le visage de Marthe. Plus aucune effusion n'avait trahi son émotion. Elle avait retrouvé son port de reine. Et le mystère concernant Elodie était resté entier.

Aujourd'hui, ce mystère avait propulsé Debrume jusqu'ici, dans cette admirable église baroque, joyau de la ville. Comme l'avaient fait avant lui Elodie et après elle, Gustav, il attendait parmi l'or et les odeurs d'encens. Comme eux avant lui, il se sentait accablé par le poids étouffant des dorures, des ornements de marbres colorés, des tableaux chargés de la douleur des martyrs qui tapissaient les murs. C'était sous ce même poids qu'Elodie avait enfoui sa douleur, la cachant pour ne plus la ressentir ou pour mieux la dompter et rendre ses larmes douces et inoffensives. Elle lui avait souvent parlé de son passé, lors de leurs longues conversations sous le tilleul à Combeferres : personne n'était responsable qu'elle-même de cette peine qu'elle portait sans pouvoir en parler. Ainsi, Debrume pensait que la carrière politique de Gustav n'avait été qu'un prétexte derrière lequel se cachait la véritable raison à laquelle Elodie obéissait. Par il ne savait quelle circonstance, son secret était lié à cette église. C'était ici que se trouvait de quoi délier le nœud qui s'était resserré autour d'elle et de Corsan. Car Debrume le savait : un drame avait eu lieu dans la vie du couple et avait eu raison de leur relation. Et aujourd'hui ce drame remontait à la surface avec la violence d'une menace qui se présentait sous une forme nouvelle, jamais soupçonnée. C'était ici que tout avait pu arriver, que l'étau avait fini par se refermer et écraser Elodie sans qu'elle n'y pût rien. Il n'imaginait pas qu'elle ait pu suivre un chemin quel qu'il fût, seulement dans le but d'échapper à son ogre de mari avant de le laisser continuer de la dévorer. Car, si Elodie n'avait jamais rien révélé à quiconque, Debrume avait la certitude que Corsan était le centre et la cause de son tourment. Et la tête entre les mains, il envisageait toutes sortes de situations. Alors qu'il lui fallait trouver la pierre d'achoppement qui lui eût permis d'entrer dans l'action, il n'en voyait aucune.

En arrivant à la Villa Palatina, il n'avait fallu que quelques jours à Debrume pour constater que Corsan, revenu peu à peu à la vie malgré son long abattement, avait perdu l'engouement pour Gustav qui avait provoqué tant de dissensions dans le couple. Il avait laissé à Gustav les apparitions à la Chambre mais il continuait à œuvrer dans l'ombre comme il l'avait toujours fait. L'ombre lui convenait. Il avait haï les lumières braquées sur lui lors de ses apparitions publiques. Il n'était pas fait pour elles. Aujourd'hui, il fréquentait parfois discrètement les cafés de la Place d'Armes. Certaines réunions s'y tenaient encore où se tramaient des projets et se prenaient des décisions importantes au nez et à la barbe des espions du Roi et des Jésuites. C'était Elodie qui lui avait permis ce renouveau par l'attention qu'elle avait porté aux différents problèmes dont elle l'avait momentanément déchargé.

Or, depuis deux ans, la situation de Gustav était bien changée. Il était visible que Corsan se désintéressait de lui. Sans Elodie, déçu par ce fils putatif dans lequel il avait mis tant d'espoirs, il l'eût laissé vaquer à ses plaisirs, libre de perdre des sommes considérables au jeu et de se fourvoyer dans des fréquentations délétères. Elodie avait eu le pouvoir de remettre ce jeune homme fantasque et désespéré sur le droit chemin. Jouant de ses connaissances, elle avait assis sa position dans le monde politique. Une solide complicité était née entre eux. Mais elle ne lui avait jamais dit pourquoi elle lui demandait de l'accompagner tous les jours à la Consolata. Elle s'asseyait sur le banc où Debrume se trouvait aujourd'hui. Elle insistait pour qu'il repartît aussitôt, ce que le jeune homme faisait avec une touchante docilité. Il ne savait rien de cette étrange menace dont il entendait parler pour la première fois. Et si Corsan en savait davantage, il ne montrait aucun signe de vouloir en parler.

Par ailleurs, pour qui avait vu Elodie abrutie de souffrance et incapable de vivre sans le soutien de ses proches, de multiples questions se posaient à propos de la cause de cette renaissance. De plus, c'était la plus étrange des choses qu'un événement d'envergure se fût déroulé au pied de l'autel où il imaginait Elodie, immobile et tendue, armée de sa détermination habituelle et non pas abandonnée à la prière et au désespoir comme ses proches étaient tentés de le croire. C'était sans doute ce qui s'était passé ici et dont on ne savait rien encore qui avait eu le pouvoir de faire basculer sa vie. A Turin, face à ce combat qu'elle menait dans l'ombre, c'était à partir d'ici qu'elle avait été amenée à entrer dans une action qui l'avait éloignée des siens.

En choisissant de revenir à la Villa Palatina, elle avait retrouvé son passé tumultueux auprès de Corsan. Qu'avait-elle découvert qu'elle ignorait encore ? De ce passé tumultueux, la Villa Palatina gardait des traces. Toutes sortes de collaborateurs y avaient séjourné, toutes sortes de conciliabules s'y étaient déroulés, des décisions y avaient été prises, des intrigues s'y étaient nouées. La présence de la belle Evangéline marquait encore cette maison où elle avait séjourné longtemps. Debrume l'avait lui-même éprouvé : en franchissant le portail du parc, le souvenir d'Evangéline l'avait assailli. Evangéline lui avait été chère : c'était elle qui l'avait aidé à sortir du désespoir dans lequel il s'était enlisé après la mort de son épouse. Elle l'avait rendu à la vie après son deuil, et elle avait une place particulière dans son cœur. Mais Evangéline faisait également partie intégrante du passé des Corsan, un passé qui lui restait inconnu.

Et il revenait sans cesse à cet écheveau emmêlé dont il n'arrivait pas à trouver le bout. S'il tirait un fil au hasard, le premier qui se présentait, ce fil le menait à nouveau à Elodie et à la Consolata. Néanmoins, il pouvait envisager toutes les hypothèses, il devait se rendre à l'évidence : si une menace pesait sur Elodie et les siens, il ne savait pas en quoi elle consistait, ni si elle avait un rapport avec son entourage. S'il ne savait rien de cette menace qu'Elodie lui avait semblé redouter, lorsque, avant de quitter Combeferres, elle évoquait, à l'ombre du grand tilleul, « le désastre de sa vie », en revanche, il savait que c'était depuis ce banc qu'un pavé avait été jeté dans la mare avec une telle violence que lui-même en était éclaboussé et atteint de plein fouet. Et encore une fois, tout aspergé qu'il en était, il s'apprêtait à partir sur des chemins scabreux qu'il n'aurait pas eu à arpenter sans tout cela, sans son étrange amitié pour Marthe, sans la reconnaissance qu'il devait à Elodie et l'affection qu'il avait pour elle.

6

Debrume n'aimait pas les combats déloyaux et le chantage en était un. Mais ici, l'occasion était trop belle. Il y avait maintenant un long moment que le bedeau avait terminé sa tournée des troncs, tenant d'une main le sac pourpre brodé d'or et de l'autre soutenant son estomac capitonné par la poche intérieure réservée à son usage personnel. Debrume intercepta l'homme alors qu'il se dirigeait, l'air benoît, vers la sacristie. Si l'occasion était aussi facile que peu glorieuse, Debrume ne se priverait pas de l'exploiter pour trouver une piste qui le mènerait à Elodie. Mais à son grand soulagement, le bedeau n'avait aucune intention de montrer quelque résistance : l'étranger, dont il avait surpris le regard, avait des arguments et il lui faisait peur. Et sans doute le peu de choses qu'il avait à révéler ne prêterait pas à conséquence, puisqu'il s'agissait seulement d'un étranger de passage. Mieux valait satisfaire à sa demande : oui, il se souvenait très bien de la dame en question et de cet élégant jeune homme, son fils, qui l'accompagnait. Il se souvenait du désarroi du jeune homme quand lui-même lui avait indiqué la présence de ce billet qu'il avait trouvé sur le même banc où Monseigneur s'était assis, et il s'inclinait devant Debrume comme il avait appris à le faire devant Monseigneur l'Evêque. C'était il y avait quelques semaines déjà… Non, il ne l'avait pas lu, il ne savait pas lire. Lui, il ne savait que sonner les cloches. Non, non, il n'avait touché à rien, il ne se le serait pas permis… D'ailleurs il n'avait fait qu'obéir aux ordres… « Monseigneur le comprend bien, je ne suis qu'un simple bedeau et je ne fais que ce qu'on me dit de faire… » Et son silence subit fit comprendre à Debrume qu'il était temps de faire sonner les quelques pièces d'or qui se cachaient sous la casaque du bedeau. Mais il n'eut pas à le faire, un simple regard à sa bedaine suffit. L'homme terrorisé, commença à parler. Il lui dit tout ce qu'il voulait savoir à propos de cette image trouvée dans le portfolio. Il savait d'où elle venait, qui la distribuait. Il s'agissait des bonnes sœurs de la *Casa della Divina*

Provvidenza qu'ici on appelait le Cottolengo, du nom de son généreux fondateur. Pour peu, il lui eût raconté dans le détail la vie et l'œuvre de cet homme que, dans cette ville, tous tenaient en grande estime. Il lui indiqua même comment s'y rendre. C'était à deux pas d'ici. Savait-il qui a déposé le portfolio ? Non, le bedeau n'en savait rien. Il était là un matin quand il était entré dans l'église pour appeler à la première messe. Et Debrume eut beau menacer d'avoir un entretien avec le Prieur de cette église, rien n'y fit. Il rentra à la Villa Palatina en se promettant de faire une visite à la *Casa della Divina Provvidenza* l'après-midi même.

Corsan avait eu un grave malaise dans l'après-midi à tel point que son médecin avait dû pratiquer une saignée. Le soir, tous s'étaient retrouvés autour de son lit. Debrume faisait un compte rendu de ce qu'il avait appris du bedeau : cet homme, tout en affirmant qu'il n'était pas là pour surveiller les fidèles – « comme il l'avait déjà dit au jeune Monsieur », avait-il souligné -, en savait long sur le visiteur qu'il avait vu déposer l'image sur le banc d'Elodie, à l'endroit où elle-même autrefois avait laissé sa lettre d'adieu. Il s'agissait d'un religieux, habitué des lieux. Pour délier l'incantation qui semblait avoir frappé à nouveau le bedeau de mutisme soudain, Debrume avait dû rajouter quelques autres pièces d'or : « C'était un père jésuite. Beaucoup viennent prier dans cette église, avait donc expliqué l'homme. Je l'ai vu souvent parler avec la dame qui s'asseyait toujours sur ce même banc où vous vous êtes assis... Mais je ne saurais dire depuis combien de temps je n'ai vu ni l'un ni l'autre. C'est souvent ici que ces dames rencontrent leur confesseur pour la première fois... et non, je ne connais pas son nom... ni celui de cette dame, ni celui de son fils... Un jour, j'ai vu cette dame, la mère du jeune Monsieur, repartir au bras de ce père jésuite. C'était aussi ce jour-là que j'ai trouvé la lettre, en faisant le ménage entre les bancs... Je n'ai pas revu cette dame depuis... Mais je me trompe peut-être. Il y a tant de gens qui viennent ici... et j'ai la mémoire courte, Monseigneur ! »

Ni Corsan ni Marthe n'avaient jamais entendu Elodie parler d'un père jésuite faisant partie de son entourage. Dans l'organisation, la fréquentation des jésuites n'était pas recommandable. On savait que ces religieux s'immisçaient dans les familles en tant que confesseur de la maîtresse de maison, ce qui leur permettait de tenir le compte de tous les agissements des habitants de la ville. Ils en emplissaient des registres entiers destinés à la police du Roi. Le groupe de Corsan avait eu souvent maille à partir avec eux et on s'en méfiait comme de la peste. Avec les faibles forces qui lui restaient et d'une voix éraillée, Corsan s'indigna :

- Pourquoi Elodie aurait eu à faire avec un père jésuite ? Elle savait bien ce qu'ils sont pour nous ! s'exclama-t-il.

- Savez-vous, père, que mère était très attentive aux œuvres de bienfaisance ? Je vais vous révéler ce qu'elle avait entrepris de faire en grand secret. Il m'en coûte de trahir sa confiance, elle ne voulait pas que vous le sachiez. Elle m'avait demandé de prendre contact avec la Mère Supérieure du Cottolengo, et j'ai servi d'intermédiaire dans les tractations avec cette religieuse qu'elle connaissait de longue date, semblait-il. Ces transactions concernaient des jeunes filles de bonne famille qui se réfugient *Casa della Divina Provvidenza* pour y mettre au monde leur enfant en toute discrétion lorsque le malheur de concevoir hors mariage les touche. Mère m'avait demandé de faire faire le recensement dans notre ville des couvents qui accueillent ces jeunes personnes touchées par une telle disgrâce et que leurs familles rejettent. Elle a tenté d'en sauver quelques-unes. Elle m'a chargé de les rencontrer en son nom à plusieurs reprises. Certaines eussent tout fait pour qu'on ne leur arrachât pas leur enfant. Elles préféraient leur indépendance à leur position sociale et aux promesses d'un mariage selon leur rang. Mère leur proposait un subside qui leur permettait de s'affranchir de leur famille et de devenir gouvernante ou institutrice dans une ville lointaine. Elles pouvaient ainsi élever leur enfant qui était placé en nourrice, et même si leur vie restait difficile, ces jeunes mères pouvaient les voir grandir. Toutefois, elles devaient leur rendre visite en secret pour ne pas se retrouver à la rue : découvertes, le discrédit de cette naissance serait retombé sur elles et elles auraient perdu leur moyen de subsistance. Mais en général, la plupart de ces jeunes filles avaient bien trop peur de se lancer dans l'aventure et elles préféraient rentrer dans le giron de la famille qui les pourvoyait d'un mari et s'arrangeait pour éloigner l'objet de l'opprobre. Elles abandonnaient l'enfant qui était alors recueilli et élevé par ces orphelinats dont mère était une généreuse donatrice. Elle les visitait régulièrement depuis son retour à Turin.

Alors que Marthe et Debrume s'étonnaient de cette activité qu'Elodie avait soigneusement tenue cachée, la voix rauque de Corsan s'éleva dans le silence de la pièce :

- Et si mon épouse s'était mise en tête de chercher une personne ?

- Une personne ? Mais qui ? Un homme, une femme ? questionna Marthe, saisie par une telle éventualité.

- Pourquoi pas un enfant, s'exclama Gustav ! Qui que ce soit… peu importe ! Peut-être une famille avec qui elle aurait eu maille à partir après avoir contribué à aider sa fille à retrouver sa liberté aurait-elle pu lui demander des comptes ?

- En effet, ce pourrait être une piste, avait ajouté Debrume.

- Ce serait la première ! Et même si elle paraît absurde, on sait maintenant qu'elle commence au Cottolengo, ajoutait Gustav avec enthousiasme.

- Et peu importe qui elle cherche… nous le découvrirons…

- A moins qu'Elodie n'ait quitté ce monde depuis longtemps… et que nous ne sachions jamais ni comment ni pourquoi elle nous a été enlevée…

Et la voix désespérée de Corsan résonnant comme une terrible prémonition les glaça subitement d'effroi. Ils sentirent alors peser sur eux tout le poids de leur impuissance.

-Quoi qu'il en soit, la description de l'homme faite par le bedeau a été très précise. Pour la première fois nous avons un début de piste : le Cottolengo, la Casa della Divina Provvidenza qui est représentée sur cette image pieuse trouvée par Gustav sur le banc d'Elodie. J'ai maintenant la conviction qu'elle n'était pas là par hasard. Cette image pourrait être une indication, résuma Debrume. Reste à savoir de qui elle provient, questionna-t-il.

Le lendemain, en compagnie de Gustav et de Marthe, Debrume se rendait au Cottolengo, bien décidé à en découdre avec tous les jésuites qu'il trouverait sur sa route. Il avait enfin l'impression qu'un pas avait été franchi, qui les mènerait tout droit au but. Ils pourraient enfin savoir si Elodie était encore de ce monde, et pourquoi on était resté tant de temps sans avoir d'elle quelque signe de vie. Il était très clair qu'une raison existait, qu'elle était sans doute liée au passé d'Elodie et à ce qui précédemment avait été la cause de sa maladie dont elle n'avait pu sortir que lorsqu'elle avait retrouvé une certaine utilité au sein de sa propre famille.

Madre Maddalena del Gesù les reçut au bout d'un long moment d'attente où ils s'étaient trouvés à déambuler sous les arcades qui prolongeaient la façade de la petite église attenante à la grande maison. Aussitôt, leur présence avait attiré autour d'eux quelques déments qui les regardaient avec étonnement. Ils approchaient avec prudence. Certains s'enhardissaient. Ils tâtaient leurs vêtements comme le berger tâte la laine des brebis. D'autres leur adressaient des propos incohérents : ils tentaient de leur décrire ce monde étrange, parfois terrifiant, dans lequel ils vivaient et auquel ils étaient les seuls à avoir accès. Le monde dont ils voulaient parler avec des mots qui n'avaient de sens que pour eux pouvait être une tentation facile, se disait Debrume. Il s'y trouvait peut-être un refuge pour vivre sans désir, sans peine, sans joie, sans promesse, sans espoir. Ou bien souffraient-ils de ne pouvoir le comprendre ? Mais qui peut affirmer comprendre le monde dans lequel il vit ? Et si leur folie n'était que la tentation de se perdre dans une terreur insensée pour effacer le reste du monde tellement plus terrifiant à leurs yeux… ?

Pendant ce temps, Marthe était harcelée par une femme qui reconnaissait en elle sa mère. Ses supplications désespérées la troublaient tellement que Debrume se précipita pour essayer d'éloigner cette folle pourtant bien inoffensive. Elle lui disait d'une voix douce l'amour qu'elle lui avait toujours porté, refusant si obstinément de s'éloigner que Marthe finit par dire à son ami : « Laissez, mon ami…, moi aussi j'ai cherché ma mère toute ma vie… »

Lorsque la Mère Supérieure arriva enfin, quelques déments était en train de tourner autour de Debrume, en riant, grimaçant et dansant comme de joyeux drilles à une fête de Carnaval à laquelle il regrettait de ne pas pouvoir participer. L'arrivée de Madre Maddalena les fit se disperser comme une volée de moineaux.

C'était une femme entre deux âges dont les traits respiraient une certaine bienveillance mâtinée de rigueur et de sévérité. Elle tempérait l'austérité de sa présence par un regard apaisé, qui semblait empreint de fatigue, mais qui ne réussissait pas à cacher la puissance de son autorité. Elle les reçut comme si elle les avait attendus : « Je connais bien Madame de Corsan mais nous ne l'avons plus vue depuis quelques années. Elle a chargé le Père Corba de la tâche qu'elle assumait elle-même autrefois. Quant à moi, je ne sais rien au sujet de sa disparition que vous venez de m'annoncer. Et si elle semble me concerner, sachez que je ne vois pas en quoi je pourrais l'être. Aussi bien, dispensez-vous d'une quelconque explication ou de questions auxquelles je ne saurais répondre. Nous vivons ici en dehors du monde et notre rôle se borne à soigner des malheureux… Toutefois, je peux vous assurer que ce portfolio est bien le sien. Nous en remettons un à chacune de nos bienfaitrices et nous les accompagnons de ces images pieuses. Madame de Corsan est très engagée au sein de notre institution. » Ils apprirent ainsi que les gravures devaient servir à leur faire connaître les couvents où se trouvaient leurs protégées, souvent très loin de Turin et relevant toujours de leur congrégation. « Madame de Corsan n'avait pu se déplacer ces dernières années mais tenait à suivre le périple des jeunes enfants illégitimes qui étaient souvent placés dans des orphelinats auxquels elle continuait de faire des dons. Elle a sous sa protection toute particulière le fils de l'une de ses amies décédées. C'est le seul enfant dont elle s'occupe. Elle distribue plutôt son aide aux jeunes mères. Le Père Corba se déplace d'un couvent à l'autre pour lui rendre compte de ses protégées, et surtout de cet enfant qui semblait lui tenir vraiment à cœur. C'est pourquoi il quitte souvent Turin. Je ne saurais vous dire où il se trouve en ce moment. »

La Mère Maria Maddalena del Gesu' avait pu leur nommer les couvents qui faisaient partie de leur congrégation

43

mais elle s'était étonnée de certaines images qu'elle n'avait jamais vues : elles avaient été ajoutées dans ce portfolio destiné à Elodie par qui et pourquoi ?

Ils étaient rentrés à la Villa Palatina, avec, l'intention d'y examiner de plus près ces images. Le portfolio d'Elodie était loin d'apporter un éclairage à la situation. Le mystère restait entier à propos de sa soudaine réapparition sur le banc d'Elodie et de son contenu. On avait espéré avoir trouvé une piste, mais le chemin s'arrêtait au bord d'un abîme dans lequel en même temps qu'Elodie semblait avoir été précipité Utto qui depuis deux semaines ne donnait plus de ses nouvelles. Ce soir-là, autour du lit de Corsan, après avoir dressé une liste de toutes les hypothèses réalistes ou non, qui pouvaient se présenter, Debrume avait le sentiment que la menace redoutée par Elodie avait commencé à se rapprocher. Bientôt elle prendrait corps et enserrerait de ses crocs vénéneux tout le groupe dans lequel Debrume se comptait maintenant, et il serait tout aussi impuissant que les autres à la faire reculer. Pour tout viatique, ils n'avaient que ce portfolio dont on ne saurait peut-être jamais s'il voulait signifier quelque chose ou même s'il avait un quelconque rôle à jouer dans leur recherche.

7

Ils n'avaient aucun indice pour découvrir qui l'avait déposé sur le banc de la Consolata et pourquoi. Marthe avait du mal à admettre qu'Elodie pût avoir eu besoin de cette façon de communiquer, - si ce document en était une tentative -, aussi sibylline qu'insolite. Cette façon de communiquer eût été ridicule. Au sein du groupe, il y avait des règles précises, on utilisait des codes, chacun les connaissait et ils n'impliquaient pas autant de folklore qu'un paquet de gravures anciennes mal ficelées. Debrume allait jusqu'à penser que l'absence de codes appartenant au groupe était la preuve que ces feuillets ne provenaient pas d'Elodie, de même que la première lettre désespérée qui laissait présager le pire et qui semblait pourtant de sa main. Tous ces messages n'étaient sans doute que des leurres qui servaient à les fourvoyer, à retarder leur compréhension de la situation et ainsi, permettaient de les tenir à distance. Etait-ce une manipulation pour orienter leur recherche ?

Réunis à la Villa Palatina pour la énième fois depuis la disparition d'Elodie, ils déploraient tous cette situation. Toutefois, elle nécessitait des prises de décisions suivies d'une action rapide qui pouvaient les mener sur des chemins scabreux ou sans issue. En effet, si le portfolio ne provenait pas d'Elodie, il restait à savoir qui se moquait d'eux. Quelqu'un qui connaissait bien des secrets et qui s'employait à tirer les ficelles d'une situation qu'il avait fait naître après avoir fixé les règles d'un jeu dont il était le maître. Mais qui ? Ils regrettaient l'absence d'Utto dont l'esprit pragmatique eût trouvé une explication à la signification de ces gravures. Mais une décision devait être prise. On s'était tu. On écoutait le feu crépiter dans l'âtre. Dehors, une épaisse brume s'amassait contre les fenêtres et amortissait les bruits, emprisonnant dans sa lente mouvance les grands arbres du parc et les flots boueux du Po' qui séparaient la demeure du reste du monde.

Chacun revenait à ses réflexions. Et Marthe, encore une fois, pensait à Elodie et à sa défection auprès d'elle qui avait introduit le doute dans leur relation. Cela avait commencé avec la maladie d'Elodie qui s'était déclarée après la violente rupture avec son époux. C'était à Paris au début de la guerre, (combien d'années déjà !). La maladie doublée de la situation difficile dans laquelle ils se battaient pour survivre, avait miné leur amitié. Quand la cohésion était revenue dans le couple, Marthe en avait été la première victime. Elodie ne voyait plus que par son époux et s'était éloignée de Combeferres malgré ses supplications. Elle savait pourtant que Corsan n'aurait de cesse de la rendre esclave et de la torturer comme il l'avait toujours fait lorsqu'elle avait eu le malheur de retomber sous son charme. Pourquoi essayer encore ? Les vaines prières de Marthe et les explications houleuses qui en avaient découlé, avaient laissé des traces d'amertume difficiles à effacer. Tandis que Marthe jugeait fallacieux les prétextes que son amie invoquait pour prolonger son séjour à Turin, Elodie ne s'était pas justifiée. Elle l'avait renvoyée à elle-même sans ménagement : « Quant à moi, ma vie est derrière moi et quand j'aurai fait ce qu'il me reste à faire, je trouverai enfin le repos… Mais toi, tu devrais penser à toi-même, il te reste peu de temps. Le mariage à ton âge ne serait pas une si mauvaise solution, et tu es aimée, tu le sais. Tu n'as qu'un geste à faire ! » Marthe savait à qui Elodie faisait allusion et elle lui en voulait encore pour cette remarque. Elle s'était retranchée dans son ressentiment qui n'avait fait que croître quand Elodie, après l'avoir écartée de sa vie, avait mis fin à l'entretien par une de ces pirouettes dont elle avait le secret : « Et ne fais pas cette mine, ma chère ! Sois sans crainte, Turin est une grande capitale, une ville royale ! Elle ne manque pas de bons médecins ! Corsan me surveillera comme le lait sur le feu ! Et puis surtout, il y aura Utto. Il sera à mes côtés et tu sais à quel point on peut compter sur lui ! » C'était ainsi que Marthe avait renoncé à polémiquer et qu'elle avait abandonné à son sort la seule personne qui l'avait aimée, la laissant tomber dans un guêpier en toute connaissance de cause. Et aujourd'hui, après ces longues journées de vaine attente, elle ne pouvait croire qu'on en fût arrivé à cette situation d'opacité où la communication ne pouvait se faire qu'à travers des procédés abscons et des messages absurdes. Toute cette situation était teintée d'absurdité.

Le silence angoissant qui s'était établi autour du lit de Corsan, alors que chacun était perdu dans ses pensées, fut brutalement rompu par l'arrivée du valet qui apportait les lampes. C'est après son départ que Debrume se décida à parler :
- Pensons ensemble et à haute voix. Se taire et se désespérer ne fera pas avancer les choses. Emettons au moins quelques idées pour faire reculer notre sentiment d'impuissance !
- Vous avez raison ! dit Marthe. Voyons d'abord ce que nous savons.
- Pas grand-chose en fait : ce Père Corba, jésuite, que personne ici ne semble connaître… Le Cottolengo… la Mère Supérieure Maria Maddalena, le devoir que s'était imposé Elodie de venir en aide aux jeunes personnes en difficulté et à leurs jeunes enfants placés dans des institutions religieuses pour certains, et pour d'autres, dépendants d'une mère entrée dans la vie active comme gouvernante et qui les cache pour pouvoir garder son emploi…
- Et il y a aussi l'enfant d'une amie décédée dont Elodie s'occupe en particulier. La Mère Supérieure accepterait peut-être de nous recevoir encore une fois. Si l'on pouvait parler avec les moniales… ou avec les malades, ou d'autres pensionnaires qui pourraient avoir été témoins de quelque chose.
-C'est inutile, elle refusera, elle a été bien claire à ce sujet…
-Mais ce jeune adolescent pour qui Elodie semble avoir une attention particulière…
-Au point de nous laisser sans nouvelle d'elle ?

-Si l'attention qu'elle lui porte avait offensé quelque personne puissante…

Cette réflexion de Marthe les laissait perplexes. On entendait à nouveau crépiter les flammes dans ce silence méditatif qu'interrompit brutalement Debrume.

-Et si l'ordre des gravures avait une importance ? suggéra-t-il tout à coup.

Il avait tiré de sa poche une petite loupe et il examinait les gravures l'une après l'autre.

-Regardez ce chiffre ! Dans le coin de chacune d'elles, il y a un chiffre. Une encre très foncée, celle qu'on utilise pour l'impression, mais voyez de plus près…

Marthe se pencha vers lui et l'étrange sentiment qui la submergeait chaque fois qu'elle l'approchait d'un peu trop près, lui coupa encore une fois le souffle. Elle se leva d'un bond et s'éloigna de lui. Quant à lui, il continuait sans faiblir. Il ne s'était pas rendu compte de son trouble.

- Vous avez vu ? reprit-il. Le papier est resté lisse. L'encre est posée par-dessus, ce qui signifie que le chiffre a été ajouté à la main sur chaque gravure à la plume. C'est souligner l'importance de cette numérotation. Les chiffres désignent un ordre à suivre, j'en suis convaincu.

- Un ordre à suivre ? Mais suivre un ordre… en vue de quoi ?

- Justement, c'est à nous de le découvrir… Si quelqu'un nous tend cette perche, il a décidé par avance ce que nous devons faire. Nous saurons pourquoi seulement si nous acceptons d'attraper la perche. A moins que…

- En tous cas, il n'a pas l'intention de nous faciliter la tâche. Connaissez-vous les monuments que représentent les gravures ? Habituellement, un commentaire est apposé au bas de la gravure et il désigne la qualité du monument et parfois même l'auteur ainsi que la personne qui a commandité l'œuvre avec tous ses titres et fonctions : « *Al merito di…, etc.* »

- Ici, il n'y a rien de tout cela.

- Pensez-vous que cette absence de commentaire pourrait avoir une signification ?

- Je ne vois pas laquelle. Ce qui vient à l'esprit, c'est que ces lieux pourraient représenter les endroits où Elodie…

- … aurait pu se rendre, … les villes où ces monuments se trouvent… ? Cela pourrait désigner un plan de voyage bref, le périple qu'elle aurait suivi.

- Ou qu'on l'a obligée à suivre… mais est-ce que ce pourrait être la preuve que ce message ne vient pas d'elle ?

- Je suis persuadée qu'il ne peut pas venir d'elle. Mais peut-être de celui dans les mains duquel elle est tombée. Ce Père jésuite par exemple, quel est son rôle ?

- La première image, est-ce un couvent ou un monastère ?

- Bien malin qui pourrait identifier une église ou un quelconque monument religieux en Italie où il y en a tant…, à moins de le connaître pour l'avoir visité…

Aucun d'entre eux n'était en mesure d'identifier les monuments que la Mère Maddalena elle-même n'avait pas su nommer. Ce soir-là, il ne leur resta qu'à rejoindre leur chambre. Ils le firent sans enthousiasme. Accablés d'inquiétude, ils prirent leur chandelier au moment où le valet apportait les drogues pour le maître de maison et s'acheminèrent vers le grand escalier qui montait à l'étage. « La nuit porte conseil », dirent-ils en se séparant devant la porte de leur chambre. Et il y avait dans leur voix une sorte de tristesse teintée de résignation devant une tâche qui s'avérait impossible.

8

Le lendemain, ils se rendirent à la Bibliothèque royale afin de se documenter au sujet des monuments religieux en Italie, les recherches dans la bibliothèque de Corsan ne leur ayant rien appris : on y trouvait d'innombrables livres d'histoire, des essais politiques mais en matière d'architecture seulement quelques ouvrages concernant les célèbres réalisations à Turin et dans ses environs des architectes Guarino Guarini et Juvarra. Or, les monuments représentés sur les gravures étaient d'un style plus ancien, l'époque médiévale et la renaissance ayant marqué durablement la plupart des villes italiennes. Il leur avait alors paru judicieux de contacter un architecte ami de Corsan et partisan de la cause. Ce dernier n'identifia qu'un seul de ces monuments, la Basilique d'Assise qu'il connaissait bien pour y avoir fait un pèlerinage des années auparavant, les idées républicaines qu'il défendait ardemment ne l'empêchant pas d'être un fervent catholique. Cette gravure était placée en quatrième position, l'avant-dernière de la série. La dernière gravure représentait l'entrée d'une grotte entourée d'arbres au feuillage dense et qui semblait dominer des vallons arborés à l'aspect sauvage, « la grotte où Saint François a reçu les stigmates, avait expliqué l'ami de Corsan. Elle se trouve en Toscane. Quant à celle-ci, il s'agit d'un couvent qui se trouve sur une colline dominant la ville de Savone. Voyez, en contrebas, ce bastion pourrait être Priamar.

- Priamar, cette forteresse qui a été transformée en prison ?

- Cela y ressemble beaucoup. Savez-vous que Mazzini y a été emprisonné ? »

C'est de retour à la Villa Palatina que le brouillard dans lequel ils se débattaient en vain commença à se lever. Ils eurent la surprise d'y retrouver Canelli. Il réapparaissait après deux semaines de silence. Il était porteur d'un message d'Utto. Leur joie fut grande de pouvoir reprendre contact avec leurs précieux partenaires. Le respect du code de l'organisation exigeait de chaque membre de rester en contact quasiment journalier avec Corsan qui était ainsi tenu au courant des agissements de chacun. Ici, pour une raison qui ne leur serait révélée que bien plus tard, ce protocole n'avait pas fonctionné. Utto, ne voyant pas arriver la réponse qu'il attendait et pensant que ses messages avaient été interceptés, avait dépêché Canelli. Or, comme le naturel ombrageux de ce dernier ne le disposait pas à de longs discours, il lui avait confié une lettre pour expliquer ce qui avait provoqué leur départ précipité : Canelli, posté en surveillance à la Consolata, y avait vu un homme déposer le portfolio sur le banc où Elodie aimait à se tenir. Il avait vu souvent rôder cet homme autour de l'église. Il l'avait vu entrer derrière Elodie au bras de Gustav, se poster dans une encoignure et rester là. Il ne repartait que lorsque Gustav venait chercher Elodie pour la ramener chez elle. Il avait signalé le fait à Utto qui lui avait dit de garder l'homme sous surveillance. Ce que Canelli avait fait. C'était cet homme que Canelli avait vu déposer le portfolio sur le banc d'Elodie. Il avait suivi l'homme après avoir fait tenir un message à Utto. D'un pas lent et fatigué l'homme avait traversé les vieux quartiers délabrés. Quand il était entré dans une maison, Canelli n'avait pas lâché cette piste, ne sachant si elle devait mener quelque part. Il avait réussi à faire envoyer un message à Utto par l'un de ses mouchards. Utto l'avait rejoint aussitôt. Ils avaient attendu un certain temps avant de voir l'homme quitter sa maison avec son baluchon. Ils avaient décidé de le suivre non sans en avoir rendu compte à Corsan. Ils avaient continué à suivre l'homme sans se douter que le message avait été intercepté Ils avaient voyagé avec cet inconnu dans la même voiture de poste qui les avait amenés en plusieurs étapes à Savone : « C'est là que je me trouve en ce moment et je vous demande de l'aide. Il semblerait que l'homme soit en contact avec des personnes à qui Mademoiselle Marthe devrait rendre visite car je ne suis pas habilité à le faire moi-même. »

Le soir, à nouveau réunis dans la chambre de Corsan, ils devisèrent longtemps. Il fut décidé de ce départ pour Savone qui serait peut-être suivi d'un voyage en Toscane et en Ombrie s'il s'avérait que le portfolio se révélait être une piste à suivre. Ils s'apprêtaient donc à s'absenter longtemps. Ils voyageraient à cheval avec une petite escorte qui leur serait également utile pour traverser les Apennins s'ils devaient passer en Toscane et rejoindre la plaine du Tibre.

Maintenant que Marthe était sur le point de retrouver Utto, elle considérait que la présence de Debrume n'était plus indispensable. Sans vouloir le brusquer, elle avait commencé à poser des jalons pour son éventuel retour à Couraurgues où elle le savait attendu, les télégrammes de Marino et les lettres de Rosine arrivant en rafales depuis le début de leur séjour à Turin. Elle avait eu beau insister, arguant que ce voyage était entrepris sans aucune certitude qu'ils aient levé une piste, il avait refusé : à aucun prix il ne la laisserait voyager sans autre compagnie que celle d'Utto et de Canelli. Il s'enhardit à lui dire qu'il avait rêvé d'un voyage comme ceux qu'ils faisaient ensemble autrefois. Il gardait un beau souvenir de ces moments passés côte à côte à galoper à travers collines, plaines et montagnes, où quelques épisodes difficiles ne les avaient pas empêchés d'arriver à bon port. « Nous avions quelques années de moins, et tout était plus facile alors, répondit-elle pour couper court. » S'il ne lui avait pas répondu, c'était pour ne pas lui déplaire, croyait-il. En réalité, la froideur de cette femme qu'aucune émotion ne semblait jamais atteindre l'avait rendu tout à coup muet : était-il possible qu'elle n'éprouvât aucune nostalgie pour le passé, ni même aucun souvenir de ce qu'il avait cru être leur belle amitié ?

En vérité il eût été frappé d'un redoutable sentiment de honte s'il avait imaginé de quelle manière Marthe appréhendait la situation. Elle était envers lui dans une disposition d'esprit qui n'avait rien d'amène. A aucun prix, elle ne voulait voir s'installer à nouveau entre eux l'intimité inévitable de ces voyages d'autrefois avec leurs bivouacs en plein air. Celui qu'ils venaient de faire, suivi de ces quelques jours passés à Turin sans se quitter un instant lui pesait déjà. Il valait mieux pour elle se tenir loin de cet homme au charme dangereux dont il lui fallait se défendre en luttant sans cesse contre elle-même.

Elle avait une idée précise du jour où elle s'était rendu compte de l'irrésistible attrait qu'il exerçait sur elle et du danger que celui-ci représentait. C'était il y avait bien longtemps maintenant, mais tout ce temps ne comptait pas tant l'impression éprouvée ce jour-là avait gardé d'immédiateté et de force. Elle revenait alors d'une très longue mission aux côtés d'Elodie qu'elle avait laissé rentrer avec Utto à Paris. Quant à elle, elle s'était attardée dans le sud. Elle avait décidé de passer par Couraurgues avant de se rendre à Bourdaine où elle était attendue chez son amie Evangéline. Elle avait eu la surprise de rencontrer par hasard l'inspecteur devant les ruines de Combeferres.

Immobile, il semblait en proie à de sombres pensées. Elle avait connu Debrume des années auparavant lors d'une visite qu'il lui avait faite chez elle quelque temps avant l'incendie de sa maison, mais, en cet instant, elle eut l'impression de le voir pour la première fois de sa vie. Quelque chose qui ressemblait à une certitude inamovible avait tremblé au plus profond d'elle-même devant cette apparition mystérieuse, comme surgie de nulle part, doublée d'un être de chair et d'os d'une beauté qui irradiait tout son être. Un trouble incontrôlable l'avait envahie. Elle l'avait senti à ses côtés vivre d'une vie puissante dotée d'une énergie farouche : une vie pour laquelle tout était possible, et dont la force secrète qui la soutenait était apte à saisir avec intensité chaque moment du temps qui coulait si vite sans jamais rien retenir. C'était une chose qu'elle n'avait jamais connue, cette force lumineuse dont la solidité ne pouvait être ébranlée. Et elle eut tout à coup devant elle, dérisoire et falot, tout ce qui avait constitué sa propre vie depuis la disparition de sa mère : le rapport douloureux avec son père qui avait déterminé son engagement dans la cause auprès des Corsan, son amitié tourmentée parfois entachée de désespoir avec Elodie, son amour insensé pour Rodolfo qui avait mis toute son application à mettre son cœur en lambeau, et dont la tyrannie l'avait rendue incapable de se protéger de lui. Sa vie n'avait été qu'une suite de faiblesses. Emportée par ses émotions, trop veule pour y résister, elle avait été ballottée en tous sens et s'était laissé faire. En voyant Debrume, si sombre mais si bien ancré dans sa vie, elle avait aussitôt eu le sentiment que côtoyer un tel homme signifierait entrer dans un monde où le rêve ne serait plus vain et inutile, où la réalité pourrait être acceptée avec un courage chaque jour renouvelé et où le moindre intime secret pourrait être partagé avec la conviction qu'il ne serait jamais trahi. C'était un monde où les vieux sentiments devenaient obsolètes, un monde tour à tour triste ou joyeux mais à l'abri de la noirceur qui l'avait saisie à la mort de sa mère et qui ne l'avait plus jamais quittée. Mais ce jour-là, devant les ruines de Combeferres qui symbolisaient celles de sa vie, auprès de Debrume, elle avait aussi senti le danger qu'il y avait à s'abandonner à son charme sans garde-fou.

Toutefois, il lui avait fallu des années de tergiversations pour renoncer à lui : au fil des jours, lors de leurs différentes rencontres, elle avait appréhendé les hésitations et les doutes de cet homme blessé, ses réticences profondes, les forces obscures qui le tenaient enchaîné au passé et l'empêchaient de vivre au présent et de s'approcher d'elle. Et si son silence redoutable l'attirait vers lui en même temps qu'il l'en éloignait, avec le temps, la grande douceur qui émanait des premiers moments passés ensemble avait fini par disparaître. Leur amitié s'était peu à peu transformée en un échange banal. Malgré l'estime qu'elle avait pour lui, et sans doute lui pour elle, une distance s'était établie, qu'elle avait jugée chaque jour un peu plus infranchissable. Dès lors, elle avait tout fait pour que les regards de cet homme se tournent ailleurs. Rosine sans le savoir l'y avait aidée. Et elle espérait que chaque jour la camaraderie qui régnait entre eux se teinterait d'autre chose que du simple sentiment qui avait poussé Debrume à sauver l'enfant martyrisée qu'avait été la jeune fille.

Mais tout cela n'était pas si facile. Debrume s'était toujours montré dévoué et à sa disposition. Depuis la création de l'école de Combeferres, Marthe n'avait jamais pu se passer de son aide si efficace. Elle avait dû faire appel à lui pour l'aider dans la gestion du domaine. Il insufflait à l'entreprise la force virile qui lui faisait défaut, bien qu'elle s'appliquât chaque jour à déployer une énergie farouche sans ménager sa peine. Dans cette collaboration obligée, elle aimait les décisions intempestives qu'il était capable de prendre autant que les hésitations et les doutes qu'il ne tentait pas de cacher. Cependant, elle redoutait de plus en plus les longs silences qu'il ne savait pas interrompre et devant lesquels elle était tentée de rendre les armes, tout en sachant qu'il était trop tard pour le faire.

Ainsi, au moment de la disparition d'Elodie, avait-elle tenté de le retenir à Combeferres quand le voyage à Turin s'imposait. Mais il avait insisté pour l'accompagner en raison de la dévotion qu'il vouait à Elodie. Et Corsan le jugeait désormais indispensable bien qu'il le sût indifférent à la cause. Elle n'avait donc aucune raison de lui interdire de participer aux recherches. Il eût été ridicule de lui dire qu'Elodie n'appartenait qu'à elle et que l'attachement qu'il lui vouait lui était devenu intolérable, qu'il devait rentrer à Couraurgues et la laisser seule face au souvenir de tout ce passé insensé et de cet avenir qui ne savait vers quoi il allait : désormais, il n'y avait plus sa place. Bien sûr, elle ne lui dit rien de tout cela. Elle était comme lui, secrète et seule, coupée des autres et torturée. Alors, elle le regarda préparer les chevaux sans qu'il la voie, en évitant de penser à la candeur pudique qu'il cachait sous ses silences tourmentés.

9

Debrume avait bien recommandé à Marino de ne pas lui expédier une lettre chaque jour et de lui épargner le détail de ses observations issues des minutieuses notes de son calepin : « Juste l'essentiel et seulement une lettre hebdomadaire. Ça suffira ! », avait-il asséné sèchement de cette voix mâle dont le seul timbre avait le pouvoir de faire trembler de ravissement le brigadier trop bien intentionné. La lettre qui arriva à Savone, alors qu'ils étaient à peine installés à la *Pensione Santa Caterina*, au soleil d'une colline où fleurissaient les mimosas, regorgeait comme les précédentes de ces observations dont Marino avait le secret et qui noyaient dans un magma désordonné le sujet principal. Quand Debrume avait fini par comprendre ce dont il était question, il avait préféré ne pas en parler à Marthe qui avait déjà tenté à plusieurs reprises, avant même leur départ de Turin, de le convaincre de rentrer à Couraurgues. Jugeant qu'elle n'avait aucune raison valable de l'empêcher de continuer les recherches avec elle, il avait d'abord ressenti violemment cette mise à distance comme un rejet douloureux, puis s'était insurgé, au lieu d'obtempérer comme il le faisait toujours devant le moindre de ses désirs. Il ne se laisserait pas renvoyer comme un laquais. Il avait ses raisons de participer aux recherches et il les imposerait pour l'amour d'Elodie à qui il devait tant !

La tension qui venait de s'installer entre Marthe et Debrume devait leur rendre la vie difficile. C'était la première fois qu'un désaccord surgissait entre eux et qu'il était exprimé si violemment. En conséquence, la moindre décision à prendre provoquait des discussions acerbes que la patiente intervention d'Utto ne suffisait pas toujours à tempérer. Mais Debrume tenait bon : il ne rentrerait pas à Couraurgues, tout au moins pas dans l'immédiat comme elle le désirait. Et surtout pas avant de savoir ce que donnait cette piste encore incertaine qu'Utto avait levée. Il lui semblait qu'il y avait de quoi agir ensemble comme on l'avait fait tant d'autres fois : Utto avait besoin d'aide. Cet homme que Canelli avait débusqué et qui semblait surveiller Elodie dans ses déplacements, il avait réussi à garder sa trace depuis la Consolata. Ce qui l'avait mené jusque dans cette ville et qui les conduirait peut-être plus loin, on ne savait où encore. Pour l'heure, resté à Savone, Utto ne le quittait pas des yeux. Il observait ses allées et venues, ses habitudes. Mais ils devaient se tenir prêts à partir d'un moment à l'autre.

Se tenir prêt, c'était ce qu'il fallait toujours faire dans la vie, on n'avait pas d'autre choix, pensait Debrume. Et il se tenait prêt depuis longtemps, et même plus que prêt, sur ses gardes, sur la défensive. Et pour ce qui concernait la disparition d'Elodie, il était prêt depuis le premier jour, celui où il avait eu en main le mot laissé par elle, que Gustav, affolé et hirsute, était venu leur faire lire à Combeferres, les priant de revenir avec lui à Turin. Il était prêt à affronter l'incertitude sans jamais désespérer seulement parce qu'il refusait d'accepter l'impensable.

Il se remémorait la raison pour laquelle il s'était trouvé aux ordres de Marthe. Il n'avait jamais eu aucune intention de les esquiver, et encore une fois, il était bien décidé à s'y enliser corps et âme. Pour autant, il ne comprenait pas ce qui la liait à elle : sa froideur l'avait toujours désarçonné, il devenait muet devant elle, elle le subjuguait. Il s'agissait d'un lien qui avait pris forme dans son esprit à partir du désir incessant de revoir à travers elle, Céleste, sa défunte épouse dont le souvenir le hantait. Ce sentiment qu'il avait parfois cru être de l'amour avait beau s'estomper au fil des ans, (ce qui le désolait, puisqu'au fond des choses, il avait donné du répit à son âme), il continuait de le cultiver et d'en prendre soin avec opiniâtreté, comme si c'était une vérité, voire la seule vérité qui donnait un sens à sa vie. Il savait que cela cesserait un jour, et il redoutait le moment où cela arriverait. Son esprit serait alors vacant, sa vie sans attache flotterait à tous les vents. Il ne savait pas alors que sa vie était sur le point d'être emportée par un cataclysme.

Aujourd'hui, il venait d'arriver à Savone avec Marthe à qui il avait été tout dévoué jusque-là et qui ne voulait plus de lui. Il tentait de faire le point sur la situation qui l'avait amené à la suivre, et qui avait commencé ce jour où Gustav désespéré d'avoir perdu la seule personne qui lui avait apporté quelque réconfort dans son désarroi face à son père adoptif, leur avait remis la lettre que cette dernière avait laissée sur le banc de la *Consolata*. Et le souvenir d'Elodie lui revenait lancinant, ces moments où sous l'ombre du tilleul, ils s'étaient parlé cœur à cœur de tous les petits et les grands drames de leur vie. Depuis son départ, non seulement il tentait en vain de combler le vide de son absence mais il savait qu'il avait une dette envers elle.

Quant à Marthe, après la disparition d'Elodie, elle s'était claquemurée une fois de plus en elle-même. Le silence entre eux, dans lequel il avait mis toutes ses illusions autrefois, s'était depuis réduit à une froideur qui ne visait qu'à les éloigner l'un de l'autre. Il avait toléré cette froideur par peur de se tromper et parce qu'il continuait à tout tolérer d'elle. Elle restait son amie en dépit de tout. Lorsqu'il avait recréé l'écurie d'Evangéline, les soins que Marthe aimait donner aux chevaux et les promenades dans la forêt de Terpane leur avaient donné l'occasion de partager des moments dans lesquels il continuait de cultiver son illusion, ayant soin de se tromper lui-même comme il savait si bien le faire. Il aimait sa compagnie mais il aimait aussi celle de Rosine dont les chevaux étaient la seule passion. Quand Rosine arrivait, Marthe disparaissait. La présence de Rosine si lumineuse et mouvementée estompait celle de Marthe. Toujours était-il que, Marthe ayant cessé de les rejoindre à l'écurie de Terpane, il ne la rencontrait plus que dans son cabinet de travail où il se rendait pour la gestion de la lourde entreprise qu'était devenue Combeferres, avec l'exploitation toujours plus étendue de ses terres et son école qui accueillait jusqu'à une cinquantaine d'élèves de tout âge. Mais jusque-là il s'était toujours refusé de voir dans la froideur de Marthe un signe quelconque d'un sentiment changé à son égard. Elle ne se serait pas abaissée à éprouver un sentiment aussi inutile et ridicule que la jalousie, pensait-il. Elle avait une trop haute opinion d'elle-même pour cela.

Il avait donc refusé de rentrer à Couraurgues et les avait suivis à Savone sur la piste d'Elodie, malgré les réticences de

Marthe. L'absence d'Elodie le rendait fébrile. La peur de ne jamais la revoir avait ouvert une plaie douloureuse. Et sans doute Marthe éprouvait-elle la même chose que lui, pensait-il, déjà prêt à oublier son ressentiment contre elle. C'était pourquoi il désirait plus que tout se rendre utile et avoir sa part dans les recherches qui allaient être entreprises.

Il se sentait en fait bien plus proche d'Elodie qu'il ne s'était jamais senti. Il avait encore à l'esprit chaque mot qu'ils avaient échangé. Il ne pouvait imaginer qu'elle avait disparu sans un adieu et qu'il ne la reverrait plus de sa vie. « J'ai dépassé l'âge des changements lui avait-elle dit un jour, celui des buts fixés, celui des limites à atteindre, celui des enchantements. Je dois inventer au jour le jour de nouvelles stratégies pour survivre, voire de nouvelles réalités. C'est le temps qui passe qui l'exige, son uniformité, sa morosité, la violence inéluctable qu'il exerce sur nous…, ce temps ami-ennemi, vous le savez bien, c'est la seule exigence. Un jour je vous causerai, ainsi qu'à Marthe, un grand chagrin. Sachez que ce sera malgré moi… c'est le temps qui en sera le responsable… le temps qui suit toujours la même route quoi qu'on fasse… » Cette déclaration l'avait laissé perplexe. Il avait tenté de transformer en un compliment sur sa beauté encore intacte cette tirade à propos du temps, mais il s'était empêtré dans des phrases maladroites et son intention première en avait été quelque peu ébréchée. Elle n'avait fait aucun commentaire, elle avait juste souri. Puis elle avait continué, regardant droit devant elle et comme en parlant pour elle-même : « J'ai une tâche à accomplir… restée en suspens depuis longtemps, voyez-vous. Certains événements me rappellent à l'ordre : il est temps que je m'y attache. Désormais, rien ne m'empêchera plus de faire ce que j'ai à faire. Il se pourrait que Corsan en soit la victime collatérale. Et j'aurai ouvert un vide, un trou béant dans le tissu lisse de sa vie… Il ne comprendra jamais, et c'est ainsi que prendra fin notre histoire. C'est le risque, et je dois le prendre. Je n'ai plus le choix. » Et alors qu'il la regardait sans comprendre, elle ajoutait avec un sourire : « Je suis lâche et la solitude me terrifie, mais, non… c'est la vérité : je n'ai plus d'autre choix ! » Il n'avait pas compris ses paroles alors, et il n'avait pas osé l'interroger. Ils avaient laissé les anges faire une ronde autour d'eux et s'envoler dans les branchages fleuris du tilleul, savourant ce parfum exquis, ce miel que les fleurs leur envoyaient. Le soleil de juin était doux et les collines se profilaient devant eux dans une brume légère qui donnait une suavité inhabituelle au paysage aride de Couraurgues. Ils se taisaient. Il s'était comporté comme s'il avait compris ce qu'elle avait voulu dire. Mais il ignorait à quelle tâche elle faisait allusion, de même qu'aujourd'hui il l'ignorait encore. Ce qui lui semblait plausible était que cette tâche ait quelque chose à voir avec sa disparition. Mais peu importait : la seule question était de savoir si elle était toujours vivante.

Pendant que toutes ces réflexions le tourmentaient en vain, les lettres de Marino continuaient de déferler avec la force d'une marée montante. Corsan s'était mis en devoir de les lui faire parvenir et ses messagers ne cessaient d'aller et venir entre Turin et Savone. Marthe constatait leur arrivée mais n'osait poser aucune question à l'inspecteur qui s'enfermait dans le silence selon son habitude. Elle craignait de se heurter à un silence plus obstiné encore depuis le refus qu'elle lui avait opposé de faire partie de cette expédition, refus qu'il avait estimé injuste et malvenu. Elle savait qu'elle l'avait offensé, et il était têtu. Il était bien décidé à continuer l'enquête avec eux et elle n'avait hélas aucune objection à lui opposer. Pour la première fois, elle se prenait à penser que ce n'était pas pour elle qu'il voulait rester à ses côtés mais pour l'absente qui était devenue pour lui une amie très chère. « Elodie a toujours eu un cœur d'artichaut, se disait-elle avec un certain dépit ». Les larmes lui venaient en pensant au bonheur qui lui était échu dans sa jeunesse d'avoir pu jouir de la présence exclusive, de l'enthousiasme, de la beauté et de l'intelligence de cette femme qui était tout pour elle. Elle se rappelait avec nostalgie et tendresse ces années où elles avaient parcouru l'Europe en tous sens lors de missions improbables qui les faisaient trembler de peur autant que de bonheur. Cette époque ne reviendrait jamais plus, sa jeunesse s'était envolée, et c'était sur elle-même qu'elle pleurait. Puis elle séchait ses larmes et pour les oublier, laissait monter du fond d'elle-même cette colère salvatrice qui ne la quittait jamais et qu'elle retournait aujourd'hui contre Debrume.

10

Tout cela avait commencé après le départ de Debrume pour Turin, le jour où Marino avait vu surgir de la porte d'Orient une silhouette noire qui s'agitait en tous sens ; il n'avait eu aucun mal à reconnaître l'abbé dont la maigreur lui apparaissait toujours comme la conséquence désolante de l'austérité de la vie religieuse. Tandis qu'il le regardait venir vers lui, une odeur d'encens était parvenue à ses narines, si forte qu'il l'avait crue apportée par l'abbé tout droit de l'église jusqu'à l'abreuvoir où il était en train de faire boire son cheval. Il avait bien en mémoire ce matin-là, pour la bonne raison que, dans l'aube qui n'en finissait pas de promener sa blême lumière sur les murs du village, la silhouette désarticulée de l'abbé lui avait aussitôt fait penser à l'épouvantail que le vieux Maurel venait de mettre en place dans le champ d'orge semé la veille. Il s'en souvenait parce qu'aussitôt il avait eu le sentiment d'avoir blasphémé en comparant le pauvre abbé, dont il ne donnait pas cher de la santé, à un épouvantail, tout en se disant que cet épouvantail ne servait à rien : les vols de corneilles auxquels il était destiné continuaient de s'abattre comme chaque année sur le champ d'orge du pauvre Maurel. Sans compter qu'il ne pouvait pas se tromper de jour grâce à son calepin. Il avait soigneusement noté tout cela sans omettre la description minutieuse de l'épouvantail, comme il notait au jour le jour toutes les autres observations de ce genre, ayant appris de son maître à penser la force du détail dans une enquête.

Or, le lendemain il avait constaté la persistance de ces effluves malgré l'absence de l'abbé, et celle-ci lui parut une flagrante anomalie. Cette odeur suspecte semblait avoir perduré depuis la veille du côté de la porte d'Orient par laquelle l'abbé était arrivé. Il s'agissait bien de la même odeur d'encens et elle n'avait rien à faire en ce lieu, au point qu'elle avait fini par le faire douter de ses sens. Cette odeur, qu'il n'avait jamais sentie que dans les églises, appartenait à elles seules et il avait du mal à croire qu'elle ait pu s'en évader. Il avait soigneusement noté dans son calepin que cette odeur suspecte à cet endroit précis du village pouvait recouvrir une irrégularité.

En vérité, la première irrégularité était dans ce qu'il avait appris la veille par l'abbé affolé : Monsieur le Curé avait dépêché ce pauvre homme (sans doute atteint de phtisie) pour lui signaler un vol à l'église. C'était la manne céleste que l'abbé lui avait apportée, l'une de ces irrégularités qui faisaient le bonheur de Marino. Si elles empoisonnaient la vie du village et rendaient la cohabitation difficile, elles lui permettaient d'intervenir et de rappeler les villageois à son bon souvenir. La plupart du temps, il ne s'agissait que d'actes de malveillance entre voisins grincheux. Mais ce genre d'incivilité pouvait mettre à mal la paix du village dont il se sentait seul responsable, surtout en l'absence de Debrume. Et voilà pourquoi, en se répétant cela tous les jours, il assumait ce rôle qui, pour être modeste n'en était pas moindre, pensait-il.

Toutefois, aujourd'hui il s'agissait d'un évènement considérable. Un vol à l'église était un acte inadmissible et bien plus important que les petites affaires courantes, souvent sans lendemain, qu'il avait à traiter depuis le dernier drame qui avait ébranlé la commune et qui remontait à plusieurs années. Et comme l'absence de méfaits dans le village générait en lui, malgré une certaine satisfaction du devoir accompli, un sentiment puissant de son inutilité, lorsque l'abbé était venu le chercher sa première pensée avait été qu'il n'était pas là pour rien et qu'il allait pouvoir le démontrer : la gravité même de ce vol allait redorer son blason. Avec son intervention dans ce lieu sacré, les villageois le prendraient à nouveau en considération. Et peut-être seraient-ils dissuadés de le ridiculiser par leurs sarcasmes infamants que seul Debrume était capable de contrer en leur clouant le bec sans ménagement comme seul il savait le faire.

A la demande de l'abbé, après avoir laissé boire son cheval, il s'était rendu au presbytère. Les premières dévotes n'étaient pas encore arrivées à l'église qui n'était jamais fermée à clef : Monsieur le curé estimait que la maison de Dieu devait être ouverte à tous et à toute heure, ce que Marino jugeait relever de la plus grande imprudence ou de la plus grande naïveté. Car, lorsqu'on se targue de connaître les hommes, comment leur faire confiance ? Il savait depuis longtemps qu'un incident arriverait un jour : l'église était pleine de trésors qu'un esprit peu respectueux de la religion – et le village n'en manquait pas, il était bien placé pour le savoir – n'aurait aucun scrupule à monnayer. Oui, il connaissait les humains et c'était pourquoi il jugeait que les lois devaient être inflexibles. C'était donc avec la suffisance de l'homme d'expérience qu'il s'était acheminé vers l'église, heureux d'être celui par qui les lois de la république permettaient de préserver les lieux de culte.

Aux côtés des deux prélats en grand émoi, il avait procédé aux premières constatations. Il en avait d'abord déduit que les vols avaient été perpétrés pendant la nuit. La marque claire laissée par un tableau sur le stuc et sa couleur pastel éclaircie laissaient constater sa disparition. Il s'agissait, lui dit-on, d'une représentation de Saint Jean Baptiste supplicié et implorant le pardon pour ses bourreaux de son doux regard dirigé vers le ciel. Il nota minutieusement la description que lui en fit Monsieur le Curé. Puis, n'oubliant aucun des gestes que Debrume faisait dans la recherche des indices qui pouvaient attester du passage du ou des coupables, il entreprit de faire le tour de l'église. Il s'attarda longuement sur tous les objets qui s'y trouvaient, sans oublier les bancs et les prie-Dieu des chapelles des travées latérales, et sans tenir compte de l'impatience naissante des deux prélats qui le suivaient, et probablement sans même la voir. Il passa beaucoup de temps à examiner l'autel et tous les objets du culte qui s'y trouvaient encore pour constater la criante absence de deux chandeliers d'argent, de la patène, du ciboire ainsi que celle du grand missel de messe qui trônait toujours sur le maître-autel : sa présence, selon Monsieur le Curé, était indispensable pour que les fidèles, même s'ils ne savaient pas lire et ne comprenaient rien au latin, aient toujours sous les yeux la parole divine et les vérités qu'elle contenait. Marino n'avait aucune intention de se presser ; c'était bien ainsi que Debrume procédait afin de ne laisser passer aucun détail. Et il s'appliquait à les noter soigneusement avec une lenteur que même le plus saint des hommes eût jugée insupportable. Il fit ainsi le décompte des cierges allumés et des plis suspects de la nappe d'autel.

Finalement, au grand soulagement des deux prélats, il demanda enfin à voir la sacristie. C'était là que le délit atteignait le maximum de mystère. Car la question se posait : pourquoi s'en était-on pris à de tels objets ? Le vol le plus absurde était celui de la navette de l'encensoir. Car, si on avait emporté la cassolette on avait laissé de côté les chaînes qui servaient à l'enfant de chœur à répandre ces effluves sacrés réservés aux églises et qui en imprégnaient l'air qu'on y respirait.

Comme les notes qu'avait consignées Marino dans son calepin avaient demandé du temps, lorsqu'ils sortirent de la sacristie, l'église s'était emplie de fidèles qui attendaient le début de la première messe et déploraient le retard de Monsieur le Curé, pressés qu'ils étaient de retrouver leurs tâches journalières. Ainsi la présence de Marino en ce lieu où on ne le voyait guère qu'à la messe de Noël ou de Pâques commença à les questionner. On eût préféré garder la chose secrète mais il était à prévoir que la nouvelle ferait le tour du village et ce, même avant la fin de la messe. Monsieur le Curé, en homme d'église, savait dominer ses émotions. Il s'en remit à Dieu pour le reste de l'opération, sachant qu'il n'y avait rien d'autre à faire : Debrume était absent et Marino, quant à lui, n'avait que de la bonne volonté.

De son côté, le brigadier quitta l'église fort satisfait, affirmant à l'abbé que sa tâche était lourde, qu'il devait se mettre à l'ouvrage sans retard, et donc que le temps lui manquait pour la messe de ce jour. Dehors, le soleil du matin faisait déjà briller les feuilles du tilleul de la placette de l'église et illuminait la blanche façade de l'hôtel de ville qui lui faisait face. L'air était frais et chargé d'odeurs dont la légèreté faisait contraste avec celle, lourde et épaisse, qui régnait dans l'église. Le brigadier eut plaisir à le respirer à pleins poumons, le sourire aux lèvres. Encore une fois il remercia Dieu d'avoir semé sur sa route une telle énigme qui frôlait le sacrilège, et qui allait lui permettre de mettre en pratique l'enseignement de son cher inspecteur, et ainsi de mieux supporter son absence.

C'était donc le lendemain matin avant le lever du jour qu'en franchissant la porte d'Orient afin d'aller faire boire son cheval il devait sentir pour la deuxième fois cette odeur d'encens qu'il avait crue apportée la veille par Monsieur l'Abbé. Elle montait par les rues et se faufilait partout. Sournoise, elle semblait se cacher par moment pour réapparaître inopinément plus loin. Marino pensa d'abord qu'elle provenait d'une maison et qu'on dénicherait vite le voleur des objets de l'église. Comme il avait appris de l'enfant de chœur qui en avait la charge que la navette venait d'être remplie de grains d'encens, il savait que le voleur avait encore la possibilité de le faire brûler et du même coup de se faire prendre. Cependant, de retour de l'abreuvoir, il chercha l'odeur, elle avait disparu. Et il n'avait aucune autorité pour fouiller les maisons.

Mais fort heureusement, il avait plus d'un tour dans son sac. Il s'y prendrait autrement. Il irait voir Baptiste qui continuait à le renseigner depuis qu'il s'était repenti et avait abandonné ses jeux stupides et ses petits larcins destinés à effrayer les ménagères. Il interrogerait également la brodeuse dont la lampe restait éclairée toute la nuit et qu'on voyait se pencher vers sa lueur qui illuminait son visage, attentive à son travail. On la devinait alors, tirant l'aiguille de ses blanches mains et approchant le tambour de ses yeux fatigués pour apprécier de plus près la finesse de son point.

Il semblait à Marino que l'inspecteur tenait cette personne en haute estime. Quant à lui, il la jugeait bien en-dessous de Debrume, dépourvue de la beauté et de la jeunesse que l'inspecteur aurait dû exiger de ses fréquentations féminines ainsi que de la grâce à laquelle il pouvait prétendre. Même si la modestie faisait partie des qualités de Debrume et le lui rendait plus cher, il jugeait cette femme indigne de lui et de ses atouts personnels. C'était pourquoi en son for intérieur, il espérait que l'inspecteur n'aurait pour elle qu'un engouement passager, tout en se demandant avec anxiété s'il n'était pas déjà tombé dans ses rets et si elle n'avait pas déjà réussi à en faire son amant. Il aurait eu beaucoup de peine à lui pardonner cette incartade indigne de lui qui aurait pu avoir toutes les femmes à ses pieds s'il s'était seulement donné la peine de baisser les yeux. Car il était de notoriété publique que la plus belle et la plus charmante d'entre elles, la belle Evangéline de Bourdaine hélas disparue, avait abandonné ses multiples adorateurs pour faire de lui son unique amant. Il ressentait un pincement au cœur en le voyant lui préférer ostensiblement la compagnie d'une femme tellement dépourvue de charme. Quelle femme d'ailleurs pourrait aimer l'inspecteur à la hauteur de ses incroyables qualités ? Il le savait : aucune. Car aucune femme ne pourrait jamais éprouver la vénération absolue et sans partage que lui-même lui vouait. Il était sans doute le seul à savoir l'aimer avec cette dévotion qu'il méritait. Mais, en ce moment même, il lui fallait revenir à un professionnalisme absolu et se placer au-dessus de ses propres sentiments afin d'interroger cette personne et d'examiner avec objectivité ce qui pourrait être considéré plus tard comme un témoignage. Il s'enveloppa donc d'une armure de détachement comme lui avait appris à le faire l'inspecteur devenu maître en la matière. Il ajusta son couvre-chef, dressa le buste dans une attitude digne, tel le soldat prêt à parer le feu de l'ennemi, prit en main le heurtoir de bronze qui brillait sur la porte d'entrée de la maison de la brodeuse et frappa quelques coups.

11

La première lettre de Marino était arrivée à Turin avant leur départ pour Savone. Elle avait paru à Debrume quelque peu confuse. A vrai dire, il n'y avait pas compris grand-chose. Il connaissait Marino : peut-être n'y avait-il rien à comprendre avait-il pensé, et, pris par ses préoccupations, il l'avait mise de côté. Somme toute, cette lettre ne faisait que refléter le caractère anxieux du brigadier. Torturé par le désir maniaque d'ordre qui ne lui laissait pas de repos, celui-ci s'enferrait dans la description précise du moindre détail. Le problème était que tous ces détails lui semblaient plus suspects les uns que les autres. Cela était dû au fait que, tel qu'il l'éprouvait, le désir d'ordre de Marino était si absolu qu'il en était irréalisable. Il n'était qu'une construction de son esprit chagrin. Il s'y accrochait pour supporter la vie et ses ridicules exigences, sa laideur autant que sa beauté mise à mal par les volontés contraires qui s'agitent autour de nous. Son excès de bonne volonté le menait sur les chemins dangereux de l'intolérance. Mais Debrume savait tout cela et il acceptait l'homme tel qu'il était malgré ses travers insupportables comme cette manie de la description à outrance.

Or, de cette soupe indigeste de détails, on ne pouvait retirer aucun élément significatif apte à éclairer la situation dans sa globalité. Y avait-il urgence ou non ? Personne ne pouvait le dire tant la lettre était criblée de digressions inutiles. Qu'avait à voir, par exemple, parmi les nouvelles de Couraurgues, celles qui concernaient les capacités olfactives du brigadier ? Sur deux pages d'une écriture serrée, il étalait son bonheur de respirer les odeurs plus que les parfums : « Je suis comme un chat, disait-il, les odeurs me fascinent. Elles m'ouvrent un monde qui élargit le monde. Elles me le rendent plus merveilleux, plus complet avec ses secrets cachés qu'elles me dévoilent… » Et il continuait, avec un lyrisme que Debrume ne lui connaissait pas encore et qu'il découvrait avec stupeur. Que serait-il sans l'odeur de son cheval, de son poil rêche qui sent la poussière et l'effort ? Le bouchonner amenait à ses narines cette bonne odeur changeante et qui enveloppe la bête de sa caresse. Il aimait en particulier l'odeur du crottin mêlée à celle de la paille humide quand, le soir il balayait l'écurie, car elle s'alliait avec bonheur à celle des feux de bois qu'on allumait dans les maisons avant l'heure du repas qui lui racontait cette intimité familiale à laquelle il avait toujours aspiré et dont il était si cruellement privé.

Bref, il fallait remonter bien plus haut parmi les feuillets pour savoir pourquoi le brigadier parlait de ses bonheurs olfactifs qui embellissaient le monde. En haut du troisième feuillet en effet, il évoquait une odeur d'encens, celle des églises, un passage que Debrume dans son impatience avait sauté à pieds joints mais sur lequel il devait revenir pour avoir le fin mot de l'histoire. Il remonta donc une liste qui n'en finissait pas, d'observations qui n'avaient rien à voir avec le sujet telles que l'heure à laquelle telle villageoise ouvrait ses volets, etc. Puis le brigadier, qui était le seul à n'avoir pas perdu le fil de son discours décousu, revenait à l'odeur de l'encens qui envahissait la partie sud-est du village dont toutes les venelles étaient imprégnées et dont personne ne savait d'où elle pouvait provenir. On ne pouvait pas non plus savoir le moment où quelqu'un avait fait brûler de l'encens, car l'odeur stagnait dans les rues depuis le début de la nuit peut-être. Marino avait remarqué que de jour en jour, l'odeur s'était déplacée. Il la sentait maintenant beaucoup plus forte lorsqu'il avait franchi la porte d'Orient, et qu'il arrivait sous les remparts du village, là où il n'y avait donc plus de maisons. Il lui avait semblé qu'elle montait de la terre. Et il terminait cette longue missive par une question : « Vous souvenez-vous des rochers qui servent de socle à cette partie des remparts ? » Puis il s'arrêtait sur une conclusion pratique : c'était là qu'il se proposait de creuser, au pied de ce mur lisse de rochers blanchis au soleil qui soutenaient la montée de la muletière commandée par la porte d'Orient. C'était exactement de cet endroit que provenait l'odeur : le brigadier y mettait la main à couper. Et comme Debrume avait négligé de lire les quelques pages concernant le vol à l'église et la navette de l'encensoir, il dut revenir sur leur description minutieuse. Il apprit que la navette, toute d'argent massif ciselé, avait été un don de la famille Linguier. Comme il connaissait cette famille pour avoir assisté à sa débâcle (relatée dans 'Le taureau d'Apreville'), quelques années auparavant, et procédé à l'arrestation de Basile, le fils aîné, il ne jugea pas nécessaire de lire ce passage exclusivement consacré à ses propres exploits et à l'admiration lourde à porter que Marino voulait ainsi lui témoigner. L'inspecteur prévoyant le ton emphatique et adipeux de cet hommage, sauta le passage et avança de plusieurs pages pour éviter à nouveau l'essai sur les odeurs.

Il crut que la conclusion n'était pas loin. Mais contre son attente, la dernière page était consacrée à un événement qui lui fit dresser les cheveux sur la tête : on avait trouvé une main d'homme dans le saloir de l'abattoir. Il apprit aussi que l'épouse de Félix le jeune avait déclaré que son mari l'avait quittée en laissant un mot sur la table de la cuisine : il y expliquait qu'il allait chercher fortune dans une grande ville de la côte et n'était pas reparu à Couraurgues depuis un certain temps. Ce mot avait étonné tout le village : il était de notoriété publique que Félix le jeune n'avait jamais mis un pied hors du territoire de Couraurgues où il avait des terres que sa famille se transmettait de génération en génération et auxquelles il tenait plus qu'à la prunelle de ses yeux. Auxiliairement, Marino ajoutait que cet ours mal léché ne savait ni lire ni écrire. Il se demandait à juste titre qui avait pu tenir la plume pour lui. Suivait alors la liste des quelques villageois qui savaient lire et écrire, une liste non exhaustive s'excusait Marino, car à vrai dire son enquête était encore en cours. Ce premier recensement avait été effectué sous l'égide de Monsieur le Curé qui avait enseigné ces hommes dans leur enfance. Marino continuait à enquêter dans ce sens. Les jours suivants, Debrume devait recevoir d'autres lettres du même acabit, comportant des listes classées par catégorie, voire par générations. Ainsi y avait-il la liste des enfants que Monsieur le Curé instruisait encore aujourd'hui, et de ceux qui étaient à Combeferres. Pour chaque personne était noté le niveau d'écriture et de lecture, dûment évalué par le prélat de Couraurgues, et pour les enfants de Combeferres, par Rosine. Ce travail avait coûté à Marino plusieurs journées d'interrogatoires.

Les lettres du brigadier s'arrêtaient toujours de manière abrupte, après quelques expressions de cordial respect, et sans qu'il eût émis une hypothèse ou fait une déduction quelconque de ses trop nombreuses observations, ce dont Debrume lui était reconnaissant. Par ailleurs Marino n'avait jamais suggéré l'idée d'avertir les autorités, comme si la nécessité de l'enquête allait de soi et qu'il n'avait pas besoin d'autre autorité que celle qu'il s'octroyait pour la mettre en route.

La conséquence de ce magma d'informations était que cette main d'homme trouvée dans un saloir passait aussi inaperçue que s'il s'était agi d'un pied de porc ou d'un jambon. Debrume se demandait parfois si de temps en temps, le brigadier n'oubliait pas un feuillet, voire un paragraphe et même une phrase, mais vu son sens de l'ordre, il était improbable qu'il eût laissé quelque chose traîner sur la table après avoir scellé sa missive. Debrume était pantois devant ces nouvelles qui tombaient sur lui en cataracte, et qui, depuis son arrivée à Turin l'avaient suivi jusqu'à Savone. A contrecœur, il finit par en parler à ses compagnons de voyage avant de se mettre à la recherche d'un télégraphe pour tenter d'en apprendre davantage et de donner quelques ordres au zélé brigadier. Il se verrait donc prier Marino de lui donner des détails supplémentaires concernant cette main et ce saloir, tout en ayant conscience que c'était ce dont il le priait de s'abstenir quand, au hasard de leurs rencontres journalières dans les rues de Couraurgues, Marino se mettait en devoir de lui rendre compte de ses observations. Mais il acceptait le risque qu'il encourait, sachant qu'il ne pourrait connaître le fin mot de l'histoire qu'à ce prix. Ainsi, déjà courbant l'échine, s'apprêtait-il à subir stoïquement, comme une sorte de punition obligée, l'avalanche de digressions inutiles qui allaient lui tomber sur la tête à la prochaine missive du brigadier.

12

Il lui fallait trouver au plus tôt un télégraphe non seulement pour tenter de communiquer avec Couraurgues mais surtout pour mettre au courant Jobelin, son ami le juge, et lui demander de se rendre au plus tôt auprès de Marino. Il se méfiait comme de la peste des explications embrouillées que ce dernier pouvait donner s'il avait l'idée d'appeler le juge à la rescousse. Mais la Pensione Santa Caterina se trouvait dans un bourg assez éloigné du centre de la ville et de plus, ce jour-là, Marthe avait prévu de se rendre au couvent San Giacomo où la Mère Maria della Visitazione avait accepté de la recevoir. Comme il n'envisageait pas de la laisser aller seule, il remettait donc sa recherche d'un télégraphe à plus tard, trahissant sans hésiter sa rigide conscience de limier qui l'eût poussé à abandonner sur le champ ses amis pour se précipiter à Couraurgues.

Selon son habitude, Utto avait pensé à tout. Il était de ceux sur lesquels on pouvait compter en toute circonstance. Toujours présent et attentionné, d'un calme autant constant que redoutable, il était à la hauteur de toutes les tâches. Il travaillait dans l'ombre sans besoin d'attirer sur lui la reconnaissance tapageuse dont certains sont si friands qu'ils ne feraient jamais rien sans elle. Dès son arrivée à Savone, il s'était adressé à un membre de leur organisation pour obtenir son aide et la liste des collaborateurs sûrs qu'il pourrait solliciter. Il avait donc loué un fiacre dont le cocher était un adepte de la cause et qui ne les trahirait pas.

L'homme était fier de se rendre utile à ces membres éminents de l'organisation et se montra plein de zèle. Animé d'un sentiment d'orgueil démesuré pour sa ville natale, il se mit en devoir de leur donner un aperçu des richesses architecturales qui se trouvaient sur leur trajet. Ainsi accompagnait-il sa course de force commentaires patriotiques. Lorsqu'ils passèrent sous la masse impressionnante de la forteresse Priamar, il ne manqua pas de rendre hommage à ceux qui étaient tombés pour la cause sans oublier ceux qui avaient passé de longues années en prison pour elle. Il marqua un arrêt pour rappeler, avec des larmes dans la voix, que cette forteresse avait été transformée en prison en mille huit cent vingt, soit après l'annexion de la Ligurie au Piémont, et que Mazzini y avait été emprisonné. Debrume redouta alors d'avoir à subir un résumé de l'œuvre considérable que le penseur avait laissée, mais Marthe interrompit à temps les effusions du cocher, en lui rappelant l'heure de leur rendez-vous. Ils avaient encore à faire l'ascension d'une colline qu'il leur avait indiquée du doigt pour arriver au couvent San Giacomo.

Ils avaient espéré, parmi les hypothèses formulées ensemble en réfléchissant à haute voix, tels des enfants qui cherchent à énoncer les règles d'un nouveau jeu, qu'Elodie serait là à les attendre aux côtés de la Mère Supérieure. Pour Marthe en particulier, le désir de la revoir était si grand qu'il lui sembla apercevoir sa silhouette identifiable entre mille déambuler derrière les colonnes du cloître, se faufilant entre les moniales à la robe noire parmi lesquelles sa longue robe claire semblait celle d'un ange tombé du ciel. Elle avait tant imaginé leurs retrouvailles, leurs effusions libérées enfin de la sempiternelle retenue qu'elles avaient toujours cultivée en dehors de leur intimité ! Elle se voyait prendre enfin Elodie dans ses bras à la vue de tous pour la serrer contre elle et la couvrir de baisers. Alors que Debrume tendait à la Mère Maria della Visitazione le portfolio de gravures, lui demandant si elle pouvait les aider à les identifier, Marthe ne pouvait sortir de cette vision qui étreignait son cœur et la laissait dans un état second. Elle entendait dans un brouillard la voix de l'absente : « Je vous attendais, disait-elle, je savais que maintenant vous ne tarderiez plus... » Ils la suivaient marchant lentement à ses côtés. Elle s'appuyait discrètement sur son ombrelle, montait dans le fiacre là, tout près d'eux, aidée par Utto qui lui tendait la main. Elle les guidait ainsi sur le chemin de son secret, ce secret qu'elle avait évoqué sans jamais le trahir dans les délires de sa maladie désormais surmontée et pendant laquelle elle était restée seule à savoir, seule à souffrir, seule à pouvoir quelque chose pour elle-même. Marthe n'avait plus qu'à la suivre comme son ombre dans laquelle elle avait toujours évolué de son plein gré : ce n'était qu'aujourd'hui, en son absence qu'elle comprenait à quel point Elodie avait été essentielle à sa vie.

Mais il n'y avait personne aux côtés de la Mère Supérieure dans le froid atrium où elle les reçut. Ils avaient vu les moniales disparaître l'une après l'autre en silence se dirigeant vers le cloître qui les séparait du monde. Sur un mot de Debrume, Marthe était revenue à elle et avait tiré de son aumônière la lettre de présentation que la Mère Maddalena del Gesù de la Piccola Casa della Divina Provvidenza leur avait remise avant de quitter Turin. Elle l'avait tendue à la Mère Supérieure qui la lut avec beaucoup d'attention. Celle-ci observa également le portfolio et ses gravures, indiquant celle qui représentait le couvent San Giacomo où ils se trouvaient et citant le nom de certains autres monuments. Aux questions de Debrume, elle répondit qu'aucun Père Jésuite ne se serait hasardé à entrer dans ce couvent sans qu'elle en fût informée, ni aucun autre visiteur, homme ou femme, les moniales ayant choisi de vivre cloîtrées jusqu'à la fin de leur jour pour se consacrer à celui qu'elles avaient choisi pour époux. Quant à la dame qu'ils recherchaient, elle entretenait avec elle une correspondance régulière puisqu'elle était une de leurs généreuses bienfaitrices. Certaines jeunes personnes n'étaient accueillies que parce qu'elle leur apportait une dot. Mais elle n'avait pas vu cette dame récemment. Puis elle les congédia en les bénissant avec bienveillance, sans leur avoir rien appris.

Ils s'acheminèrent vers leur fiacre qui les attendait sur l'esplanade, dans un mutisme morose qui révélait leur déception. C'est alors qu'ils entendirent une voix de femme les appeler derrière eux. C'était une sœur converse. Arrivée auprès du fiacre, elle remit furtivement un billet à celui qui se trouvait le plus près d'elle, Utto en l'occurrence. Et le temps de dire en chuchotant : « *Per carità non dite niente a Madre Maria !* », elle disparut aussi furtivement qu'elle avait surgi auprès d'eux.

Arrivés à la pension, ils n'eurent pas le cœur de faire grand honneur au repas. Ils étaient tous trois perplexes et ne participaient pas à la conversation animée des autres convives. Après le repas, ils se réunirent dans la chambre de Marthe et leurs réflexions partagées les amena à la conclusion que quelqu'un semblait vouloir les mettre sur une piste. Sans doute celui ou celle qui semait ces indices sur leur route avait-il une bonne raison de le faire. Etait-ce un piège ? Peu importait. Puisqu'ils n'avaient rien d'autre à se mettre sous la dent, ils décidèrent de suivre aveuglément l'ordre de route qui leur était donné par cet étrange biais, obtempérant ainsi au mystérieux messager qui les dirigeait de loin et espérant en apprendre davantage sur le sort d'Elodie.

Debrume n'était pas convaincu que parmi les monuments représentés sur les gravures, tous aient une signification pour leur recherche. Mais le billet remis par la sœur converse leur apprenait quelque chose de plus précis. Il ne contenait que peu de paroles : « ... *il mio bel San Giovanni... di' 1/ 10* ». Or, ni Marthe ni Utto ne semblaient le comprendre, alors que Debrume savait à quoi Dante faisait référence, dans ce chant XIX de l'Enfer dont il était issu. Mais Marthe avait pris les choses en main et, lui sembla-t-il aussitôt, le mors aux dents :
« Nous ne pouvons rien conclure de ce mot, une énigme ridicule qui n'a ni queue ni tête. Mais grâce à la visite de ce matin, nous avons identifié d'autres monuments du portfolio après la célèbre basilique d'Assise et la grotte où Saint François a reçu les stigmates. Il y a également ce monastère qui semble se trouver au milieu des Apennins toscans. De son côté Canelli a continué

de suivre l'homme repéré à Turin et qui est peut-être ce père jésuite dont vous a parlé le bedeau et avec qui Elodie parlait longuement sur les bancs de l'église. Peut-être cette poursuite aboutira-t-elle. Comme j'ai dans l'idée que nous devrons séjourner plusieurs mois ici, il n'est pas nécessaire que vous restiez avec nous. Utto et moi prendrons une escorte et nous visiterons en suivant l'ordre, tous les monuments identifiés. Si j'en crois la carte, le monastère ne semble pas très loin de la grotte où Saint François a reçu les stigmates avant de revenir mourir auprès de Sainte Claire, dans la ville qui l'a vu naître. Nous suivrons les pas de Saint François. Voilà à quoi nous nous consacrerons, Utto et moi. Quant à vous, cher ami, il est temps que vous regagniez Couraurgues. Il semble que vous y aurez du pain sur la planche. »

Debrume était tellement préoccupé par ce message que Marthe avait mis de côté un peu hâtivement et par l'erreur d'interprétation qu'elle pouvait en faire, qu'il ne releva pas. Il tenta de lui expliquer sa signification car il savait à quoi faisaient référence ces mots. Mais elle lui coupa violemment la parole et ne voulut pas l'écouter, persuadée qu'il contestait ses ordres. Elle les réitéra sur un ton plus acerbe encore que la première fois. D'abord interloqué, Debrume avait pensé qu'il s'agissait d'une plaisanterie. Son insistance ne fit qu'exacerber ce ton tranchant qu'il ne lui avait jamais connu. La plaisanterie s'avérait être un ordre inflexible, tel qu'il n'en avait jamais reçu d'elle. Il était resté sans voix quand Marthe avait ajouté sur un ton ambigu où perçait l'ironie : « Et nous savons tous que quelqu'un sera heureux de vous y revoir. »

Puis, tandis qu'Utto baissait les yeux, Marthe tourna les talons et alla s'enfermer dans sa chambre.

Le départ de Debrume était prévu pour le matin suivant. Il décida de ne pas s'abaisser à contester l'ordre. Son insistance ne servirait à rien qu'à exacerber le rapport qui s'était installé depuis quelque temps déjà entre Marthe et lui et dont la rigidité glaciale continuait de lui être incompréhensible. Il ne voulait cependant pas penser qu'elle avait pris plaisir à le tourmenter. Mais il n'eut pas le cœur non plus de se demander ce qui avait causé cette froideur. Il préféra obtempérer, faire ses préparatifs et quitter la place de la manière la plus digne possible. C'était tout ce qui lui restait, en l'occurrence, sa dignité.

La dernière nuit qu'il passa à Savone, il fut accablé d'une de ses sempiternelles insomnies. Alors qu'il tournait en rond sur le balcon de sa chambre en contemplant les étoiles, les questions revenaient : pourquoi ne voulait-elle plus de lui ? Il ne trouvait pas de réponse. Il ne comprendrait jamais cette femme qui lui avait pourtant tant apporté. Son cœur était lourd de l'étrange sentiment qu'en quittant l'Italie il ne la reverrait plus, de même qu'il ne reverrait plus jamais Elodie. Ce sentiment d'avoir vu Marthe pour la dernière fois le faisait frissonner d'effroi. Il avait beau s'ébrouer comme un chien sortant de l'eau, cette impression ne le quittait pas. Leur relation s'était terminée ainsi, de la façon la plus abrupte mais aussi la plus banale qui soit, dans cette totale incompréhension qui est le lot de la plupart des échanges humains. Il savait néanmoins que Marthe se fourvoyait et il n'était pas homme à saboter une mission. Il écrivit une lettre où il expliquait son hypothèse à propos du vers de Dante, sans ajouter un quelconque commentaire à propos de l'injustice qu'elle faisait peser sur lui.

La lune éclairait maintenant la ville de sa douce lumière qui, se coulant le long des petits golfes de la côte, faisait luire ses reflets sur l'eau sombre. Sous sa fenêtre, elle lissait d'argent les palmes immobiles. Un subtil parfum de fleurs inconnues se mêlait à l'odeur de la nuit. La mer s'étendait à l'infini et devant lui, se déployait la beauté du monde, une promesse de liberté. Mais il était incapable d'appréhender tous ces trésors pourtant à sa portée. Il ne voyait plus rien que cette étrange douleur au fond de son cœur comme s'il allait pouvoir la toucher. Il eut pourtant la force de lutter jusqu'au petit matin pour se débarrasser de ses stupides prémonitions, les jugeant indignes d'un homme fort que devait toujours porter un courage sans faille. Il n'y réussit que lorsqu'un bref sommeil vint le visiter soudainement d'où il sortit quelques instants après, l'esprit en grand désordre. Le soleil pointait au ras de l'horizon et il était désormais l'heure de se préparer à partir. Il boucla son sac en toute hâte, confia sa lettre pour Marthe à la directrice de la Pensione Santa Caterina et se dirigea vers la gare.

13

On lui avait réservé une place dans le train. On l'avait congédié comme un enfant qu'on renvoie à ses jeux, jugé incapable de s'immiscer dans la vie des grands. Son amour-propre était touché à vif. Mais il ne voyait aucun moyen d'épancher sa colère, aucun bouc émissaire dans ce compartiment où il se trouvait seul, ni dans sa vie où il se trouvait plus seul encore. Il se mit donc en devoir de ne plus penser à Marthe, d'effacer de son esprit les tensions qui s'étaient installées entre eux en si peu de jours et qui semblaient les avoir irrémédiablement éloignés l'un de l'autre. Il regardait la mer si belle qui scintillait non loin de lui et qui, malgré les signaux qu'elle lui lançait, ne réussissait pas à capter son attention. L'absence d'Elodie ne pouvait être comblée. Les recherches se passeraient sans lui. Il avait l'impression de l'abandonner. Si elle était encore en vie, dans quel danger était-elle tombée sans personne pour la protéger ? Et que signifiaient ces messages abscons qui prétendaient guider leurs pas ?

Il n'était pas capable d'oubli. Il était incapable de solutions radicales et instantanées. Il avait besoin de temps. Il avait appris que c'était à pas comptés qu'on avance dans l'existence, avec la lenteur du cheval retenu par les rênes. Pourtant chaque pas était essentiel et la lenteur plus que tout qui donnait le temps de comprendre. Or, on avait peu de temps. Le moment arrivait vite où pour tant de choses il était trop tard. Il prenait conscience aujourd'hui que Marthe avait fui devant lui pendant toutes ces années, avec la même lenteur dont il avait besoin et qu'il ne pouvait lui reprocher. Les reproches, c'était à lui-même qu'il devait les faire : il n'avait rien compris, il n'avait fait qu'attendre dans la certitude béate que rien ne pouvait entraver leur relation. Et le temps était passé, inexorable. Aujourd'hui sa vie était déserte, il était seul. Elodie non plus n'était plus là pour écouter ses doutes. Il entendait toujours la douceur réconfortante de sa voix. Et dans ce train si loin de tout ce qu'il aimait, il se souvenait de ce qu'elle lui avait dit un jour :
« Avez-vous déjà pensé au mariage ?
- Vous savez comme moi qu'elle ne m'aime pas…
- Oh ! l'amour… avait-elle dit, sur un ton désabusé… », et son regard s'était perdu dans le vide devant elle, le vide devant lui, le vide du temps qui s'ouvrait devant eux comme un vertige. Il avait souvent éprouvé cette sensation de vertige et ce jour-là, Elodie lui avait permis de l'éprouver avec plus d'intensité. Ils n'avaient dit rien de plus. Il avait regagné sa maison au cœur du village, la tête pleine de questions. Les mêmes questions l'agitaient encore aujourd'hui, intactes, comme ce jour-là, où

elles l'avaient assailli auprès d'Elodie convalescente, alors qu'ils se trouvaient tous deux sous l'ombre parfumée du tilleul en fleur.

Alors que le train le ramenait à Couraurgues dans un nuage de poussière noire et dans ce bruit continu régulièrement scandé qui agaçait ses oreilles, il essayait d'échapper à l'oppression qui le gagnait en tentant de fixer son esprit sur ce qui l'attendait. Pensant à Marino, il se demandait encore une fois s'il arriverait un jour à comprendre pourquoi la seule présence de cet homme pourtant de bonne volonté lui était si pénible. Il relisait ses lettres loufoques pleines de mains coupées qu'il avait sans doute imaginées pour l'attirer dans ses délires, dans son malaise, dans son rapport douloureux à la vie. Néanmoins, il réussit le tour de force de ne pas se mettre en colère contre lui, tout en le déplorant, une saine colère l'eût occupé un moment. Il avait tout simplement devant lui, en même temps que le visage tourmenté du brigadier, l'insipidité de la vie qui l'attendait à Couraurgues, la tristesse de ses nuits sans fin que le savoir-faire de la douce brodeuse ne réussissait pas à apaiser, l'inutilité de ces jours perdus dans d'indolentes promenades à cheval, et la question, toujours la même, de savoir pourquoi le hasard l'avait fait se poser là, au milieu de ces montagnes arides qu'il n'avait pas choisies, dans ce village coupé du monde où toutes les passions de l'existence concoctaient un condensé de souffrances et d'abjections, et où néanmoins, il s'était accroché comme la moule à son rocher. Certes il y avait Icare et la beauté des paysages, le silence vibrant de la nature, la dureté implacable de la montagne, mais aussi de braves gens dont le dévouement n'avait pas le pareil ailleurs. Le médecin, ce cher docteur Courbet, Gigi, Mamma Marietta et puis aussi Rosine dont il aimait la conversation enjouée et la compagnie lumineuse lorsqu'ils traversaient la forêt de Terpane à cheval. Et en cet instant, alors qu'il était encore si loin du coin perdu où elle se trouvait, c'était son sourire qu'il revoyait. Il avait beau chercher dans sa mémoire, c'était le plus beau sourire que la vie lui avait donné de rencontrer depuis la disparition de Céleste, un sourire si doux qu'il pouvait faire oublier toute la noirceur et la misère du monde. Et, avec cette gentille illusion en tête, bercé par le bruit régulier du train, épuisé par sa nuit d'insomnie, il finit par s'endormir.

Il fut éveillé en sursaut par un arrêt brutal de la machine. On était arrivé à la frontière et les douaniers contrôlaient les passeports des voyageurs. Il en profita pour descendre du wagon et se restaurer, l'arrêt devant durer une heure entière. Il acheta du fromage de brebis et des galettes à une petite paysanne. Dans un panier d'osier tapissé des feuilles luisantes d'un figuier, elle proposait quelques fruits dont la fraîcheur l'attira. Il se régala de quelques figues encore chaudes de soleil et dont le sucre collait aux doigts. Puis il remonta dans le train, continuant d'obéir aux ordres de Marthe, comme un bon soldat qui a reçu sa feuille de route, ironisait-il.

On avait décidé pour lui que ce qui concernait Elodie ne le concernait plus. Une page de sa vie avait été tournée sans qu'il n'eût à dire un mot. Il ne lui restait qu'à revenir à Couraurgues, c'était là que Marthe l'avait assigné à résidence. Il y éluciderait encore un fois une sombre histoire de meurtre : une vieille habitude, sa seule fonction semblait-il dans l'existence. Passer sa vie avec les défunts, imaginer leur vie pour dévoiler le mystère de leur mort. A force de les côtoyer, les morts lui étaient plus familiers que les vivants. Des sortes d'amis qui ne le dérangeaient guère. Il était attaché à eux : il avait pour eux une certaine manière de tendresse. Il ne les laissait pas partir si facilement, tous, ceux qu'il ne connaissait pas comme ceux qu'il aimait. Il refusait l'absurdité de la mort à laquelle ces vivants avaient été voués tout à coup. Longtemps après leur disparition, ils habitaient le monde de ses rêves, et il pouvait les voir partout autour de lui. Ainsi, lorsqu'il tournait les yeux à l'intérieur du compartiment pour se protéger de la brillance de la mer qui défilait depuis des heures sous son regard ébloui et confus, c'était Céleste qu'il voyait, face à lui. Et c'était étrange, car elle portait la tenue que Marthe avait choisie pour voyager à l'aller, le même petit chapeau de voyage posé en avant sur son front pour protéger ses yeux qu'il ne voyait pas. Et elle ôtait son gant pour lui donner sa main à baiser, avec ce geste familier qu'elle avait souvent eu pour lui dans leur intimité. Céleste était morte depuis tant d'années et un jour Marthe en avait été son image ressuscitée par les visions de son deuil. Marthe en somme n'avait été d'abord qu'une image, une image irréelle qu'il était seul à voir. Existait-elle vraiment ou n'était-elle que cette image qu'elle n'avait pourtant aucune intention de lui présenter, claquemurée comme elle l'était dans des carapaces de retenue ? Cette image d'elle, c'était lui qui l'avait inventée pour son usage personnel. Elle n'était qu'une invention de son esprit, concluait-il avec le ressentiment que lui avaient laissé les décisions arbitraires qu'elle avait prises pour lui.

Avec un regain d'énergie, il se leva pour se dégourdir les jambes et pour chasser ces mauvaises pensées qui le tiraient en arrière. C'était à la vie, et non pas aux morts, qu'il eût été judicieux de penser aujourd'hui devant l'éblouissement des paysages ensoleillés de la côte ligure qui découpait ses avancées rocheuses sur une mer d'huile d'un bleu à couper le souffle. Il eût aimé voir arriver dans le compartiment une belle voyageuse encombrée de sacs de voyages et de cartons à chapeaux. Il eût rêvé au regard d'une inconnue, aux rencontres faciles, à des amantes passagères capables de lui donner ce petit bonheur fugace mais indispensable par lequel il se sentait être un homme de chair.

Ces derniers temps, une femme était entrée dans sa vie, cette habile brodeuse qui lui avait offert sans façon ses charmes vieillissants et ses manières expertes. Elle lui avait permis de tolérer la solitude à laquelle le mutisme persistant de Marthe le contraignait ainsi que la cruelle absence d'Elodie. A Couraurgues, il avait rarement posé les yeux sur d'autres femmes après la mort d'Evangéline et les années s'en étaient allées à grands pas. Il y avait pourtant de jolies paysannes à la peau dorée, de timides bergères, d'élégantes demoiselles, filles de notables élevées au couvent et qui baissaient pudiquement les yeux sur son passage, quand il avait l'audace de les saluer du haut de sa monture. Il les avait connues enfant, de même que Rosine au joli sourire.

Rosine était la joie de vivre faite femme. Il l'avait sauvée, petite fille, des griffes de son frère à l'esprit dérangé et elle était maintenant en âge de choisir un mari. Il était indubitable qu'elle saurait le faire sans l'aide de personne. Sa tante Elyette avait renoncé depuis longtemps à s'occuper de cette écervelée qui ne pensait qu'à ses chevaux et aux recettes de Mamma Marietta. Elle avait été dépitée de voir que Rosine refusait obstinément de flatter tant soit peu son apparence lorsqu'elle avait tenté de la présenter dans le monde, pendant la saison des bals à Aix. Elyette n'avait jamais admis la préférence de Rosine pour la rusticité de Couraurgues, la vie à l'écart du monde, choix auxquels cette dernière était toujours restée fidèle. Avec l'aide de ses domestiques, Rosine avait géré Apreville en maîtresse femme aussi déterminée que possible. Elle avait su prendre sa vie en main sans le conseil de personne, mais toujours accompagnée par la bienveillance jamais désavouée de Gigi et de Mamma Marietta. Debrume pensait à elle, à sa compagnie si agréable qu'il avait hâte d'être déjà rendu à bon port. En effet, Rosine était peut-être la seule personne qui répandait autour d'elle de l'insouciance et de la joie sans réclamer en retour aucune compensation. Mais plus il avait hâte d'arriver, plus les heures s'étiraient longuement dans le bercement des rails, la poussière noire du charbon et les soubresauts de la machine qui semblait aussi épuisée que les passagers.

Cependant, on approchait du terminus. Dans une symphonie grinçante de métal, on amorça le freinage. Après l'arrêt brinqueballant, la tête bourdonnante, il entendit la voix péremptoire du chef de gare annoncer dans son porte-voix le mot tant attendu : « Terminus… tout le monde descend… » Debrume quitta le train, mal éveillé, l'esprit encore embué d'un mauvais sommeil sans repos, les yeux irrités et brûlants, tourmenté par la migraine. Happé par la foule, il se laissa porter dans la fumée des quais et la bousculade, évitant de justesse les collisions avec les charriots des porteurs. Qu'avaient-ils à être tous si pressés ? Ils avaient beau faire, cette agitation inutile les porterait tous au même port, se disait-il, irrité.

Il descendit dans un hôtel non loin de la gare et le soir, après le dîner, il promena ses insomnies dans la ville de Nice qui lui était aussi familière qu'étrangère. Familière parce que c'était là qu'il avait commencé sa carrière, et étrangère parce que depuis qu'il l'avait quittée, la ville connaissait d'incroyables transformations. Non seulement il ne reconnaissait pas ses nouvelles rues tracées entre ses jardins envahis de palaces, ses collines où les oliveraies disparaissaient au profit de vastes demeures entourées de parcs arborés, mais il n'y avait plus aucun ami. Le seul qui lui restât était Honoré Deroure qu'il appelait de ses initiales HD, l'homme discret. C'était lui qui lui avait enseigné la photographie. Il avait souvent été reçu dans son pavillon sur la colline de Gairaut perdu parmi les oliveraies. Mais son ami n'habitait plus cette maison depuis qu'il avait convolé en noces tardives avec Elyette, la tante de Rosine, qui, à sa grande joie, l'avait rendu père. Il avait donné le prénom de Debrume à l'enfant, Charles, et lui avait demandé de le porter sur les fonts baptismaux, ce que l'inspecteur avait fait avec un bonheur indicible. Il avait tenu cet enfant vagissant dans ses bras, ce petit être sans défense, sous la bénédiction du vieux curé de Couraurgues, aux côtés de Rosine qui avait été choisie comme marraine. Il se souvenait avec émotion de ce moment où il avait senti ce petit corps chaud et vivant s'agiter dans ses bras avec une volonté déjà entière. Il se souvenait du sourire attendri de Rosine devant ses gestes maladroits, alors qu'elle reprenait délicatement le nourrisson dans ses bras après qu'il se fut empêtré dans les dentelles de la longue robe de baptême. Honoré les avait photographiés, immortalisant cet instant où elle l'avait regardé ; et il repensait qu'elle avait le sourire de sa mère Nadège regardant son amant, quand le même Honoré les avait photographiés lors du baptême de Rosine, quelque dix-huit ans auparavant, ce baptême qui avait réuni une foule empressée autour de la folie d'Apreville. Depuis, il avait souvent mis les deux images côte à côte, l'une déjà pâlie par le temps, l'autre plus claire : Nadège, dont il devinait la tristesse sous son faible sourire et Rosine, si lumineuse, dont l'image fixée sur le papier auprès de la sienne lui procurait cette étreinte au cœur, furtive et indescriptible qu'il n'avait plus ressentie depuis si longtemps, Rosine… qu'il avait vue petite fille et qui était devenue une jolie jeune femme, si essentielle à son entourage.

Il prit la poste pour la ville de V le lendemain où il arriva au crépuscule. Mais comme il n'avait pas l'intention de s'attarder en ville et que la saison le permettait, il loua un cheval et s'engagea aussitôt par la route de la diligence, sur le chemin qui menait à Couraurgues. En coupant par les muletières, il arriva sur la place de la Combe avant la patache du soir. Les palefreniers préparaient les chevaux de renfort et attendaient le clairon du cocher pour les amener au pont du Can où ils doubleraient l'attelage avant d'attaquer la rude montée vers le village. Généralement, Marino les escortait, prêt à apporter son aide en cas de besoin, mais il ne l'avait pas vu en passant le pont. A l'heure qu'il était, il était loin d'avoir entamé sa ronde, mais il avait dû quitter le haras de Terpane qu'on laissait à la surveillance de Peppino, le neveu de Gigi pour la nuit. Il était certainement arrivé à son écurie, près de l'abreuvoir du rempart sud, au bas du village. Il était en train d'y harnacher son cheval, cirant ses sabots et l'apprêtant pour la parade qu'il s'imposait chaque soir à l'heure où les maîtresses de maison ravivent le feu et allument la lampe du souper.

Sur la place de la Combe, le crépuscule avait déjà effacé les couleurs des murs et l'agitation régnait. L'aubergiste préparait ses tables pour les voyageurs de passage, les travailleurs arrivaient de tous côtés et s'installaient autour du poêle en parlant haut et fort avant de rentrer chez eux où déjà la table du soir était dressée. La lumière tombait avec lenteur du ciel encore clair entre les venelles étroites et l'on voyait le sommet du Couron briller dans le dernier soleil. L'air sentait la soupe chaude et le feu de bois. Debrume retrouvait la quiétude des journées de Couraurgues au moment où cessent peu à peu les activités en laissant derrière elles le silence particulier et l'immobilité qui semblent tomber tout à coup sur le village sans qu'on s'y attende. Mais il savait cette quiétude factice. Elle cachait de sombres mystères que Marino semblait avoir mis à jour, à moins qu'encore un fois, il n'ait laissé son esprit s'envoler sur les ailes de ses délires extravagants vers son monde de pureté et d'ordre absolu où il était le seul à évoluer. Debrume aurait hélas la soirée pour s'en assurer avant de rentrer chez lui où sa servante Cendrine lui aurait confectionné entretemps un repas aussi rapidement préparé que succulent.

Il était fourbu, mais sa conscience commandait. C'est ainsi qu'il s'acheminait sans courage comme s'il marchait vers le lieu de son exécution, vers l'écurie où Marino harnachait son cheval pour la ronde du soir. Courbant déjà l'échine, il se préparait à recevoir stoïquement le flot de paroles que le brigadier ne manquerait pas de déverser sur lui et dans lequel un jour ou l'autre il finirait par se noyer. Il avait beau se raisonner, il avait toujours la même appréhension lorsqu'il s'approchait du prolixe et trop appliqué brigadier. Mais, comme touché par la foudre, il fit brutalement volte-face. Il s'était ravisé à temps, jugea-t-il. Il venait de prendre la décision de mettre de côté cette fastidieuse corvée. Il regagna sa demeure afin de se restaurer et de changer de linge : laissant de côté son devoir, il avait l'intention de faire une visite nocturne autant que discrète à celle à qui, depuis quelques semaines seulement, il avait confié la tâche d'apaiser ses sens.

14

La nuit était bien avancée lorsque Debrume donna à Cendrine sa servante la permission de se retirer : il n'avait plus besoin de rien, et il avait des projets. Il éteignit les lampes, se munit d'une lanterne et se dirigea vers la maison de sa nouvelle amie sans omettre de prendre avec lui la dernière édition du Tasse achetée pour elle en Italie : elle lui avait parlé avec enthousiasme de cette œuvre qui avait été réimprimée récemment et dont elle espérait posséder un jour un exemplaire. La nuit était sans lune, il était plus de minuit, les torches étaient éteintes aux carrefours et la ronde de Marino ne commencerait qu'au petit jour, lorsque lui-même serait rentré depuis longtemps. Il avait quelques heures devant lui, où il pourrait faire sa visite en toute discrétion, assuré de ne rencontrer personne dans les rues noires abandonnées aux chats errants.

Il traversa l'andrône qui passait sous les habitations de la rue située au-dessus de chez lui et n'eut plus qu'à dévaler les deux ruelles qui séparaient sa maison de celle de la brodeuse. La placette sur laquelle elle donnait était déserte à cette heure, mais une lampe éclairait sa fenêtre, comme souvent la nuit : il la voyait briller de loin comme si elle était là seulement pour lui. Un tilleul silencieux dressait contre la nuit sa rassurante présence tandis que dans la journée il offrait son ombre bienfaisante au banc de pierre installé sous sa ramure. Le silence était interrompu par les pleurs soyeux d'une fontaine. L'inspecteur enjamba la volée de marches qui s'élargissaient devant lui et se posta sous la fenêtre illuminée. Il eut beau scruter l'intérieur, aucune tête n'était penchée sur l'ouvrage. La pièce était déserte. Il savait qu'elle oubliait souvent d'éteindre sa lampe avant de se coucher. Il gratta à sa porte selon le signal convenu. Il insista, il savait son sommeil léger, mais personne ne répondit.

Déçu, il s'en retourna par un autre chemin, celui qui longeait les abattoirs. Il n'était pas loin de sa maison lorsque, rapide comme l'éclair, surgit devant lui une silhouette. Sa surprise passée, il reconnut Baptiste Bonin qui avait comme lui des manies de noctambule. Mais depuis l'affaire où il avait failli être inculpé de meurtre alors qu'il n'était coupable que de petits larcins, le garçon avait fait amende honorable. Il avait décidé de devenir gendarme et en attendant son incorporation il donnait un coup de main à Marino en effectuant des rondes de nuit. Le garçon avait à cœur de profiter de l'enseignement que le brigadier lui dispensait avec enthousiasme après l'avoir convaincu qu'il était de son devoir de faire respecter la loi dans tous les lieux où il se trouvait puisqu'il se destinait à la profession. Debrume le questionna au sujet de la carrière qu'il envisageait et après cet échange poli, Baptiste déclara de manière un peu abrupte : « Il était temps que vous reveniez à Couraurgues, inspecteur ! Il s'y passe des choses étranges, voyez-vous. Avec le brigadier et en attendant l'arrivée du juge Jobelin, nous avons commencé l'enquête sans vous. Nous ne serons pas de trop… ! » Et en jeune recrue formée par Marino, il se mit à dévider nombre de menues observations dont la liste ne semblait vouloir jamais finir. Malgré l'étrange impression d'avoir le double de Marino devant lui, Debrume les jugea intéressantes au premier abord, mais il avait tant de mal à les remettre en ordre qu'il préféra proposer à Baptiste d'entrer chez lui : il pourrait prendre des notes et leur échange serait à l'abri d'oreilles indiscrètes. Intimidé mais flatté d'être reçu dans le cabinet de travail de l'inspecteur, Baptiste s'assit avec précaution sur le bord d'un des fauteuils vénitiens, ce qu'il n'aurait pu imaginer dans ses plus beaux rêves quelques temps en arrière. Il déclina avec force le redoutable café dont Marino lui avait parlé et qui n'avait pas quitté la chaleur du poêle depuis le moment où Cendrine avait allumé le feu et l'y avait laissé au chaud pour la nuit. Installé à sa table, Debrume tenta de retracer sur le papier la chronologie des faits que lui rapportait Baptiste.

Ces faits remontaient à plusieurs semaines, juste après le vol perpétré à l'église par des inconnus et qui n'avait toujours pas été élucidé. C'était pendant la nuit. Une nuit sans lune, soulignait Baptiste. Le village était chapeauté par une épaisse brume descendant tout droit du Couron devant lequel elle s'était accumulée après quelques jours d'une chaleur inhabituelle en cette saison dans ce pays d'altitude. On n'y voyait pas à deux pas et aussi peu que dans les plus maussades nuits d'automne. L'histoire de Baptiste était aussi brumeuse que la nuit qu'il évoquait et Debrume dut faire appel à ses talents de dessinateur pour tenter de reconstituer le trajet embrouillé des silhouettes fantomatiques qui avaient déambulé sous les yeux du garçon alors qu'il était posté en haut du rempart nord. Juste en-dessous de lui, il avait surpris un mouvement au pied du rempart, sur le sentier qui le longe, qui descend droit vers le Can et de là amorce la montée vers les premiers pâturages du Couron : une silhouette massive, qu'il ne faisait que deviner dans l'épaisse brume, avançait d'un pas incertain sur le sentier. Il ne pouvait voir de qui il s'agissait. Portait-elle un poids cette masse difforme à la marche bancale qui semblait couverte d'une longue cape noire ? A en juger par sa forte taille il s'agissait d'un homme. Il pensa que s'il allait jusqu'au pont de pierre qui surplombe le sentier côté est, il aurait pleine vue sur cet étrange promeneur nocturne et pourrait l'identifier. Il suivit donc en courant le chemin de ronde qui ne sert plus que de banc aux vieillards le dimanche, et se posta sur le petit pont de pierre sous lequel l'individu devait forcément passer. Il attendit longtemps mais il ne le vit pas reparaître. Lassé d'attendre, il enjamba le parapet du pont et fit un saut de quelques mètres. Il atterrit sur le talus herbeux en contrebas du pont, retombant sur ses jambes comme un chat : « Je suis entraîné, expliqua-t-il. » Il se retrouvait donc à l'entrée du sentier qui longe le rempart. Il avança lentement. Le sentier était désert. C'était comme si cette forme massive masquée par la brume n'avait jamais existé. Si elle n'avait pas été une vue de son esprit, elle s'était évaporée sans laisser la moindre trace de son passage : où avait-elle pu se cacher ? Le sentier était bien dégagé, la falaise qui soutenait le rempart présentait quelques aspérités où des buissons épais avaient pris racine, accrochés à la paroi. Mais personne n'aurait pu y trouver une cachette. La seule possibilité de disparaître eût été de se jeter dans le vallon qui s'ouvre à pic au-dessous du sentier et où coule le Can :

- J'aurais entendu le bruit d'un saut, mais rien ! Pas un bruit !

- Il aurait rebroussé chemin ?

- Je l'aurais vu repartir de là où j'étais…

- Il aurait peut-être pu prendre par les halliers sous les maisons à l'autre bout du sentier…

- Les halliers de Blanchard ? Ils sont si serrés que seuls les chats y passent encore. Et ils sont plantés dans un terrain si à pic qu'on se demande comment ils ont pu faire pour s'y enraciner… D'ailleurs le brigadier dit qu'il ferait mieux de les éclaircir… parce que, en cas d'incendie par exemple…

- Ah ! le brigadier pense à tout !

- Et il s'agit de quelqu'un qui n'était pas maigre du tout et qui avait du mal à marcher.

- Une silhouette massive as-tu dit !

- Oui, et qui boitait en avançant lentement. Mais je ne l'ai pas vue longtemps, juste aperçue. Une ombre…

- Qui boitait ?

- Il y a bien « la teigne » qui boite… oui, c'est le fils d'Augustine, on l'appelle comme ça, mais ça ne peut pas être lui, il est maigre comme un coucou. Il s'agissait de quelqu'un de large et carré comme une armoire. Et on aurait dit qu'il avait sur les épaules une houppelande de berger.

- Et tu ne peux me dire rien de plus ?

- Non, je sais seulement qu'il n'y avait rien ni personne sur le sentier quand j'y suis descendu.

- Il n'a pas pu se volatiliser quand même !

- Si j'en crois ce que j'ai vu, oui, Monsieur l'inspecteur, il s'est volatilisé. Comme par un tour de magie ! Et le brigadier me dit qu'il a déjà connu des cas comme ça dans ces vieux villages... et surtout autour des cimetières la nuit...

L'inspecteur interrompit les supputations farfelues de Baptiste avant qu'elles ne continuent, augmentées des délires de Marino qui avait une sainte frousse des fantômes auxquels il croyait dur comme fer à tel point que, pendant ses rondes, il ne s'aventurait jamais du côté du cimetière : « Restons-en à l'aspect rationnel des choses, mon garçon. Le rôle de l'enquêteur est d'avancer des preuves concrètes. »

Il le congédia quelques instants plus tard en se promettant d'avoir un entretien sérieux avec Marino le lendemain et de le ramener lui aussi sur le chemin de la raison. Il espérait qu'il n'était pas déjà trop tard pour endiguer la vague de délires que la situation avait sans doute déjà déclenchée. Il passa le reste de la nuit à tourner en rond dans son cabinet de travail pour mieux laisser aller ses pensées, après avoir ingurgité le contenu infâme et refroidi du toupin de cuivre. Il finit par rejoindre son lit et par s'endormir d'un sommeil agité alors que le jour était sur le point de se lever et que le village entrait dans son agitation quotidienne.

En ce petit matin, alors que Debrume était plongé dans son premier sommeil, la lumière n'avait pas encore surgi mais Marino était déjà en selle et entamait sa ronde. Il avait pris soin de mettre dans sa poche son calepin et son porte-mine bien aiguisé, prêts à l'emploi, car il pressentait qu'aujourd'hui il aurait à remplir quelques pages bien tassées. Il avait appris le retour de l'inspecteur et il n'avait pas l'intention de le décevoir en se trouvant à court de ces précieuses informations que, pensait-il, l'inspecteur affectionnait. Il les lui apporterait encore une fois comme un cadeau de bienvenue après son séjour en Italie, convaincu qu'en connaisseur, il ne manquerait pas d'apprécier la finesse de ses observations, même si sa pudeur toute virile ne lui permettrait pas de lui en faire compliment. Ce que Marino pouvait comprendre, car il avait la certitude de lire dans le noble cœur de Debrume, comme on lit dans un livre ouvert.

15

Plus tard dans la matinée, alors qu'il pensait pouvoir prendre son temps pour démêler avec Marino ses notes inextricables, Debrume fut éveillé en sursaut par des coups répétés à sa porte. Il détestait ce genre de réveil intempestif qui lui laissait l'esprit en berne et l'affligeait d'une certaine langueur pour tout le reste de la journée, mais il réussit à sauter du lit et à offrir une mine à peu près présentable à l'importun qui venait l'éveiller de si bonne heure. C'était Marino qui lui assenait ce coup de traître et le plongeait sans ménagement dans le vif du sujet. Il était accompagné de l'hôte de la poste de Virel située sur la muletière qui traverse le Couron et se dirige vers Bourdaine.
- Le saloir de Virel ! On y a trouvé une deuxième main, jubilait Marino.
- Dans le saloir ?
- Oui ! salée à point et j'oserais dire…

95

- Non ! Ne le dites pas brigadier. J'ai passé une très mauvaise nuit, je n'ai dormi que deux heures et je n'ai pas bu mon café...

- Je suis désolé, inspecteur. Il faudrait pourtant que vous veniez voir, murmura avec précaution le brigadier, redoutant que l'hôte de Virel ne porte un jugement négatif à l'accueil que leur faisait l'inspecteur.

Debrume se ravisa à temps en voyant la mine déconfite de celui qui l'admirait tant.

-Mais bien sûr, voyons ! Cela n'entre pas en ligne de compte ! Je n'ai qu'à enfiler mes bottes et je vous suis !

Il réussit à continuer sur ce ton péremptoire tout en se penchant sur ses bottes pour cacher le haut-le-corps qu'il sentait inévitablement venir :

- J'espère que vous n'avez touché à rien ?

- Non, bien sûr que non ! inspecteur. Et j'ai donné toutes les consignes.

- De même, j'espère que la première main est toujours dans le saloir de l'abattoir.

- N'ayez aucune crainte, elle est bien conservée.

- Oui, bon... nous verrons cela plus tard. Il nous faudra aussi aller la voir ensemble et que vous m'expliquiez tout cela dans le détail, ajouta Debrume d'un ton qui se voulait intéressé. Ayant retrouvé ses esprits, il avait à cœur de faire bonne figure en posant les questions d'usage tout en déplorant de devoir mettre de si bonne heure la main à la pâte.

- Certes, s'écria Marino tout revigoré par cette demande qui lui était adressée si rarement. Des détails, soyez certain, inspecteur, je n'en ai omis aucun ! J'en ai un plein carnet !

Hélas, pensa Debrume. Mais il prit soin de ne plus manifester un quelconque regret pour sa boisson favorite dont il devait s'abstenir ce matin. Et, avec l'impression d'accomplir un effort surhumain, il se mit en chemin en se disant que chaque métier comporte des inconvénients qu'il faut surpasser avec courage et abnégation. L'agacement qu'il éprouvait envers le brigadier en faisait partie et n'était pas le moindre.

Plusieurs heures de marche les séparaient de l'auberge de Virel. L'hôte était parti devant eux, et ils l'avaient vite perdu de vue. Ils chevauchaient maintenant côte à côte. Marino parlait et Debrume écoutait sans dire un mot. Comme il s'était rendu compte que le sujet de la main coupée répugnait à l'inspecteur, le brigadier avait décidé d'en faire une description quelque peu édulcorée. Il y mit toute la délicatesse dont il était capable. Car il avait le plus grand respect pour la sensibilité de l'inspecteur qui, inséparable de son talent, faisait toute sa force. A le fréquenter de près, il s'était rendu compte que ce talent avait tendance à se tourner du côté de la poésie plutôt que vers le réalisme macabre de leur profession. Ainsi s'efforçait-il de l'épargner, mais en vain, les choses n'étant que ce qu'elles sont et il ne réussit pas à éviter une comparaison qui lui semblait couler de source avec les morceaux de viande animale disposés près de ce reste humain. La délicatesse de Marino trouvait là ses propres limites et il le regrettait amèrement : son seul désir eût été de rendre la vie plus douce à cet homme dont les aptitudes dépassaient de loin la fonction.

La muletière sinuait entre les rochers qui renvoyaient la chaleur intense du soleil, et il fallut s'arrêter à la source pour faire boire les chevaux : un abreuvoir y avait été creusé dans la pierre. Un filet d'eau limpide coulait tout doucement dans le creux d'une petite combe herbue ombragée par de grands chênes et où les chevaux trouvaient quelque pitance.

Marino n'avait pas cessé de parler depuis leur départ du village. Il suivait sans fléchir les détours tortueux et les circonlocutions de son prolixe langage qu'il espérait digne du génie de son maître. Mais comme il n'y était pas toujours très habile, il s'y perdait et ses démonstrations en devenaient confuses. Aujourd'hui donc, il mettait la plus grande attention à choisir ses mots pour épargner son inspecteur. De sa sensibilité, si rare, il faisait de plus en plus de cas depuis quelques temps : il lui semblait qu'elle entrait en résonnance avec la sienne, à cause de cette amitié si forte qui les liait comme les doigts de la main dans le même travail et pour atteindre le même objectif. Certes, il s'en réjouissait, mais, considérant que, si la sensibilité est le signe du génie d'un poète, elle est indigne d'un homme ordinaire, il préférait tenir la sienne pudiquement cachée. Cependant, à force de vouloir trop en dire, il avait fini par perdre le fil de sa pensée et par s'enliser dans des considérations métaphysiques tout à fait hors de propos. Il continuait malgré tout de déverser bravement sur l'inspecteur des flots de paroles, sans doute par simple besoin d'entendre sa propre voix résonner autour de lui comme on a besoin de l'air qu'on respire.

Debrume se laissait bercer par la voix de ce compagnon bavard sans comprendre un traître mot de ce qu'il voulait démontrer. Il pensait à cette main coupée, et qu'il fallait que les hommes soient bien fous pour accomplir des choses si sordides dans des endroits aussi merveilleux. Ce cadre était parfait pour une idylle heureuse. Et pourtant, il n'avait aucun doute qu'en ces lieux si beaux mais si isolés quelque bergère, au fil des siècles, n'eût été brutalement troussée par un malotru en mal d'amour. Et pendant qu'il pensait aux bergères esseulées, loin de toute protection et engrossées contre leur volonté, son oreille distraite capta quelques mots qui attirèrent son attention :

- … de vous dire qu'il s'agit aussi d'une main droite… comme celle du saloir de l'abattoir. Et donc il va sans dire qu'elle n'appartient pas à la même victime.

- Il y aurait donc une deuxième victime, s'étonna l'inspecteur, brutalement tiré de ses pensées sur la désespérante nature humaine ?

- En revanche, je ne connais personne au village qui soit devenu manchot du jour au lendemain. J'ai recensé les absents. Quelqu'un a quitté le village, comme je vous le disais dans ma lettre et on n'a plus aucune nouvelle de lui : il s'agit de Félix le Jeune, l'époux de Magali la lavandière qui soigne le linge du notaire Trabon, du nouveau maire, ainsi que celui du Docteur Courbet, bref, d'à peu près tous les gens d'importance que compte le village.

- Lejeune, c'est son nom de famille ? Ce n'est pas un nom d'ici !

- Non, inspecteur, ce n'est qu'un surnom. C'est parce qu'autrefois, il y avait un Félix dans cette famille qui a vécu très vieux et quand un nouveau petit Félix est né on l'a appelé « le jeune ». Sinon il n'est plus si jeune que ça et leur nom de famille est Ragne, ou quelque chose comme ça, je l'ai noté quelque part, je le retrouverai. Et voilà ce qui est étrange : c'est que ce Félix, de notoriété publique ne sait ni lire ni écrire. Et ça, c'est une certitude. Même Monsieur le Curé dit qu'il n'a jamais réussi à lui apprendre à tracer la moindre lettre. Et c'est ce Félix qui a laissé ce mot sur la table de la cuisine. Avouez que cela mérite de se pencher sur la question ! Notez que c'est écrit bien maladroitement et bourré de fautes. On peut imaginer qu'il a peut-être finalement réussi à apprendre un peu avec l'âge. Mais cela m'étonnerait beaucoup… un homme si rustre… Et pour la deuxième main, on peut penser qu'il s'agit de celle d'un voyageur de passage… mais malheureusement je ne vois aucun inconnu qui soit passé par le village ces derniers temps…

- Reste à savoir si ceux à qui appartiennent ces mains sont encore de ce monde, ce dont je doute. Il va falloir faire de sérieuses investigations, brigadier… le recrutement de la population… Je compte sur vous Marino !

- Bien sûr, inspecteur. Pendant votre absence, le lendemain du jour où j'ai trouvé la première main, je me suis permis de télégraphier au juge Jobelin.

- Parfait. Il faudra également faire examiner tout cela par le docteur Courbet.

- Il est venu voir la première main. Il a dit que la salaison remonte au moment où ils ont tué les cochons de Félix à l'abattoir.

- Allons, Marino, vous êtes un soldat, lui dit Debrume d'un ton sec, en le voyant pris du même haut-le-corps que lui-même espérait lui avoir caché quelques heures auparavant.

Mais le brigadier ne releva pas et passa de but en blanc à autre chose :

- Et pour les objets du culte volés à l'église, tenta-t-il d'avancer ?

- Mettez Baptiste sur l'affaire. Nous avons d'autres chats à fouetter pour le moment.

- Et pour cette odeur d'encens du côté de la Porte d'Orient ?

- Quelle odeur ? De quoi parlez-vous ? Marino, ne vous perdez pas en route, morbleu ! Vous avez une fâcheuse propension à tout mélanger. Nous avons probablement deux meurtres sur les bras, et vous pouvez comprendre que Monsieur le Curé peut attendre un peu ! Quant aux odeurs, ça va ça vient, elles sont insaisissables, elles ne peuvent à elles seules constituer un indice quel qu'il soit, ni une preuve, ni rien du tout ! C'est comme si elles n'existaient pas !

Marino se le tint pour dit, mais en son for intérieur il avait la certitude que cette fois, son Mentor se trompait lourdement. Il déplorait ce manque inhabituel de clairvoyance. Mais il savait toujours trouver une excuse généreuse à celui qu'il jugeait autant incapable d'erreur que d'une quelconque basse action. Il mit aussitôt cette réflexion de l'inspecteur sur le compte de la fatigue du voyage en train qu'il venait d'accomplir et dont il n'avait pas eu le temps de se remettre encore, les voyages en train étant particulièrement éprouvants même pour les personnes de constitution robuste, tout le monde s'accordait à le dire. Mais pour une fois il restait accroché à son idée : pour lui, cette odeur d'encens avait la plus grande importance. Il avait beaucoup pensé à la question et il savait désormais comment s'y prendre. Il trouverait la provenance de l'odeur en dépit des ordres de Debrume et avec la seule aide de Baptiste et de quelques autres garçons fiables. Du même coup, il était à peu près sûr que cette odeur le mènerait aux objets du culte qui manquaient cruellement à l'église et dont l'absence risquait d'avoir de funestes conséquences sur la bonne marche de la vie de tous les jours dans la petite société bien catéchisée de Couraurgues. Il n'était pas question de baisser les bras devant la lourde tâche qu'il s'était assignée depuis si longtemps, celle du maintien de l'ordre à Couraurgues. Ni à cause d'une erreur de jugement de son supérieur (sans aucun doute passagère), ni à cause de la fugacité et de l'instabilité de ce qu'il considérait déjà comme un indice, voire une preuve à charge, à savoir cette odeur d'encens dont il se promettait de découvrir à tout prix la provenance.

16

Il y avait des années que Debrume n'avait plus pris le chemin de Bourdaine. Quand Marino était venu frapper à sa porte ce matin tôt, accompagné du maître de poste de Virel, son réveil confus l'avait d'abord empêché de marquer un certain enthousiasme à le suivre. Il s'était repris juste à temps, en voyant le visage déconfit du brigadier. Et chevauchant à ses côtés il se demandait par quel miracle il avait réussi à donner le change et à faire bonne figure. Cela lui avait coûté un effort que non seulement il ne regrettait pas, mais qui sur le moment lui avait paru vital. Le brigadier étant le seul de ses contemporains à lui renvoyer une image flatteuse de lui-même, il jugeait indispensable de la cultiver. Il recevait son admiration avec plus de gratitude qu'il n'y laissait paraître. En l'occurrence, c'était ce sursaut de vanité devant Marino qui lui avait sauvé la mise in extremis alors qu'il s'enorgueillissait de ne jamais avoir cherché aucune reconnaissance dans ce monde de la part de ses semblables. « Ne t'étonne, pas, tu es comme tout le monde, tu as besoin des autres dans les yeux desquels tu te regardes comme dans un miroir. Ils te renvoient à cet étranger qui est en toi et que tu ne connais pas mais qui existe pourtant. Quand l'image est négative, tu tombes dans le désespoir. C'est pourquoi tu tiens particulièrement au regard de Marino. D'autant qu'il colporte cette image qu'il a de toi dans tout le village, et cette image assoit ton autorité, donne du poids à ta fonction dans la société et par là, à ta présence au monde. Tu vois bien que tu te comportes avec Marino comme Marthe avec toi, tu te sers de lui comme elle se sert de toi, même si les raisons sont différentes ! Tu sais bien que c'est ainsi entre humains !!! Marino t'est indispensable. Il t'empêche de tomber dans l'abattement, alors que Marthe t'y a plongé sans t'épargner… Marino que par ailleurs, tu ne supportes pas. Et tu t'obstines à le malmener en lui montrant ta supériorité qui n'existe que dans tes rêves. Il n'y a pas de quoi se pavaner ! » Voilà comment se morigénait Debrume alors qu'il cheminait lentement le long du chemin de Bourdaine, tout en se laissant bercer par la voix monotone de son pénible compagnon.

En d'autres temps, traverser ces lieux pleins du souvenir de Marthe aux côtés de Marino eût été comme les souiller, mais depuis que Marthe avait fait cet accroc à leur amitié, si la compagnie de Marino lui semblait encombrante, elle lui évitait des pensées inutiles : le bon brigadier était un chien fidèle dont la présence envahissante abolit la solitude. Pourtant, il avait encore dans l'oreille la voix cassante et sans appel de Marthe lui déclarant : « Nous ferons la suite de cette recherche sans vous. Vous prendrez le train dès demain et vous rentrerez à Couraurgues. » Elle lui avait tendu son billet d'un geste raide, et fuyant son regard plein d'incompréhension, elle avait tourné les talons. Il était resté sans voix devant cet ordre sans appel. Il n'avait été pas plus que l'un de ses domestiques ou qu'un objet qu'on manipule de façon machinale pour se détendre un peu. Il ne pouvait oublier le choc qu'il en avait reçu, ni le ressentiment qui l'avait envahi et ne le quittait plus depuis. Revenir dans ces lieux où il avait suivi Marthe tout en se nourrissant de ses ridicules obsessions et d'extravagantes illusions exacerbait la colère qui ne l'avait plus quitté depuis son départ de Savone. Il était temps de se faire violence, de retrouver la voie de la raison, ce qu'il aurait dû faire depuis longtemps. La réalité, qui abolit le rêve, lui semblerait toujours étrangère, mais c'était aujourd'hui qu'il devait y revenir ; et pour commencer, en écoutant les arguments de Marino sous peine de paraître frappé d'incapacité et de déchoir.

Ils chevauchaient côte à côte depuis plusieurs heures maintenant. La source était loin derrière eux. Ils s'y étaient arrêtés et avaient fait boire les chevaux. Le soleil montait dans le ciel et la chaleur se faisait implacable. Comme à son habitude, le brigadier n'avait pas cessé de parler. Aujourd'hui, en compagnie de cet homme dont la seule voix avait le pouvoir de l'exaspérer, le paysage perdait le charme que son esprit chagrin et tourmenté lui avait octroyé pendant si longtemps. Ainsi sans le savoir Marino l'aidait à voir les choses comme s'il avait déjà tourné la page. Car aujourd'hui, la personne de Marthe qui s'était immiscée entre lui et le souvenir de Céleste était devenue importune voire gênante, il aurait voulu qu'elle n'eût jamais existé. Il était temps de la faire disparaître de ses rêves. Dépourvue de l'absurdité de ses rêves, la réalité lui laissait paraître un de ses aspects inconnus auquel il pourrait se colleter. Du moins lui permettrait-elle de continuer à vivre.

Ils arrivèrent enfin à Virel. L'hôte qui les y avait précédés les reçut avec déférence. Ils inspectèrent le saloir, ils examinèrent la main, une deuxième main droite qui appartenait peut-être à un voyageur inconnu. Il y avait donc eu deux victimes dont il fallait s'assurer qu'elles avaient ou non survécu à cette terrible amputation. Mais ils repartirent sans en apprendre davantage : cette auberge perdue dans la montagne n'était qu'un lieu de passage. L'hôte leur promit cependant de faire un inventaire de ceux qui le fréquentaient régulièrement. Marino l'y aiderait.

Quelques jours plus tard, Marino soumettait à Debrume la liste des habitants du pays qui s'étaient absentés ces derniers temps et avaient quitté Couraurgues par la diligence ou par un autre moyen de transport, ainsi que de celle des voyageurs qui avaient transité par l'auberge de Virel pour se rendre à Bourdaine. Il s'apprêtait à interroger les familles de ces absents.

Or, ils étaient nombreux, ce qui ne laissait pas d'inquiéter l'inspecteur.

En réponse au message télégraphié par Marino, le juge Jobelin avait écrit une longue lettre que Debrume avait reçue le matin même. Il lui était impossible de se déplacer, disait-il, son épouse étant dans une situation intéressante, il voulait l'assister jusqu'à la naissance de leur enfant. Il ne doutait pas que cet enfant à naître serait un fils, et il en parlait comme si ce fils était déjà là. Ce fils en cours de gestation avait déjà une place considérable dans la vie du juge. Debrume n'arrivait pas à concevoir comment son ami pouvait miser sur un événement à venir dont on n'avait encore aucune certitude et qui pouvait surprendre tout le monde. Il imaginait la mine déconfite de Jobelin si l'enfant s'avérait être une fille. Or, il se souvenait en souriant des conseils de Jobelin en matière d'illusions et de rêves. Il se garderait bien de les lui rappeler.

Et tout en souriant, quant à lui, il se sentait sorti d'affaire après avoir frôlé un grand danger : il était retombé par miracle à deux pieds joints dans cette sordide réalité qui contenait assez de problèmes à résoudre sans qu'il n'ait besoin de recourir à ses visions fantasmagoriques. Il quittait abruptement le monde des rêves et des illusions en claquant la porte derrière lui. Il laissait avec plaisir le rêve de la paternité à son ami. Quant à lui, il y avait échappé et il s'en félicitait. Celui-ci l'eût mené sur des pistes plus dangereuses encore que celles que son esprit vagabond avait fabriquées jusque-là pour faire face à l'absurdité de la vie. Il n'était pas près de s'y faire prendre, pensait-il sans prudence. Son désir désormais était de rationnaliser toute chose afin de parer le coup que Marthe venait de lui asséner en le renvoyant chez lui comme un malpropre.

Bref, aujourd'hui il ne pouvait compter sur le juge Jobelin pour démêler cette affaire. Après les injustes reproches que Jobelin lui avait faits lors de la dernière enquête, le juge lui lâchait la bride, ce qui n'était pas pour lui déplaire. Ses propres mérites n'y étaient pas pour grand-chose. Le juge avait seulement d'autres soucis en tête et il mettait de côté sa conscience professionnelle sans beaucoup de scrupules, ce qui ne lui ressemblait pas pourtant. Voilà le propre des donneurs de leçon, se moquait Debrume. Prêts à fustiger les autres et à s'épargner eux-mêmes lorsque leurs propres intérêts le réclament.

Il n'avait donc plus qu'à s'atteler à la tâche avec les moyens du bord. Il le ferait avec un plaisir certain. Il était convaincu d'y retrouver sa vie, son indépendance, sa liberté. Il oublierait l'amertume qui l'avait envahi depuis qu'il avait quitté l'Italie, seul dans ce train brinqueballant dont les cahots lui avaient donné la nausée. Il savait faire le tri des sentiments néfastes quand il se sentait aculé. Sans se rendre compte du moment et de la façon dont cela avait pu advenir, quelque chose venait de changer en lui-même. L'étau s'était desserré, il avait déposé le cilice, la vie prenait un autre goût.

Il était donc temps maintenant de s'occuper de ce mari absent qui ne savait ni lire ni écrire mais qui avait laissé un mot sur la table de la cuisine avant de partir sans emporter de bagage pour, disait le mot, tenter fortune à la ville « comme il arrive que beaucoup d'autres le font à notre époque ». Cet homme dont lui avait parlé Marino, c'était Félix Ragne, dit « Félix le jeune ». Quant à l'auteur du mot, on le retrouverait ; il était plus qu'évident qu'il s'agissait de deux personnes différentes. La façon méthodique que possédait Marino de noter tout ce qu'il avait sous les yeux allait porter ses fruits, vu qu'il avait dû décrire par le menu le moindre mouvement qui s'effectuait autour de la maison Ragne, et jusqu'au plus petit chat qui y était entré ou qui en était sorti.

17

Après cette lourde journée et pour se reposer des fatigues et des déceptions auxquelles il devait faire face, il se rendit le soir même chez son amie Hortense. L'heure n'était pas tardive, les feux n'étaient pas encore éteints mais les rues étaient déjà désertes. Il avait emporté avec lui quelques livres à lui rendre : il aimait échanger ses impressions avec elle et écouter ses commentaires qui avaient le pouvoir d'élargir sa vision des choses et de lui rendre le monde un peu plus compréhensible ou, tout au moins, un peu moins abscons.

C'était l'heure du repas du soir. Autour des tables, les familles étaient réunies après la journée de labeur. Les portes étaient closes. Une lueur de crépuscule flânait encore entre les hautes murailles des maisons ancestrales. Mêlée à l'odeur de soupe chaude et de feu de bois, elle apportait dans les rues une atmosphère de tendresse familière et réconfortante. L'automne était proche. Une épaisse brume montait de la plaine et s'attardait sur les hautes collines, caressant leurs flancs de leur lent glissement de serpent. Elle atteindrait le village en même temps que l'obscurité et le plongerait dans sa moiteur le reste de la nuit.

A cette heure, Debrume ne rencontrait personne, mais il savait que derrière les rideaux de coton crocheté on l'observait. La brodeuse semblait ne pas donner beaucoup d'importance à sa réputation et lui, désormais, n'avait plus aucune crainte pour la sienne. Si les langues allaient bon train à leur sujet, il en assumerait les conséquences sans rougir. Et il se réjouissait de ce défi qu'il lançait à la face des commères mal intentionnées de cette petite communauté obtuse dont les ridicules interdits lui tapaient sur les nerfs. Certes, il n'irait jamais, comme Baptiste, jusqu'à accrocher des cadavres de corbeaux à leurs fenêtres pour les terroriser. Mais depuis que Marthe l'avait rejeté sans ménagement, il n'avait plus à craindre de mettre à mal une relation qui n'avait plus d'avenir puisqu'elle était devenue depuis peu une relation de maître à valet. Ce soir, il éprouvait le besoin urgent d'une compagnie féminine, et celle de sa nouvelle amie avait le pouvoir de le rasséréner. Il n'allait pas s'en priver.

Hortense le reçut comme si elle n'attendait que lui. Elle l'emmena aussitôt dans sa salle à manger qui donnait sur l'arrière de la maison. Une porte-fenêtre étroite commandait le petit escalier du jardin ménagé entre les hautes murailles des maisons attenantes dont l'alignement constituait le rempart du village côté ouest. Un large parapet bordait cet espace herbeux suivant ce même alignement. Le jardinet situé dans le redan formé par les maisons voisines ouvrait sur le paysage qui se déployait comme un tableau dont le cadre s'arrêtait au Couron côté nord, et incluait les terres de Combeferres et d'Apreville côté sud. Il restait encore assez de jour pour pouvoir l'admirer. Si l'on devinait à peine, au loin, les gras pâturages d'Apreville, juste sous les yeux on avait les terres de Combeferres et ses cultures qui s'étalaient jusqu'au premiers contreforts de la montagne. C'était derrière ces mêmes contreforts que se cachait la Passe du Diable. L'endroit était chargé pour Debrume de multiples souvenirs qu'il se devait maintenant d'oublier. Il y avait suivi Marthe la première fois qu'il l'avait vue : sur les sentiers rocailleux il se maintenait à bonne distance dans l'espoir insensé d'apercevoir encore et encore, dans son élégante silhouette de cavalière, celle de Céleste bien-aimée. Marthe n'avait jamais rien su de ce qu'elle représentait pour lui, ni ce que sa seule présence déclenchait en lui de rêves absurdes et douloureux. Bien au contraire, elle s'était servie de lui, évitant qu'il ne l'approchât de trop près et avait fini par le rejeter sans ménagement. Peut-être l'avait-il un peu cherché…

Il avait eu la chance de faire la connaissance d'Hortense arrivée depuis peu à Couraurgues. Leur relation avait vite évolué, Hortense était devenue sa maîtresse bien avant son dernier voyage à Turin. Il aimait les moments passés dans son étrange maison pleine de dentelles et de livres. Le jardin clos en était la prolongation. Il y régnait une profusion de fleurs. Là, il s'adonnait souvent à la rêverie alors que son hôtesse attentionnée était en train de concocter pour lui un délicieux repas aux saveurs nouvelles jamais goûtées ailleurs. Dans le jardinet, durant sa longue absence, des plantes de toute sorte avaient envahi l'espace de façon désordonnée, laissant seulement le passage pour une personne. Il avait du mal à imaginer les mains blanches et fines d'une brodeuse remuer la terre, mais aujourd'hui il en voyait le résultat. Il s'attardait sur les massifs de cœurs de Jeannette et de saponaires, s'étonnant de les voir encore fleuries à cette époque de l'année : leurs fleurs fines et légères étaient particulièrement dodues cette saison et formaient des massifs qui arrivaient à hauteur de ceinture comme il n'en avait jamais vus. Il en félicita chaleureusement Hortense.

Pendant ce moment de méditation et d'observation botanique, celle-ci avait dressé une table appétissante. Sur la nappe brodée étaient disposés des mets qui promettaient de lui faire oublier pour un temps ses déboires. Elle alluma enfin les lampes et ils prirent le repas dans le calme délicat qui émanait de la demeure sous la lumière feutrée des girandoles de cristal disposées sur les meubles entourant la table. C'était la même lumière, se souvenait-il, que celle qui illuminait le salon de Marthe, ce petit salon rose où elle l'avait reçu, lors de sa première visite à Combeferres, peu avant l'incendie, il y avait bien des années maintenant. Avec un extrême effort de sa volonté, il réussit à détourner son esprit de ces souvenirs obsolètes pour penser à la nuit qui l'attendait auprès d'Hortense. Elle lui avait prouvé maintes fois son affection et qu'elle ne gardait pas un culte sacré à la mémoire de son défunt mari pour lequel bien au contraire Debrume avait toujours perçu en elle un vague ressentiment.

Lorsqu'ils avaient parlé de leurs lectures, le sujet était tombé sur le Comte Ugolino que Dante rencontre dans le chant trente-trois de l'Enfer où il le condamne à répéter ce dont on l'avait accusé de son vivant : ronger pour l'éternité des crânes ensanglantés. Ils parlèrent longtemps de la puissance de ces vers, des images poignantes des corps mutilés et dépecés, des châtiments pervers auxquels se condamnent mutuellement les humains sans aucune pitié. Ainsi, Debrume évoqua-t-il les mains trouvées dans les deux saloirs. Hortense, comme tous les villageois, avait eu vent des rumeurs qui avaient déjà couru à ce sujet. Avec lui, elle déplorait la cruauté des hommes, celle de la guerre ignominieuse où avaient péri tant d'hommes, de femmes et d'enfants, et il fallut tout le doigté de Debrume pour la diriger sur un autre sujet littéraire plus en rapport avec ses intentions pour la nuit qui s'annonçait. Il en vint à parler de ses poèmes favoris dédiés à Laure par Pétrarque. Et à son tour elle évoqua longtemps des poèmes écrits par de nobles dames du XVIème siècle qui parlent d'amour et de passion immodérée, de féroce jalousie mais aussi de dévouement et de tendresse. C'était justement à cette tendresse qu'il aspirait ce soir, espérant que sa compagne en serait prodigue cette nuit encore, tant était fort son besoin d'oublier ses désillusions d'amoureux transi, incompris et rejeté sans appel.

18

La vie de Marino était organisée à la minute près. A cette fin, il disposait d'une nouvelle montre de gousset achetée à prix d'or lors d'une escapade à Nice. Conçue par les meilleurs horlogers de la Suisse, il la consultait à chaque son de cloche de la chapelle des Pénitents Blancs qui marquait les demi-heures et les heures, pour s'assurer de la bonne harmonie de la marche du temps. Entre sa tournée du matin et celle du soir, il passait la plus grande partie de ses journées à l'écurie de Terpane, Debrume lui ayant confié le soin des chevaux en son absence. Rosine y venait après la classe qu'elle faisait tous les jours aux plus petits enfants de Combeferres. Un peu plus tard, mais jamais à heure fixe, arrivait Debrume et tous deux entreprenaient une promenade en forêt.

Marino voyait d'un bon œil la présence de Rosine à Terpane car elle tentait d'inculquer à Debrume les quelques règles élémentaires d'équitation qui lui manquaient cruellement. Sans doute l'inspecteur les avait-il jugées inutiles puisqu'il les avait ostensiblement laissées de côté avec cette désinvolture mêlée d'un certain dédain qui étaient sa marque. Si le bon brigadier en était choqué, il était cependant incapable de s'expliquer pourquoi ce travers qui, pour lui, malgré tout, contribuait au charme mystérieux de l'inspecteur et l'inclinait à plus de générosité et d'admiration à son égard. Il ne connaissait pas un autre homme doté d'autant de si mystérieux talents et capable de transformer en qualités ce qui paraissait un manque aux yeux de tous. Tout à son engouement, il ne pouvait imaginer que Debrume avait coutume de dédaigner ce qui lui semblait inaccessible. Le regard que Marino portait sur Debrume était toujours positif et sa bienveillance envers lui n'avait pas de fin. Il se laissait même aller à un certain attendrissement quand il pensait aux souvenirs d'enfance que l'inspecteur lui avait racontés : l'imaginer, petit garçon aux jambes frêles, perché sur le grand cheval de trait de la ferme de ses grands-parents, cet animal énorme qui le terrorisait, l'avait ému jusqu'aux larmes. C'était d'ailleurs depuis ces confidences que Marino avait considéré leur amitié soudée à jamais.

Mais ce qu'il constatait aujourd'hui, c'est que la patience de Rosine portait ses fruits et que Debrume n'eût manqué aucune de ses leçons. Il s'appliquait comme un bon écolier sous le regard bienveillant de la jeune cavalière, heureux de provoquer l'apparition de son joli sourire sur son visage. Marino se réjouissait de voir cet homme blessé, si souvent taciturne et solitaire, enfin sensible aux attentions d'une jeune personne. Il constatait que les deux cavaliers s'attardaient de plus en plus longtemps lors de leurs promenades en forêt, et cela lui paraissait de bon augure.

Ils revenaient au haras vers l'heure à laquelle la patache de V arrivait. Alors, Rosine rentrait à Combeferres pour surveiller le repas des enfants et Debrume s'acheminait vers la Croix de Terpane où la diligence marquait un arrêt. D'un coup de corne, le cocher signalait qu'on pouvait amener les chevaux de renfort en bas de la vallée pour faciliter la montée vers la place de la Combe. Et Debrume profitait de cette halte pour recevoir son courrier des mains du cocher. Quant à Marino il s'attardait pour terminer son travail. Il nettoyait les écuries avec un soin de maniaque jusqu'à ce que sur le sol ne traîne plus le moindre brin de paille. Puis, après avoir apporté les derniers soins nécessaires aux chevaux pour la nuit, il quittait Terpane, laissant l'écurie à la seule garde de Peppino, le neveu de Gigi.

Parfois Debrume, retenu à Combeferres qu'il administrait depuis la création de l'école, ne venait pas à l'écurie de la journée. Mais Marino avait constaté qu'en l'absence de Marthe il ne manquait jamais le rendez-vous avec la patache du soir. Il l'avait assez observé pour savoir qu'il l'attendait avec une impatience qu'il arrivait mal à cacher. Car ce n'étaient pas seulement les livres qu'il commandait de manière régulière à une librairie de la ville ou des journaux et revues auxquels il était abonné qu'il attendait pendant ces périodes, mais des lettres scellées au cachet de Mademoiselle Marthe. Il était si impatient de les recevoir qu'il avait conclu un accord avec le cocher afin d'avoir en main son courrier dès son arrivée à la Croix de Terpane, le piéton de la poste n'en faisant la distribution que le lendemain. Or, Debrume ne s'était pas rendu à la Croix de Terpane depuis son retour d'Italie. Savait-il déjà qu'il n'aurait pas de courrier ? Rien n'échappait au regard aiguisé de Marino concernant cet homme : jamais il n'eût imaginé qu'un être pût lui devenir si précieux avant de faire sa connaissance.

Aujourd'hui, ni Debrume ni Rosine n'étaient venus au haras et personne n'avait monté les deux beaux hongres arrivés de Camargue la semaine précédente et dont il fallait encore assurer le dressage. Malgré la présence de Peppino, neveu de Gigi maintenant aguerri aux travaux de l'écurie, Marino avait eu une journée surchargée de travail. A l'heure du passage de la patache à la Croix de Terpane, il avait quitté l'écurie pour se rendre au village afin de se préparer à la ronde du soir. Il avait été déçu de ne pas y rencontrer Debrume comme il l'avait espéré. Cela eût été une occasion d'échanger quelques mots, une journée sans le voir au moins une fois lui semblant vide de sens, et celle-ci plus qu'une autre puisqu'il n'avait fait que l'entrevoir la veille sans pouvoir lui parler. Il se promettait donc d'aller lui rendre visite le soir même chez lui, pour lui rendre compte de l'avancée de l'enquête qu'il menait avec l'aide de Baptiste concernant les objets volés à l'église. Cette enquête qu'il avait prise très au sérieux, l'inspecteur l'avait jugée secondaire, voire négligeable, allant jusqu'à déclarer qu'il y perdait son temps. Sa décision avait déconcerté le brigadier car elle était en contradiction directe avec l'enseignement de l'inspecteur : celui-ci lui avait toujours conseillé de ne négliger aucun détail, conseil qu'il avait pris consciencieusement à la lettre. Quelque chose aujourd'hui le poussait à ne pas se rendre aux ordres et à ne pas abandonner cette recherche qui ne coûtait pas grand-chose. C'était la première fois qu'il ne tenait pas compte d'une décision de l'inspecteur : celle-ci, il ne la comprenait vraiment pas mais peut-être la comprendrait-il plus tard, voire jamais ; cela était déjà arrivé et lui semblait une chose inévitable dans les échanges avec une telle personnalité.

Lors de sa ronde du soir, passant près de la maison de Debrume, il démonta pour aller frapper à sa porte comme il se l'était promis. Personne ne répondit mais il entendit hennir Icare dont l'écurie ouvrait sur la placette face à la maison de l'inspecteur. En jetant un œil par-dessus la porte, il vit que l'écurie avait été nettoyée, la paille était fraîche et la mangeoire bien remplie. Marino pensa que le cavalier avait déjà quitté sa maison pour aller rejoindre sa nouvelle amoureuse chez qui déjà il avait passé la nuit de la veille, comme il avait pu le constater en le voyant partir au moment du repas, des livres sous le bras et en attendant en vain son retour. Il arrivait encore trop tard ; il le verrait demain matin, dût-il le réveiller aux aurores. Telle fut ce soir-là la conclusion des observations de Marino à qui rien n'échappait jamais concernant son inspecteur. Il conclut également que les objets du culte pouvaient attendre jusqu'au lendemain. Puisque son Mentor reprenait quelque goût à la vie, même si Marino ne trouvait pas ces goûts à la hauteur de cet homme d'exception, il n'allait pas pour autant le mettre dans l'embarras et risquer de gâcher son plaisir.

Le lendemain, il fut sur le pied de guerre très tôt, comme tous les autres jours. Lors de sa ronde, il se ravisa avant de réveiller Debrume qui avait dû rentrer chez lui juste avant l'aurore, alors que lui-même était en train de seller son cheval. Le jour n'était pas encore levé lorsqu'il passa sous les fenêtres de l'inspecteur dont les contrevents étaient encore fermés. Mais arrivant à la placette après la montée de la rue pentue venant des abattoirs, il fut étonné de voir sortir de l'écurie d'Icare l'une de ces femmes qu'il avait classées dans la catégorie des commères virulentes du village. Celle-ci avait été plusieurs fois la cible du jeune Baptiste lorsqu'il s'adonnait à ses petits larcins nocturnes avant de se ranger à une vie meilleure. Mais comme Debrume avait toujours refusé et honni cette sorte de catégories dans lesquelles Marino jugeait très pratique de cloisonner les gens afin d'en assurer une meilleure surveillance, il se dit que sans doute, l'inspecteur avait permis à cette femme de venir chercher du crottin de cheval pour son potager dans l'écurie d'Icare au lieu d'avoir à le recueillir dans la rue. Il reconnaissait là l'incommensurable générosité de Debrume, une générosité dont lui-même n'était pas capable, puisqu'il n'eût donné à personne l'autorisation d'entrer dans l'écurie de son cheval en son absence.

Toutefois, quand il entreprit sa ronde du soir, Marino n'avait toujours pas revu Debrume. Il ne l'avait vu ni à Terpane ni au village. Les contrevents étaient fermés et devant la porte, son courrier l'attendait, et en particulier une lettre venant d'Italie. Il avait sans doute été déposé là par le cocher avec qui l'inspecteur avait cet accord. Cela signifiait également que ni Debrume ni Cendrine n'avaient ouvert la porte depuis la veille et que cette lettre en provenance d'Italie avait été abandonnée aux quatre vents du village et à l'indiscrétion de ses habitants. Or, comme tout un chacun pouvait se saisir de ce courrier en attente, il décida de mettre le tout à l'abri chez lui, en se promettant de le restituer à son destinataire dès que possible.

Il commençait à se demander quand il pourrait revoir Debrume en chair et en os. Car le lendemain les choses se présentèrent de la même manière : l'inspecteur restait introuvable. Une nouvelle lettre était arrivée, l'écurie d'Icare avait été nettoyée, le cheval avait reçu les soins journaliers indispensables et la maison était toujours fermée à double tour. Cendrine elle-même n'avait pas montré le bout de son nez. Tout cela n'était pas habituel et commençait à le plonger dans une grande perplexité. Pour l'heure, il voulait se contenter d'une explication rationnelle. Il reprit donc son carnet pour relire ses notes concernant toutes les observations faites pendant ces deux jours. Comme elles n'étaient pas classées, il mit un certain temps à retrouver celles concernant Debrume. Au vu de ses notes qu'il avait fini par remettre en ordre dans sa tête il décida de se rendre à Combeferres. Si on ne l'y avait pas vu, il passerait dans la soirée chez Madame Hortense qu'on était sûr de trouver chez elle car sa lampe brûlait toujours devant sa fenêtre où on la voyait broder jusque tard dans la nuit. Elle était peut-être au courant de quelque chose.

Il arriva à Combeferres de très bonne heure, après le déjeuner du matin, alors que les travailleurs s'acheminaient vers les champs. Il trouva Mamma Marietta et Gigi chez eux : personne n'avait encore vu l'inspecteur depuis son retour. Gigi, quand il vit le brigadier en grand émoi alors qu'il connaissait sa froideur et les grands airs qu'il prenait pour s'adresser aux gens (il en avait quelque cuisant souvenir), proposa aimablement son aide.

La journée se passa sans qu'on revoie l'inspecteur. Le soir même, Marino se rendait chez Madame Hortense. Sa lampe devant la fenêtre, illuminait toute la pièce. Mais chez elle, il n'y avait personne : il avait frappé longtemps à la porte et avait entendu ses coups de heurtoir résonner dans la maison vide. Malgré cette sourde angoisse qui commençait à monter en lui, il voulut se convaincre qu'il dérangeait peut-être les amants. Honteux de son éventuelle indiscrétion, il décida d'attendre le moment où l'inspecteur quitterait la dame en espérant qu'il n'aurait pas à attendre toute la nuit, simplement pour s'assurer qu'il était bien là. Mais il dut compter toutes les heures qui sonnaient au clocher du village sans voir paraître personne.

Pendant cette étrange nuit, il éprouva une chose indéfinie pour la première fois de sa vie et qui frôlait la peur panique. De sombres pensées le harcelaient. Son cheval s'impatientait, éternuait de temps en temps et il s'acharnait à le calmer, ce qui après tant d'heures d'immobilité était une gageure. Indécis, transi de froid dans le noir, il se demandait s'il ne ferait pas mieux de rentrer lorsqu'enfin il aperçut un mouvement dans la pièce, derrière la lampe. Il put enfin distinguer deux silhouettes. Mais à son grand étonnement, il s'agissait de deux silhouettes de femmes. Au bout d'un moment sa surprise fut encore plus grande de voir paraître au seuil de la maison d'Hortense, dame Ragne prénommée Magali, la même qu'il avait vue sortir de l'écurie d'Icare la veille. Il en conclut que Debrume n'avait pas passé la nuit chez sa maîtresse. La porte s'était refermée aussitôt derrière la femme, et elle était partie d'un pas pressé sans doute pour regagner sa maison. Au bout d'un moment, Hortense avait soufflé la lampe. Plus rien ne bougeait dans la maison quand il décida de repartir. En repassant devant chez Debrume, il s'assura encore une fois que l'inspecteur n'était toujours pas rentré chez lui ; ici aussi le heurtoir faisait résonner ses coups dans une maison désespérément vide.

Force lui était de constater que l'inspecteur n'était plus nulle part. Gagné par cette étrange panique qu'il éprouvait pour la première fois de sa vie, le front humide d'une sueur glacée qui maintenant gagnait tout son corps, ne pouvant plus faire un geste, l'espace d'un instant il eut devant lui la vision d'un monde sans Debrume. En titubant comme s'il était pris de boisson, le cœur lourd d'un sinistre présage, il regagna son logis, désespéré comme si on venait de lui faire savoir qu'il était condamné à mort.

19

Le brigadier avait fini sa nuit, recroquevillé dans son lit et tremblant comme une feuille. Le sentiment oppressant jamais éprouvé était une chose étrange qui grossissait dans son cœur et y avait pris une place considérable, lui interdisant d'éprouver quoi que ce soit d'autre. Comme un animal affamé, il dévorait toutes les parties de son être très lentement mais sans faiblir, le laissant plus dépouillé que le plus démuni des hommes. Le monde autour de Marino avait revêtu une apparence âpre et inconnue tandis que celle qui lui était familière s'était diluée dans une lueur noire où se perdait toute raison d'être. Il se sentait perdu. Plus il tentait d'éloigner cette pensée, plus elle lui revenait à l'esprit avec opiniâtreté : cette lueur sombre serait tout ce qui resterait du monde si Debrume n'en faisait plus partie. Alors, une douleur terrible l'assaillait, ses muscles se tétanisaient et son corps se couvrait de cette sueur glacée qui ajoutait à sa terreur. S'il tentait une approche rationnelle, c'était pire encore : tout cela était d'une évidence à faire frémir. Il ressentait dans toutes ses fibres ce que pouvait signifier cette disparition soudaine de l'inspecteur : un fou qui amputait des mains, probablement capable de tuer, rôdait en toute impunité dans le village. Et un inspecteur qui traquait sans cesse le crime avec le succès que l'on sait était une cible idéale. L'inspecteur ne pouvait pas avoir échappé aux mains criminelles du bourreau. Et Marino ne pouvait chasser de son esprit les images de torture dont il avait été témoin dans sa vie de soldat. Inexorablement, elles revenaient devant ses yeux et se superposaient à celles du doux visage de l'inspecteur lorsque quelquefois il arrivait à celui-ci d'être d'humeur enjouée et de le gratifier d'un de ses rares sourires.

Comme le fracas que faisait son cœur dans sa poitrine lui avait interdit le sommeil, il fut debout bien avant le lever du jour. Dans les rues encore vides, il s'était mis en quête de Baptiste. Parler avec le garçon lui permettrait d'échapper à cet étrange tourment qui l'avait envahi et qu'il n'avait jamais connu, même dans les pires moments de sa vie. En temps ordinaire, chaque matin à la pointe du jour, Baptiste, qui était toujours aussi insomniaque, lui faisait un compte-rendu de ses observations de la nuit. De même, Marino en faisait un à Debrume à chaque rencontre journalière, mais bien plus tard dans la journée. C'était aujourd'hui que, ébranlé par un désespoir incontrôlable, il pensait à ces moments attendus avec impatience, redoutés tout autant, mais qu'il regrettait amèrement : certes, quelque maladresse de sa part, un mot de trop pouvaient déclencher l'ire de l'inspecteur dont l'esprit était toujours occupé par de plus profondes pensées que les siennes. Il eût mieux valu se taire. Et pourtant il ne pouvait s'empêcher de le dire ce mot, ce mot maléfique qui sortait de sa bouche sans son assentiment. Il lui fallait parler sans s'arrêter jamais, tout en sachant qu'il devait retenir ce mot de trop qui ne manquerait pas de lui échapper et dont il connaissait d'avance les conséquences. Il espérait qu'un jour il parviendrait à dire le mot qu'il fallait pour susciter une parole amène, voire un compliment qui lui eût été si doux d'entendre. Il savait que c'était pour cette raison que, bravant l'avalanche de réprimandes qui ne manquerait pas de tomber sur sa tête, il n'arrivait jamais à se taire. Après la rude semonce face à laquelle il avait parfois du mal à retenir ses larmes, il lui fallait des jours et des jours pour retrouver son sang-froid. Il se consolait pensant que, si cette semonce n'avait pas existé, elle eût laissé en lui un vide suspect et plus douloureux encore. Or, comme ce chagrin lui venait de cet homme supérieur dont lui, simple brigadier en mal d'épouse et de carrière, avait retenu l'attention, mais dont il n'était pas sûr que l'amitié lui fût acquise, ce chagrin était précieux. Il eût donné sa vie pour ne jamais le voir cesser. C'était sans doute pourquoi, à chaque rencontre avec l'inspecteur il maintenait la même attitude qui renouvelait la même douleur lancinante, le même doute et hélas, la même terrible et désirable raison de vivre. Mais Marino, quand il vivait de tels moments, ne s'attardait pas à ce genre de considération. Comme la plupart des gens, il passait outre, accueillait les situations telles qu'elles l'atteignaient, de plein fouet, et il y faisait face machinalement et sans reculer. Son étonnement en était chaque fois renouvelé. Et dans sa naïveté il jugeait surprenantes les réalités de l'existence dont il était incapable de tirer les leçons. Mais aujourd'hui, il en allait autrement : ces réalités agonisaient à ses pieds, se perdraient bientôt sous la cendre que le temps allait déposer sur elles et il ne lui resterait que ses yeux pour pleurer.

Quoi qu'il en soit, ce matin-là, pour oublier la douloureuse nuit qui était maintenant derrière lui, il était en quête de Baptiste. Il le trouva enfin en train de creuser le rocher à l'endroit où il leur avait semblé à tous deux que l'odeur d'encens était la plus intense. Des bâches avaient été tendues au-dessus du chantier qu'entouraient des palissades. On entendait sonner les coups violents que le garçon s'appliquait à donner pour faire éclater ces roches blanchies au soleil et lisses comme un drap mis à sécher. « Voyez, on dirait que la faille s'élargit de ce côté, et elle est très profonde, lui fit remarquer le garçon ! »

A cause de cette chose étrange qui tournait dans sa poitrine depuis la veille, et peut-être afin de tenter de la faire disparaître en trouvant une échappatoire dans une certitude matérielle, le brigadier sauta sur l'occasion : cette faille dans la roche ne pouvait s'ouvrir que sur un espoir. C'était une planche de salut, l'encouragement à ce qu'il avait pressenti concernant l'odeur de l'encens et sa provenance. Il continuerait donc dans ce sens, d'autant que c'était la seule perspective qui s'offrait. Il retrouverait le voleur des objets sacrés de l'église, tandis que l'enquête sur le coupeur de mains resterait en suspens en l'absence de l'inspecteur.

Jusque-là, c'était le seul endroit où l'odeur d'encens s'était manifestée. En effet, Marino n'avait trouvé aucune trace d'odeur suspecte dans les maisons qu'il avait été autorisé à fouiller. Elles sentaient bon le savon, le lessif et l'encaustique, comme toutes les maisons de Couraurgues, mais pas l'encens. Pour se faire pardonner son intrusion, il avait dûment félicité les ménagères. Et il s'était ainsi conforté dans son idée première : creuser le rocher qui supportait la rampe d'accès à la porte d'Orient, élargir la faille qui les conduirait tout droit à la cachette secrète du voleur, il en était convaincu.

La nuit suivante, ne trouvant plus le repos, le brigadier la passa à surveiller les rues du village, sa lanterne sourde à la main. Bien après que les torches des carrefours avaient été éteintes il déambulait encore, à l'affût du moindre signe, comme, pensait-il, l'eût fait Debrume s'il n'avait pas disparu inopinément. La pensée de sa disparition, ce couteau retourné dans son cœur qui saignait, revenait, inexorable. Et il constatait que rien, même ce semblant d'action, n'arrivait à l'apaiser.

Quand sonna la cloche de trois heures, il était au pied de la porte d'Orient. Il s'engouffra sous la bâche. La faille avait été élargie la veille et laisserait bientôt le passage à un homme. L'odeur intense de l'encens arrivait aux narines du brigadier avec une force qui l'étonna. Elle effaçait toutes les autres odeurs pourtant si puissantes des premières nuits d'octobre, ce bouquet délicieux, homogène et compact de terre labourée, de feu de bois et d'odeurs domestiques qui constituait le cocon familier et protecteur du village endormi.

Malgré tout, le brigadier tentait de se consoler en s'accrochant à cette idée judicieuse qu'il avait eue, pensait-il, d'agrandir la faille dans la roche. L'ouverture serait bientôt assez large pour permettre le passage qui mènerait jusqu'à la cachette des objets du culte. Il pourrait se vanter de cette réussite qui prouvait sa perspicacité et la qualité de son jugement lorsque Debrume reviendrait. Car, si on ne savait rien du moment de son retour, le brigadier faisait comme s'il allait revenir d'un moment à l'autre. Mais, le cœur brisé par le constat renouvelé de son absence auquel il ne cessait de se heurter alors qu'il tentait d'y échapper, le brigadier s'acheminait lentement vers son logis lorsqu'il s'entendit interpeler : « Il y a du nouveau, brigadier, sur le chemin au pied du rempart nord ! On a à faire à des ombres qui s'évaporent quand on les approche... exactement comme la dernière fois...

- Quelle dernière fois ?

- L'inspecteur ne vous a rien dit ?

- Non, répondit le brigadier quelque peu dépité qu'on n'ait pas jugé nécessaire de l'informer.

- Ah !... Il a eu peut-être ses raisons... comme c'est lui qui rend compte au juge... Le juge est peut-être au courant. Parce qu'il faudrait aller voir de plus près cette falaise. Quelque chose ne va pas. Et moi je n'ai rien trouvé encore.

- Nous irons voir ensemble. Reprends du début, Baptiste. Et surtout n'oublie aucun détail, parce que, tu le sais, c'est le plus important, les détails... ceux que personne ne voit, sauf un bon enquêteur.

Et avant que Marino n'entreprît son antienne à propos des détails, Baptiste recommença le récit qu'il avait fait à Debrume quelques jours auparavant.

- La seule différence, c'est que la silhouette cette fois était toute maigre. J'ai bien vu malgré la large houppelande qui l'enveloppait ! Et elle n'était pas boiteuse, elle marchait droit, d'un pas décidé. Mais elle s'est volatilisée comme l'autre fois... » Marino resta silencieux : « la nuit sans lune et la brume épaisse l'ont avalée encore une fois, se disait-il en lui-même, je vois tout à fait... L'autre fois, c'était la veille du jour où nous sommes allés à Virel, avec l'inspecteur... Et voilà pourquoi il ne m'en a pas parlé, se rassurait-il, nous avions d'autres chats à fouetter à ce moment-là... cette deuxième main... Et c'est ce jour-là que j'ai vu l'inspecteur pour la dernière fois. Non, il n'a pas eu le temps de m'en parler, hélas, réaffirma-t-il, continuant de se parler à lui-même.

C'était par ces sortes de stratégies que Marino tentait de retrouver courage. Mais, aucune, plus lamentable l'une que l'autre, ne pouvait y réussir. Car il fallait se rendre à l'évidence. Il s'agissait bien d'une disparition. C'était le seul mot qu'on pouvait mettre sur l'incompréhensible absence de Debrume. Oui, il avait bel et bien disparu sans laisser de trace et sans donner aucun signe d'avoir prémédité son départ. Cendrine n'était au courant de rien. Et il tenait pour preuve cette nouvelle accumulation de courrier : des lettres parmi lesquelles des messages en provenance d'Italie, ces messages confidentiels que le cocher remettait en main propre à son destinataire naguère comme Marino l'avait observé depuis longtemps. Depuis trois jours maintenant Debrume n'avait plus donné signe de vie, laissant le brigadier éploré et désespéré comme un enfant perdu.

Il ne pouvait plus attendre. Il lui fallait enquêter en espérant que le juge lui donnerait carte blanche. On tablerait sur tout à la fois : on explorerait la falaise qui semblait absorber les ombres ; on relirait toutes les notes ; on irait questionner toutes les familles dont les hommes avaient quitté le village ; on chercherait les témoins qui avaient vu l'inspecteur pour la dernière fois et on ne cesserait pas pour autant de creuser sous la porte d'Orient pour y chercher les objets du culte. On se donnerait les moyens de mener toutes les enquêtes de front sans l'aide de Debrume, en faisant passer au premier plan celle qui le concernait et en rassemblant des indices encore manquants. Et en se démenant jour et nuit sans compter sa peine, on le retrouverait entier et vivant. Car le brigadier ne pouvait imaginer un seul instant vivre sans cet homme : sa vie dépendait de la sienne.

Il y avait urgence, il fallait recommencer les investigations depuis le début, examiner à nouveau les listes :

Marino se rendrait d'abord au presbytère pour demander l'aide de Monsieur le Curé. Puis il ferait une visite au Docteur Courbet. L'un et l'autre connaissaient les gens du village et sauraient lui dire précisément qui savait lire et écrire. Peut-être l'un des deux finirait-il par identifier l'auteur de l'écriture maladroite qui avait voulu contrefaire celle de Félix le Jeune, cet homme qui, d'après son épouse Magali, ne sachant ni lire ni écrire avait laissé ce mot sur la table de la cuisine avant de partir on ne savait où. Car, à son sujet également, l'énigme était entière. Si on s'assurait que Félix le jeune n'avait pas écrit cette lettre, on pourrait en déduire qu'il n'avait peut-être pas abandonné son épouse mais qu'il avait disparu tout autant que Debrume. Le seul indice qu'on avait sous la main était ce mot signé d'une croix maladroite, sans doute l'unique signe jamais tracé par sa main. Mais qui avait écrit le reste ?

20

Ce que Marino apprit de la bouche du docteur Courbet le glaça d'effroi. Le vieil homme lui-même en était tout retourné. Il avait de la sympathie pour Debrume et il le lui avait prouvé plus d'une fois, malgré quelques différends qu'ils avaient eus lors d'une certaine enquête mais qui avaient été réglés sans laisser de trace néfaste dans leur relation.

Marino avait trouvé le médecin dans son cabinet de travail où sa servante l'avait fait entrer. Le vieil homme se remettait d'une longue nuit de veille pendant laquelle il avait aidé une jeune femme à mettre au monde son premier enfant. Il avait beau avoir des années de pratique derrière lui, il ne sortait jamais indemne de l'évènement aventureux qu'était une naissance. Voir apparaître, au bout de tant d'efforts et de souffrance, un petit être fragile, promis à la destinée hasardeuse des humains le laissait dans une émotion étrange et incontrôlée. Le doute le submergeait à l'égard de la vie qui traçait son chemin coûte que coûte au mépris de la vie elle-même. Il avait vu tant de jeunes mères mourir en couches et mourir tant d'enfants, tous ces êtres que malgré tous ses efforts il n'avait pu sauver que, lorsque tout se passait bien, il avait du mal à juguler son émotion pour le reste de la journée. Quand il rentrait chez lui, il demandait à sa gouvernante de lui servir un remontant dans son cabinet de travail où il s'enfermait pendant des heures. Il annulait sa consultation de l'après-midi en espérant qu'il ne serait pas dérangé par une urgence. Il avait estimé que la visite de Marino en était une et avait accepté de le recevoir d'autant que les rumeurs qui couraient au sujet de Debrume et qui lui avaient été rapportées par un patient l'avaient rendu fou de rage.

« Je soigne des imbéciles, déclara-t-il à peine le brigadier intimidé eut-il franchi le seuil, son couvre-chef sous le bras en signe de respect. Des imbéciles vous dis-je, des crétins… des abrutis ! Des résidus d'humanité ! continuait le médecin qui semblait hors de lui. »

Marino restait coi, paralysé, pensant que ces insultes lui étaient adressées car il avait la conscience aiguë de ne pas faire partie des personnes qui, comme le médecin, pouvaient se permettre de telles diatribes face à leurs contemporains ; il avait l'humilité de s'incliner devant le savoir et l'intelligence de ceux dont il était exclu. La colère du docteur Courbet lui rappelait les incompréhensibles colères de son inspecteur qu'il essuyait régulièrement sans jamais douter de leur raison d'être. Néanmoins, quand il se rendit compte que le médecin le prenait à témoin, il fut extrêmement flatté de voir qu'il ne le mettait pas dans la catégorie de ceux dont il parlait :

« Il me faut arriver à mon âge pour entendre autant d'âneries ! Vous savez comme moi de quoi il s'agit sans doute ? Je parie que c'est ce qui vous amène ! Et vous avez raison, il faut faire quelque chose ! C'est intolérable ! On ne peut pas les laisser l'insulter de cette manière ! Il ne le mérite pas, lui qui a tant fait pour eux. »

Marino n'osait émettre un son, attendait la suite avec impatience comme il l'eût fait avec l'inspecteur. Il avait confiance dans la sagesse du médecin, cet homme respectable, capable de sauver tant de vies avec abnégation et dévouement.

« Ils sont prêts à colporter n'importe quelle absurdité sans rougir, pourvu qu'ils parlent ! Et d'abord, Marino, est-il vrai que Debrume ait disparu ?

- Hélas, répondit le brigadier en retenant un sanglot ! C'est justement de cela que je viens vous entretenir, si vous le voulez bien, docteur, se reprit-il juste à temps. Nous n'avons plus vu l'inspecteur depuis plusieurs jours. Cela ne lui appartient pas de s'absenter sans que Cendrine sa servante n'en soit avertie. Lorsqu'il part, il emporte toujours un en-cas consistant qu'elle lui prépare dans un panier avec…

- Oui, je comprends Marino, il a bel et bien disparu et ce n'est pas dans ses habitudes. Vous et moi qui sommes ses proches le savons mieux que personne. Mais ceux qui ne le connaissent pas ne le savent pas, et comme pour tout le reste, ce sont ceux qui en savent le moins qui en parlent le plus, leur imagination n'est jamais en panne… Elle leur tient lieu de démonstration scientifique… !

- Hélas ! Je l'ai souvent constaté dans mon métier. Et d'ailleurs, Monsieur l'Inspecteur, dont j'ai eu l'honneur de suivre l'enseignement, m'a appris à ne me fier qu'aux faits. Aussi, je note tout sur mon calepin que vous voyez là.

Et ce disant, le brigadier exhiba son trésor, ce petit carnet graisseux, quasiment en lambeaux à cause de l'usage intensif auquel il le soumettait. Le médecin fronça les sourcils en voyant l'objet, et Marino continua imperturbable :

- Trois jours maintenant. Il y a trois jours qu'il a disparu !

- Et c'est pourquoi ces abrutis en profitent ! Les langues vont bon train. Et encore une fois se vérifie l'adage qui affirme que les absents ont toujours tort !

- Quelque chose m'aurait échappé, questionna timidement Marino ?

- Vous n'êtes pas au courant de ce qui se dit dans le village ? Bien sûr, à moi, ils osent se confier. Et comme le curé, j'en entends de toutes les couleurs ! Evidemment on ne se confie pas ainsi à un homme de loi !

Emu par cette remarque, Marino en oubliait la contrariété due au fait que quelque chose avait échappé à sa perspicacité, - une faute professionnelle, inadmissible de sa part, estimait-il.

- Je les traite d'abrutis quand je suis en colère de les voir tomber dans tous les panneaux que leur tend la bêtise, mais je suis trop sévère. En fait ce sont de pauvres bougres incultes qui n'ont rien à se mettre sous la dent… Et donc, voilà ce qui se dit : que Debrume a disparu après avoir accompli ses méfaits…

- Ils l'accusent d'être le coupable ?

- Eh oui, mon brave Marino !... Ils disent qu'à force de cohabiter avec le crime, ça donne des idées !

- Mais il combat le crime ! Comment peuvent-ils … ?

- Oh ! Ils ne sont pas en panne d'arguments à défaut de l'être de preuves ! Ils disent que tous ceux qui ont disparu ont été les amants d'Evangéline. Certes il vous faudra le vérifier, mais ce ne sera pas facile : quel père, quel époux, se vanterait de la chose après tant d'années ? Je vous souhaite du plaisir !

Marino avait enfin retrouvé sa liste.

- Je n'ai pas encore réussi à interroger toutes les familles. Mais je ne vois pas pourquoi l'inspecteur aurait pu… Quel mobile ? …

- Le seul auquel ils puissent penser : la jalousie. Il s'en prendrait à tous ceux qui ont été l'amant de la belle Evangéline de Bourdaine. Il est de notoriété publique qu'il a été son amant - privilégié, dirons-nous -, et je pense que vous ne démentirez pas. Ils ont été longtemps amants, ils ont même voyagé ensemble à l'étranger : sans doute certains ne lui ont jamais pardonné d'avoir pu jouir d'un tel privilège… !

- Mais lors du meurtre de la Marquise de Bourdaine, c'est lui qui a découvert le coupable : Avrillé a fait des aveux, et devant témoins qui plus est ! Il n'y a aucun doute à ce sujet ! Ce n'est pas un criminel mais bien le contraire !

- Je le sais bien, Marino ! Mais certains n'aiment pas Debrume, d'abord parce qu'il n'est pas né ici et ensuite parce qu'il fraye avec ceux de Combeferres, ces piémontais si longtemps rejetés par l'ensemble de la population. Cela, certains couraurguais de souche ne le lui ont pas pardonné, même quand ces étrangers ont fini par être acceptés et appréciés pour ce qu'ils sont par l'ensemble du village. Et puis, il a toujours défendu Mademoiselle Marthe qui s'est toujours tenue à l'écart du village et dont on disait, à une époque, qu'elle apportait le malheur, d'autant qu'elle était l'amie des Linguier que tout le monde s'était mis à détester depuis le mariage de Linguier avec Nadège, cette pauvre femme si désespérée… Parce que tout vient de cette autre aberration que sont les griefs ancestraux contre ces familles… Cela remonte à loin ! De l'imbécilité pure et simple mais qui fait des dégâts. Hélas, Marino, dans ces pays reculés, on se transmet la haine de génération en génération comme on se transmet toutes les tares. De même pour la difficulté de vivre… Hélas !

- Mais pourquoi s'en prennent-ils à Debrume justement maintenant, à son retour d'Italie ? Ils auraient pu le faire depuis longtemps…

- Allez savoir… Vous n'imaginez pas tout ce que l'on dit de lui, ce veuf qui ne s'est jamais remarié, cet homme bizarre, qui ne dort que le jour, qui passe sa vie le nez dans les livres… bref, qui ne vit pas comme eux. Ah ! mon pauvre ami ! Ils ont tellement peu à se mettre sous la dent !… Leur dernière trouvaille c'est de faire une battue comme d'habitude, en bons chasseurs qu'ils sont. Ce n'est pas très original, ils ne savent faire que ça. Alors ils se persuadent que l'inspecteur se cache au fond des bois et qu'il jouit de l'aide des piémontais qui le ravitaillent la nuit… Vous imaginez le désastre qu'ils pourraient faire avec leurs fusils s'ils se mettaient en tête d'investir Combeferres… avec tous ces pauvres orphelins au milieu ? … Je n'ose imaginer le carnage ! »

Le brigadier restait sans voix, le médecin était accablé. L'un et l'autre mesuraient la responsabilité qui tombait sur leurs épaules. Ils ruminèrent pendant longtemps leurs désillusions dans le silence le plus total. Ils abusèrent un peu du remontant servi par la gouvernante, ce qui ne fit qu'aggraver leur état de prostration et de profonde mélancolie. Mais il restait à Marino assez de clairvoyance pour ne pas oublier la raison pour laquelle il était venu. Il tendit au médecin le mot trouvé par Magali, l'épouse de Félix Ragne, dit Félix le jeune, cette commère qui s'occupait d'Icare en l'absence de Debrume. Après avoir obtenu quelques explications, voyant la fatigue du bon docteur, il fit appel à toute la délicatesse dont il était capable pour se retirer sans abuser de son hospitalité, exactement comme l'eût fait

Debrume qui était la discrétion faite homme, pensa-t-il avec émotion.

Quand Marino se retrouva dans la rue après avoir pris congé du docteur Courbet, il se rendit directement chez lui et s'enferma dans sa chambre pour pleurer tout son saoul. Mais le soir même, il était prêt à l'heure exacte, et apte à faire sa ronde, son uniforme tiré à quatre épingles et les sabots de son cheval dûment cirés. Rien n'était changé dans son aspect et personne ne pouvait voir ses yeux rougis sous le masque qu'il s'était composé, d'une telle sévérité qu'on devrait baisser les yeux devant lui. Convaincu qu'il avait remplacé les pleurs indignes de sa fonction par une colère noire qu'il ne voulait plus retenir, muni de sa liste des absents, il était bien décidé à faire intrusion dans les familles : la soupe attendra, décida-t-il. Il questionnerait tout le monde sans ménagement. Car il était résolu à réussir son enquête, quitte à y laisser la vie. Sa volonté revenue inopinément et d'un seul bloc l'étonnait lui-même. Mais il savait maintenant ce qui était en jeu pour lui s'il ne devait plus jamais revoir Debrume vivant et il n'avait pas l'intention de passer le reste de sa vie à pleurer comme un enfant. C'est pourquoi il retrouverait l'inspecteur coûte que coûte. Un calme glacial s'était emparé de son esprit ; il n'éprouvait plus rien que ce calme froid qui alimentait sa détermination.

C'était l'heure où les travailleurs remontaient des champs, il les aurait tous sous la main. Il les harcèlerait l'un après l'autre, en priorité ceux de cette liste qu'il avait recopiée au propre sur un feuillet à part. « Je comprends maintenant ce qu'il doit éprouver quand il a la responsabilité d'une enquête où des vies sont en jeu et qu'il est le seul à prendre les décisions, se répétait-il, le cœur gonflé de fierté et le torse bombé comme s'il s'apprêtait à donner l'assaut à un régiment de hussards. »

21

La seule chose dont Marino était sûr pour le ressentir depuis longtemps au plus profond de son être, c'était que, lorsqu'il se trouvait loin de Debrume, sa vie perdait tout intérêt : sa présence lui était donc indispensable. Il ne cherchait pas à en comprendre la raison. Cette simple nécessité s'était imposée à lui au fil du temps, aussi essentielle que l'air qu'on respire ou que la terre sur laquelle on marche. C'est dire qu'il était prêt à tout pour retrouver l'inspecteur et prouver son innocence. Comme aujourd'hui il était le seul à pouvoir le faire, il le ferait, et ce, non par devoir mais par ce besoin vital qui l'y poussait.

Dans le monde du brigadier, il n'y avait pas de place pour les nuances subtiles. Sa personne même était faite d'un bloc infrangible. C'est pourquoi la révélation que venait de lui faire le docteur Courbet à propos des bruits qui couraient sur Debrume l'avait ébranlé : il n'avait jamais pensé qu'on pouvait s'attaquer à l'homme le plus méritant du village, celui qui avait rendu tant de services à tous au mépris de sa vie. Ces tombereaux de médisance et de haine qu'ils déversaient sur lui, ces coups de poignard qu'ils lui donnaient dans le dos comme des lâches qu'ils étaient, eux qui ne lui arrivaient pas à la cheville, lui faisaient mesurer dans son insondable profondeur l'ignominie de ses contemporains. Il en était profondément indigné. Toutefois, après avoir longuement ressassé sa peine, Marino était revenu à la réalité : ce n'était pas en se lamentant qu'il pourrait secourir l'inspecteur, sauver son honneur et peut-être même le tirer des griffes de la mort. Après avoir séché ses larmes, pas très fier de lui-même, il avait pris les décisions qui s'imposaient. Il s'était tout d'abord dirigé vers l'Hôtel de Ville pour télégraphier au juge Jobelin afin de s'assurer de son aide et de son soutien. Puis, sa liste en main, il avait entrepris son enquête.

Il s'agissait de la liste de ces hommes qui n'étaient pas chez eux en cette redoutable période. Un seul avait laissé un mot écrit, ce Félix Ragne que l'on appelait Félix le jeune. Ce mot était venu à la connaissance de Marino du fait que sa femme Magali l'avait brandi sur la place publique en se lamentant comme une pleureuse romaine pour faire connaître l'événement à ses voisines. Marino avait également appris par la voix populaire que Félix le jeune ne savait pas écrire. Le docteur Courbet l'avait confirmé : comme tous les enfants du village, si Félix savait tracer quelques lettres, il le devait à Monsieur le Curé. Or, ce mot ne présentait aucune des caractéristiques de la calligraphie enseignée par le bon prêtre. Le médecin avait donc émis l'hypothèse que l'écriture de ce mot était de la main d'un autre. Il lui avait fait remarquer au brigadier la forme particulière de certaines lettres, comme ces larges boucles qui n'avaient jamais fait partie des sommaires exercices d'écriture rustique auxquels le curé soumettait les petits courarguais : « La pratique de l'écriture ne leur était pas indispensable et ils n'avaient que peu de temps à y consacrer, pris dès le plus jeune âge par des travaux plus terre à terre, avait-il dit. Il s'agit ici, voyez-vous cher Marino, de la calligraphie d'une personne cultivée qui a, disons, échappé à l'enseignement de Monsieur le Curé. Je dirais même que cette écriture est trop raffinée pour avoir été enseignée ailleurs que dans un couvent ou au séminaire : cette majuscule chantournée, cette voyelle bien formée, là, dans ce mot, regardez… Or, on peut remarquer que ces lettres cohabitent avec d'autres : celles-ci par exemple, qui sont bancales et maladroites. Ce qui me fait dire que la maladresse est contrefaite, voyez-vous. Celui qui a écrit ce mot a voulu nous faire croire qu'il est de la main de Félix le jeune, et pour cela il a changé sa façon d'écrire. A mon avis, il ne devait pas savoir que Félix le jeune était incapable d'écrire autre chose que des croix et des bâtons. Et il a tenté d'imaginer son écriture. Néanmoins, malgré son adresse, il n'a pas réussi à corriger totalement sa propre façon d'écrire. Voyez encore ces barres de t bien droites et bien appuyées et plus longues que nécessaire, elles dénoncent une main habituée à écrire souvent et de manière très assurée. Ce qui pourrait dénoter également un caractère affirmé, séducteur, voire enjôleur mais tout à fait sûr de lui. Je dirais que l'homme qui a écrit ceci a une certaine culture..., il a peut-être fréquenté le monde... Et si j'osais, j'irais jusqu'à dire que ces lettres sophistiquées qui émergent de l'ensemble très grossier pourraient être attribuées à la main d'une femme... Une femme, peut-être, oui, l'une de ces femmes qui ne s'en laissent pas conter, bien sûr. Mais hélas, ma compétence en la matière ne va pas très loin, et je le déplore. Bref, ce ne sont que des hypothèses, et, homme ou femme, cela reste à découvrir. En revanche, il n'y a aucun doute : ce n'est pas un élève de Monsieur le Curé qui a écrit cela ! Je regrette, croyez-moi, Marino de ne pouvoir vous aider davantage ! »

Faisant aller ses yeux du message au visage du médecin, Marino avait considéré la brève missive d'un air méfiant, étonné qu'on puisse voir tant de choses dans ces quelques lettres jetées sur un mauvais papier. Néanmoins, il avait maintenant la certitude que quelqu'un d'autre que Félix Ragne avait écrit cette lettre en son nom et que cette personne faisait preuve d'une grande habileté. Il allait devoir marcher sur des œufs, ce qui n'était pas son fort.

Le brigadier avait décidé de suivre le trajet de sa ronde habituelle qu'il n'eût changé pour rien au monde. Il avait l'intention de s'arrêter chez chaque villageois de sa liste dont l'habitation se trouvait sur son chemin. Il suivait en cela l'enseignement de Debrume : en l'observant, il avait compris que l'habitude est une sorte de rite sacré qui vous aide à vivre. L'inspecteur n'en changeait jamais, sauf dans les cas d'urgence extrême. Les lois auxquelles se soumettait son Mentor devenaient les siennes dès qu'il les avait décryptées. Il faisait parfois quelque erreur d'estimation qui l'empêchait de doser ses actes à la bonne mesure, mais pour ce qui concernait la ronde, c'était très simple, il n'y avait qu'à suivre un seul trajet, toujours le même.

Celui-ci le mena d'abord à passer devant la maison de Léon Jacquet. Il apprit de son épouse que l'homme était rentré le matin même, après une visite chez sa sœur qui venait de mettre au monde une paire de jumeaux, de beaux bessons charnus et bien portants, nés dans un département éloigné. Marino eut le temps d'interrompre l'épouse enthousiaste juste avant qu'elle n'ait entrepris de donner le détail de l'arbre généalogique de son époux : « Vous pourrez le trouver à l'écurie où il est allé voir notre mulet qui boîte, ce qui est un drame : une famille ne peut survivre sans le travail de cette bête courageuse… » Mais Marino était déjà loin et il ne sut pas ce qu'en avait pensé le maréchal-ferrant. Il verrait Léon Jacquet plus tard, quand il passerait dans le quartier des écuries et des granges, situé hors les murs, en bas du village, face aux champs et aux prés de la plaine du Can. Au moins, celui-ci n'était pas mort, il avait toujours ses deux mains et personne ne s'inquiétait pour lui.

Par contre, Augustin Barel, Jules Castagne et Valentin Rovel n'étaient pas reparus à leur domicile après une absence de plusieurs jours. Augustin Barel avait été appelé à la ville de V pour régler une affaire de succession et son retour était prévu pour le lendemain par la patache du soir. Il suffirait de vérifier.

Quant aux deux autres, ils avaient eu à s'occuper d'un litige entre leurs bergers. De rudes discussions étaient nées entre les deux bergers à propos de l'eau et de leurs territoires mal définis. Leurs maîtres redoutaient ce genre d'affrontement qui s'était déjà mal terminé quelques années auparavant. Ils avaient décidé d'y mettre un terme en construisant une nouvelle canalisation et de nouveaux abreuvoirs, ce qui demandait du temps : les familles prévenues ne s'inquiétaient pas pour eux. Toutefois, leurs bergeries se trouvaient sur les pentes du Couron du côté de Bourdaine. Marino entreprendrait donc une enquête parmi les bergers, se souvenant qu'une main droite avait été déposée dans le saloir du relais de Virel situé non loin des pâturages de Jules Castagne et de Valentin Rovel.

Mais pour l'heure, il lui fallait interroger l'épouse de Félix le jeune, Magali Ragne qu'il avait vue sortir de chez la brodeuse en pleine nuit et qui avait soigné Icare ces derniers jours, ce dont il était à peu près sûr parce qu'il l'avait également vue quittant son écurie à plusieurs reprises. La maison Ragne se situait du côté sud des remparts, non loin de la porte d'Occident. Pour y accéder, on devait traverser une courette sombre que commandait une large voûte. Cette voûte séparait la cour de la rue couverte qui descendait jusqu'à la porte ouest du village. Les portes de plusieurs habitations ouvraient sur la petite cour encombrée de volailles qui piaillaient et s'affolaient à l'approche d'un humain. On accédait à la demeure des Ragne par un étroit escalier. Marino avait démonté dans la courette et laissé son cheval à la surveillance d'un gamin. Lorsqu'il frappa à la porte de Félix, il entendit le bruit d'un pas traînant et une femme vint lui ouvrir. Il s'agissait bien de cette femme qu'il avait vu quitter l'écurie d'Icare à plusieurs reprises. Et il pensa aussitôt qu'il ne pouvait s'agir d'une coïncidence. Le sujet des coïncidences était le b a ba du métier, la première chose que Debrume lui avait apprise. Il entendait encore la voix tonitruante de l'inspecteur : « Le hasard n'existe pas, brigadier, fourrez-vous bien cela dans le crâne ! Il n'y a que les faits et la mécanique de leurs enchaînements : causes et conséquences, un point c'est tout. Et cela vaut pour tout. Parce que la vie est ainsi faite ! Causes et conséquences ! N'oubliez jamais, Marino ! »

Marino remarqua également que l'épouse eut un haut-le-corps quand il lui présenta le mot écrit par son mari : « Quand vous avez signalé la disparition de votre époux, vous avez déclaré que ce mot était de sa main, dit-il d'une voix froide. Or, l'analyse graphologique prouve qu'il ne peut l'être. Qui l'a écrit ? » L'épouse de Félix se troubla, rougit, balbutia quelques paroles inintelligibles en guise de réponse. Marino insista. De plus en plus terrorisée, il ne put rien en tirer. Il lui demanda ce qu'elle faisait lorsqu'il l'avait vu sortir de l'écurie du cheval de Debrume et si elle connaissait la brodeuse. « Non, non, je ne la connais pas, cria-t-elle affolée. Mon mari m'a abandonnée avec cinq enfants à charge ! Croyez-vous que j'aie du temps et de l'argent pour la broderie ? » Et elle se remit à se lamenter et à gémir, déversant des tonnes de larmes et sanglots désespérés. Marino en conclut que cette femme cachait quelque chose puisqu'il l'avait vu sortir de chez la brodeuse et qu'elle niait la connaître. Il se promit de la surveiller de près, quitte à passer ses nuits sous ses fenêtres comme il l'avait fait tant de fois aux côtés de son inspecteur dont le souvenir lui revint avec la force d'un coup de poing dans la poitrine. Et avec son image, la question lancinante, terrifiante : trois jours déjà… qu'était-il arrivé à l'inspecteur Charles Debrume pendant ces trois jours interminables ? Où était-il ?

Sa ronde terminée, son cheval étrillé, il rentra chez lui. Il réfléchissait à comment organiser la surveillance pour la nuit lorsqu'il entendit le heurtoir battre à sa porte. Un bref instant il espéra que c'était Debrume et dévala l'escalier en manquant se casser le cou. Mais il s'agissait de Baptiste qui venait au rapport. Marino vit tout de suite que le garçon n'était pas dans son état normal : « Brigadier ! dit-il, j'ai trouvé quelque chose à force de creuser ! » Il était pâle et marchait comme s'il avait ingurgité le contenu d'une bombonne de vin. Marino le fit asseoir aussitôt. « J'ai trouvé quelque chose… c'était la nuit dernière… J'avais creusé toute la journée. Et puis d'un coup tout un pan de rocher est tombé et je me suis dit, Baptiste tu vas pouvoir enfin y entrer. Mais après, c'est le trou noir… Je ne sais pas ce qui s'est passé. Toujours est-il que je viens juste de me réveiller. J'ai eu du mal à me remettre droit. Mais avant de venir vous voir, j'ai quand même réussi à bien calfeutrer l'entrée et refermer la bâche. Ah, ma tête ! Quel mal de tête, on dirait qu'elle va éclater, c'est de pire en pire ! »

En voyant le garçon si défait et au bord du malaise, Marino l'avait fait étendre à même le sol en prenant soin de caler sa tête sous un coussin. Et tout affolé, il avait pensé à lui faire boire quelque chose. Il lui vint subitement une idée : « Du café, Baptiste ! ça soigne le mal de tête ! C'est l'inspecteur qui me l'a dit ! Il est formel sur le sujet et en matière de café, il s'y connaît. Figure-toi qu'il a goûté tous les cafés des pays où il est allé et ça a toujours marché pour le mal de tête ! Je vais mettre de l'eau à chauffer, mais toi, continue de me raconter… Dis-moi ce que tu as vu ! Qui t'a agressé ?

- Comme je vous l'ai dit brigadier, balbutiait Baptiste, je ne sais pas ce qui s'est passé. Peut-être quelqu'un m'a donné un coup sur la tête, mais je n'ai vu personne. A un moment, mais je ne sais pas quand, j'ai entendu des voix de femmes qui criaient et des monstres qui hurlaient et qui voulaient me dévorer. Eux, je les voyais les monstres, ils étaient devant moi, j'aurais pu presque les toucher si je n'avais pas eu si peur d'eux… Ah ! brigadier, je dois dire que je tremblais de peur comme un petit enfant perdu dans le bois quand l'ogre le poursuit. Et en plus, maintenant, j'ai mal à la tête comme une femme…

- Je crois que ce n'est pas de l'encens que tu as respiré mon pauvre garçon…, dit le brigadier désemparé et qui avait du mal à retenir ses larmes. Ce doit être autre chose. Ecoute, tu vas te reposer un moment et quand ça ira mieux, tu rentreras chez toi. Mange la soupe avec tes parents, ça te remettra d'aplomb. Et rejoins-moi vers minuit près de la faille que tu as ouverte. On ira voir de près ce qui se passe dans cette faille. Et moi, dès que la nuit sera noire, je me mettrai en sentinelle de mon côté. Il y a peut-être quelque chose à apprendre en surveillant l'épouse de Félix le jeune, cette Magali Ragne qui explose en sanglots quand on lui pose une question. Allez, mon gars ! A nous deux on y arrivera ! »

Il avait ajouté ces mots que Debrume lui eût dits en pareil cas afin de lui donner du courage. Mais de courage, il était le premier à en avoir besoin. C'était la première fois qu'il devait organiser une enquête d'un bout à l'autre, sans le soutien d'une quelconque autorité.

- Je ne pense pas pouvoir vous être d'une grande utilité, reprit Baptiste d'une petite voix, et je n'ai pas du tout envie de soupe… Je me sens de plus en plus malade.

- Dans ce cas, mon petit, allons ensemble chez le docteur Courbet qui doit être chez lui à cette heure. Il te remettra vite sur pieds !

Le brigadier attentionné aida le jeune homme à se lever. Mais, tandis qu'il ajustait sa tenue avec le même soin qu'il y mettait toujours, en levant les yeux, il vit que le garçon restait cloué sur place. Puis, avant qu'il n'ait pu faire un geste, il le vit dodeliner de la tête, s'affaisser et s'étaler au sol, les yeux révulsés. Au comble de la panique, Marino sortit dans la rue, appela à l'aide en hurlant :« Au secours ! » Les voisins accoururent. Accroupi auprès du malade, il demanda à la cantonade qu'on aille chercher en urgence le médecin.

22

Marthe avait essayé à plusieurs reprises de se passer des services de Debrume. Mais il avait toujours réussi à se rendre indispensable, y compris aux yeux de Corsan qui réclamait souvent son avis. Ainsi, de près ou de loin avait-elle toujours été en contact avec lui. Or, depuis qu'elle l'avait congédié de façon cavalière, voire brutale et qui plus est, en éprouvant un certain plaisir devant sa mine déconfite, elle se sentait libérée d'un énorme poids. Sans doute eût-elle contrôlé encore une fois l'agacement qu'il avait le don de provoquer en elle si la situation ne lui avait pas facilité cette décision. Jugeant que le message remis par la sœur converse du couvent San Giacomo en cachette de sa Mère Supérieure en était l'occasion, elle l'avait saisie au vol.

De retour à la *pensione*, Marthe s'était retirée dans sa chambre sans faire de commentaire après la controverse qui s'était élevée entre Debrume et elle au sujet de la provenance du message. Selon elle, son authenticité ne pouvait être contestée : il émanait sans aucun doute d'Elodie. Elle était sûre qu'il contenait tous les signes que la communication interne de l'organisation exigeait. Le décrypter serait un jeu d'enfant. Elle le ferait sans problème et sans l'aide de personne quand elle aurait compris de quel *San Giovanni* il s'agissait.

Quant à Debrume qui pensait qu'en plus de ces précautions habituelles, une enquête était indispensable, elle l'avait seulement autorisé à jeter un rapide coup d'œil à ces quelques mots. Il avait tenté de la mettre en garde contre un piège, arguant qu'il en savait assez au sujet de l'organisation pour affirmer que les failles qui s'étaient présentées dans la communication entre Utto et Corsan ces derniers temps n'étaient pas anodines. Elle ne s'était pas laissé faire et s'était dressée contre lui de toute la hauteur de son autorité, déclarant qu'elle était tout à fait en mesure de faire face à cette situation sans lui.

Si le message était laconique, Marthe était persuadée d'y reconnaître la façon d'Elodie. Ou tout au moins désirait-elle l'y reconnaître tant son besoin de la revoir était grand. Pouvoir être auprès d'elle enfin, c'était retrouver le bonheur de cette amitié et l'assurance qu'elle lui était exclusivement dédiée. C'était toucher au port après la tempête, revenir à la vie. Debrume, qui s'était immiscé dans leur intimité, n'avait rien à voir dans l'affaire. Ainsi, pressée d'en finir avec lui, elle n'avait trouvé aucun autre moyen pour l'éloigner que cette manière peu convenue, voire brutale. Certes, elle n'avait pas pris de gants et elle s'en félicitait. Elle n'était pas présente le lendemain dans le hall de la *pensione* pour le saluer. Utto avait accepté de l'accompagner à la gare sans faire de commentaire, pas très à l'aise, mais ravalant son désaccord pour se soumettre à ses ordres, comme le bon soldat qu'il était, et elle lui en était reconnaissante.

Toutefois, pour Marthe, le message s'était avéré incompréhensible. Il n'avait livré aucun secret qu'elle aurait pu lire en transparence dans les marges du billet : « *il mio bel San Giovanni, di' 1-10, alla mezza…* » et c'était tout. Fort heureusement, Utto avait ramené de la gare cette lettre que Debrume lui avait donnée au dernier moment pour elle. Elle devait reconnaître à contrecœur que s'il n'avait eu la gentillesse de lui faire parvenir cette lettre, Marthe et Utto n'auraient pas su où diriger leurs pas. ce message était une citation de la Divine Comédie qu'elle n'avait jamais lue. Le « *bel San Giovanni* » était le baptistère florentin où Dante avait été baptisé et qu'il n'avait jamais plus revu après son exil. D'après Debrume, l'auteur du message proposait donc un rendez-vous à Florence, devant le baptistère, le premier jour du mois d'octobre, à midi. L'inspecteur n'avait pas omis de réitérer ses conseils de prudence : rien n'assurait que le message provenait d'Elodie. Il n'était resté que peu de temps à Marthe et à Utto pour organiser leur départ de Savone. Dans sa chambre, tout en ravalant sa morgue, elle prit soin de déchirer la lettre, et commença à rassembler ses affaires. Il lui fallait maintenant s'employer à oublier l'incident.

Ils avaient pris la poste pour Florence comme un couple de quelconques bourgeois. Après un long trajet inconfortable qui les avait fait suivre la côte jusqu'à Livourne, ils s'étaient acheminés à l'intérieur des terres. S'épanouissant comme une fleur au-dessus de la brume légère qui couvrait la plaine de l'Arno, annonçant la présence de la ville était apparue la coupole qui abrite sous son ombre les merveilles de l'art des siècles. Au jour du rendez-vous, ils étaient au pied du baptistère, devant les portes de bronze ciselé. Ils attendirent longtemps. Le soleil se couchait quand un homme les aborda et leur dit de les suivre. Sous son large chapeau de feutre, il avait l'air de ces bandits qui hantent les campagnes reculées mais il se montra courtois. Ils traversèrent un quartier populeux et entrèrent dans une auberge dans la cour de laquelle les palefreniers s'agitaient autour des attelages. L'homme leur dit d'attendre : on serait bientôt prêt à partir. Leurs bagages suivraient, ils n'auraient à s'inquiéter de rien. Après avoir roulé pendant quelques heures, ils dormirent dans un bourg qu'ils atteignirent à nuit noire dans la maison d'un particulier qu'on ne leur présenta pas. Celui qui s'avérait être leur guide leur demanda qu'ils se tiennent prêts tôt le lendemain matin : le voyage vers les montagnes du Casentino allait être long et inconfortable mais ils seraient rendus à Badia Prallana dans la journée, un bourg si petit qu'il n'était pas signalé sur les cartes d'Etat-Major, expliqua-t-il : il était situé sur la ligne de partage des eaux de ces montagnes qui constituent la colonne dorsale du pays, l'un des versants regardant l'Adriatique, l'autre, la mer Tyrrhénienne. On les attendait au Castelletto dei Lamberti. Il les accompagnerait encore pendant un long moment. Toutefois, ils devaient se préparer à aborder les montagnes selon des moyens de locomotion plus rustiques que ceux qu'ils avaient pris jusque-là. Et en effet, ils finirent leur trajet dans la charrette d'un montagnard qui les attendait à un carrefour où leur guide les quitta. Ils arrivèrent à la nuit tombée dans ce bourg perdu au cœur des Apennins, là où les forêts sont les plus denses et les plus sauvages. Le montagnard qui les conduisait connaissait bien le Castelletto dei Lamberti pour en être l'un des domestiques.

La grande maison où ils devaient être reçus n'avait rien d'un château mais sa façade principale ne manquait pas de majesté : elle ouvrait sur la rue traversant le hameau et en était le seul ornement. Elle se tenait à distance des autres hameaux accrochés aux pentes de ces montagnes boisées et qui constituaient le bourg. Son grand parc entouré de hautes murailles l'isolait des bicoques alignées en rang serré le long de la route qui n'était guère qu'un chemin muletier : elle défendait ainsi son imposante différence. Son prestige tenait également au hameau dont elle faisait partie. C'était le centre de convergence du bourg avec son église, quelques boutiques rudimentaires et une grande place servant de lieu de marché à l'ensemble du bourg. L'arrière de la maison ouvrait sur le parc boisé, abandonné à la nature. Ils le découvriraient le lendemain en même temps que les senteurs de la forêt proche dans lesquelles la maison baignait dès le lever du soleil. Une domesticité tout aussi rustique que ce lieu perdu dont elle était issue les salua dans le grand hall d'entrée.

Ils avaient pensé retrouver là Elodie en compagnie de Canelli. Mais il n'y avait personne à part les domestiques. La gouvernante ne semblait pas au courant des raisons qui les avaient menés jusqu'ici, elle savait seulement que des visiteurs étaient attendus : « J'ai exécuté les ordres de Madame que vous verrez sous peu. On attend son retour d'un moment à l'autre. Ici vous trouverez tout ce qu'il faut pour votre séjour. Le dîner sera servi après Vêpres. » Elle leur signala que les Vêpres allaient être dites dans la chapelle située sur la place à deux cents mètres du Castelletto, puis elle s'éclipsa pour aller y assister.

Le lendemain se passa sans aucun événement à signaler. La gouvernante avait beau servir de succulents desserts à la confiture de fraises des bois - il en poussait des tonnes à l'ombre de ces sombres forêts -, ils se demandaient pendant combien de temps ils devraient séjourner dans cet endroit, loin du monde, au cœur de ces obscures galeries de sapins qui ne laissaient passer sous leur épaisse ramure ni l'air ni le soleil, au fin fond du coin le plus reculé de montagnes que la civilisation n'avait pas encore atteintes. Marthe espérait seulement qu'ils pourraient quitter ce lieu inhospitalier avant l'arrivée de la neige qui les eût tenus prisonniers pendant les mois de l'hiver. Utto trouvait la situation cocasse et sans doute pensait-il aux recommandations de Debrume en prenant, contre son habitude, un air moqueur :

« Vous qui n'avez connu que les fraises des bois de Couraurgues qu'on laisse aux renards tant elles sont acides et rachitiques, profitez de celles-ci en attendant ! » Elle haussait les épaules d'un air bougon, comprenant très bien l'intention de la plaisanterie.

Elle ne pouvait cependant pas s'empêcher de penser à Debrume. Elle essayait de se convaincre que, si elle ne goûtait pas les l'humour d'Utto et le reproche qu'il contenait, elle les préférait aux sempiternels silences de Debrume qui ne l'avaient jamais rapprochée de lui, contrairement à ce qu'elle avait pensé autrefois lorsqu'émanait d'eux un attrait discret et irrésistible. Avec le temps ils avaient perdu ce parfum de mystère qui émane des êtres et qui disparait quand on les connaît de trop près. Face à un Debrume devenu encombrant, il ne lui restait que de l'agacement : son charme sonnait creux, il était plein de redondances inutiles. Elle n'avait pas eu tout à fait tort de le renvoyer comme un malpropre. Il est vrai qu'autrefois, à un moment où elle se trouvait si démunie, elle avait cru succomber à ce charme qu'elle jugeait factice aujourd'hui. Il n'aurait eu qu'à faire un geste… mais ce geste qu'elle avait attendu, il ne l'avait pas fait et elle s'en félicitait. En revanche, elle continuait d'avoir la fâcheuse impression qu'il était figé à ses pieds, muet, en adoration devant elle, malgré la froideur qu'elle affichait envers lui. Il refusait de comprendre qu'elle n'était plus capable d'aimer à force d'avoir eu la faiblesse de trop aimer un jour. Et lui renvoyer à la face le ridicule et l'inutilité de son dévouement n'avait servi à rien jusque-là.

Elle n'avait voulu être ni injuste ni cruelle. Mais elle savait qu'un homme comme lui n'avait rien à faire d'une femme comme elle qui comptait quelques bonnes années de plus. Quant à la maternité, elle n'y avait jamais pensé. Elle avait préféré devenir une martyre de la cause. Et elle devait le rester. Jusque-là, elle avait fait son devoir. Elle avait cru en ses idées. Comment aurait-elle pu revenir en arrière ? Depuis le jour où, presqu'encore une enfant, elle avait quitté la maison de son père pour partir aux côtés des Corsan, au fond de son cœur, une pierre dure s'était mise en place, faisant obstruction à certains sentiments et il valait mieux ainsi. Aujourd'hui, elle était à nouveau poussée sur le chemin de la cause. Elle obéissait à des ordres, et comme toujours, sans savoir où ils la conduisaient. C'était sa vie, rien ne la changerait jamais. C'était pourquoi il lui fallait retrouver Elodie.

Quant à Debrume, il serait bientôt à Couraurgues où elle se convainquait qu'il avait un rôle plus important à jouer : on y avait trouvé des restes humains dont cet idiot de Marino ne semblait pas s'émouvoir. Il n'avait rien à faire ici, dans ces montagnes où on cherchait à découvrir la teneur de la menace qui planait sur l'organisation, et où on trompait le temps en cueillant des fraises des bois. S'il l'avait aidée d'autres fois, aujourd'hui elle n'avait pas besoin de lui. Elle continuerait avec Utto dont elle avait toujours apprécié la présence et qu'elle avait enfin retrouvé. Certes, elle eût pu éviter à Debrume cette douche écossaise dont il avait dû ressentir la froideur glaciale jusqu'à la moelle des os. Bien heureusement, avec son tact habituel, il avait vite jugé inutile d'insister, ce qui lui avait évité de nouvelles attaques tout aussi cinglantes que, sur le moment, elle était bien décidée à ne pas lui épargner. Il était parti en lui dévoilant la teneur du message de la sœur converse, et elle lui en était reconnaissante. Elle savait qu'elle pouvait compter sur lui en toutes circonstances : il comprenait toujours ce qu'elle attendait de lui. Il en avait encore une fois donné la preuve. Elle remettait à plus tard de chercher pourquoi elle avait été aussi rude. Il comprendrait, elle n'en doutait pas. Il lui pardonnerait. Il lui pardonnait toujours. Ne jamais douter de lui c'était sa façon à elle de l'aimer. Il le savait sans doute.

Mais pour que tout cela ait un sens, Marthe devait croire que le message qui les avait amenés ici provenait d'Elodie, qu'elle les appelait, qu'ils allaient la revoir d'un moment à l'autre. Et lorsque les raisons de sa disparition subite leur serait révélée, ils comprendraient aussi le rôle qu'avaient joué autour d'elle les Mères Supérieures de deux couvents situés à trente lieues l'un de l'autre, une sœur converse un peu agitée et un père Jésuite dont elle n'avait jamais entendu parler, sans compter cet homme qui surveillait Elodie lors de ses visites à la Consolata et qui était peut-être celui qui semait des cailloux sur leur route pour les amener là où ils se trouvaient aujourd'hui. Etait-ce le guide rencontré à Florence ? Quant à la mystérieuse menace qui pesait sur l'organisation, et dont ils ne connaissaient toujours pas la nature, le temps seul dirait s'il était encore possible de la neutraliser.

23

De la calèche qui s'était arrêtée devant la grande maison de la rue principale de Badia-Prallana était descendue une femme enveloppée d'une longue capote noire. Sous l'avancée du porche à colonnades l'attendaient les domestiques qui s'étaient empressés de l'accueillir. A peine entrée, elle jeta négligemment son manteau dans les bras d'une servante et donna ses ordres, puis se précipita dans le salon. Visiblement harassée par de fatigue, elle était désireuse de trouver un fauteuil confortable devant un bon feu préparé à son intention en attendant de rencontrer ses invités. Il s'agissait d'Erminia, la sœur d'Elodie que les nouveaux venus allaient avoir la surprise de rencontrer pour la première fois.

Il y avait maintenant plusieurs années qu'Erminia habitait cette immense demeure aux allures de bastion militaire autour de laquelle se serraient les quelques maisons du bourg de Badia-Prallana. Elle y était l'hôte privilégiée de Zélie Nance, sa très chère et unique amie. Jusque-là, Erminia n'avait jamais quitté sa ville natale ni la maison où elle était née. Elle avait mené auprès de sa mère une vie triste et dévote depuis le mariage de sa sœur Elodie. Sa mère disparue, elle était restée seule, se consacrant à ses dévotions, entourée de sa gouvernante et de son confesseur. Cette vie monotone à laquelle elle s'était astreinte autant que résignée avait pris fin inopinément lors d'une fête de charité organisée par sa paroisse dont elle était une généreuse bienfaitrice. Elle y avait fait la connaissance de celle pour qui aujourd'hui, elle était prête à donner sa vie. Cette rencontre qu'Erminia n'attendait plus avait transformé son existence. Elle avait découvert le bonheur avec, à ses côtés, une personne capable de comprendre son désarroi, de soulager sa souffrance et de prévenir la moindre de ses contrariétés. Les moments passés auprès de Zélie n'étaient faits que d'harmonie et de tendresse infinie. Zélie était devenue le centre de son existence.

La vie des deux femmes s'organisait autour des nombreuses activités et des sempiternels voyages de Zélie. Restée seule, Erminia n'avait de cesse de rendre grâce à Dieu d'avoir mis Zélie sur son chemin. Durant de longues journées, elle priait à deux genoux devant l'autel de la petite chapelle qu'elle avait fait aménager à cet effet dans l'ancienne bibliothèque de ce qui était devenu, au fil des années, sa nouvelle demeure.

Quand Zélie était de retour, la vieille maison du bourg s'animait : tout y devenait beau et léger, et la vie facile. Comme envoûtée, Erminia vivait des émotions qu'elle n'avait jamais connues de sa vie. C'était avec les yeux de Zélie que, telle une enfant éblouie, elle voyait maintenant le monde. Elle apprenait à admirer ce qu'elle avait été incapable de voir auparavant, les choses simples qu'elle avait sous les yeux tous les jours. Une promenade dans le parc emplissait Erminia de joie enfantine en toute saison. L'hiver était la plus longue dans ces montagnes et Zélie lui en faisait découvrir les charmes : l'étendue de neige immaculée devant la maison et les délicats graffitis que les oiseaux y avaient laissés, les lourdes guirlandes d'argent qui emprisonnaient les arbres, la fine parure de dentelle sur une brindille qui se balançait au souffle de l'air. Le froid piquant qui jusque-là ne lui avait apporté que du désagrément était le bienvenu quand, au premier frisson, Zélie, prévenante, lui proposait son manchon de fourrure ou sa pelisse. Dans le parc solitaire, entre les grands sapins, la maison apparaissait au bout de l'allée. Le givre était aux fenêtres, la fumée des cheminées s'élevait du toit et se fondait dans les nuages, et c'était la promesse d'un doux réconfort autour de la chaleur de l'âtre. Quand la belle saison revenait, durant les longues promenades à la fraîcheur du crépuscule où les oiseaux emplissaient le parc de leurs symphonies, Erminia apprenait à reconnaître leurs chants et à les désigner par leurs noms. A la nuit tombée, on rentrait à la lumière. Elles demandaient que toutes les chandelles fussent allumées comme si elles attendaient quantité de convives. Mais il ne venait personne et la soirée se passait à lire ou à jouer quelques joyeuses mélodies au piano qu'Erminia tentait d'apprendre sous les conseils de Zélie, portée par son infinie patience.

Erminia était reconnaissante à Zélie d'avoir compris qu'elle n'avait besoin que de d'être entourée de cette bienveillance à laquelle elle pouvait s'abandonner. Auprès de Zélie qui savait chasser l'ennui, Erminia voyait tous ses désirs comblés et ses contrariétés effacées. Elle se fiait à ses décisions et s'en remettait à elle car elle pensait que Zélie avait une grande connaissance de la vie et des gens. N'était-elle pas la seule personne à reconnaître ses mérites et ses qualités ? Qui d'autre avait été capable de les apprécier à leur juste valeur ? Pas même sa propre mère ! Erminia était prête à tout pour lui montrer sa gratitude. Aussi, il ne lui serait pas venu à l'idée de refuser son aide et son soutien absolus quand Zélie les lui demanda. Dans un élan d'amour, Erminia avait mis à sa disposition sa personne ainsi que tout ce qu'elle possédait.

Car les malheurs de Zélie lui avaient tiré des larmes. Erminia ne se lassait pas d'en écouter le récit d'autant qu'il se trouvait qu'elle connaissait bien son bourreau : il s'agissait de Corsan, le mari de sa propre sœur Elodie. Il l'avait séduite et lui avait promis le mariage après qu'elle lui eut donné un fils. Et Zélie avait failli mourir de chagrin quand elle avait découvert qu'il était marié et qu'il ne l'épouserait jamais. Son honneur perdu, elle avait dû vivre cachée pour se protéger de la vindicte de son épouse. Erminia savait que cet homme était capable de telles trahisons. De plus, pour sauvegarder sa réputation et se sauver de la jalousie de sa femme, il lui avait enlevé son fils et le malheureux enfant, avait été balloté de nourrices en institution depuis sa naissance. Zélie ne l'avait plus jamais revu. Erminia fut rapidement convaincue qu'en contribuant à retrouver son fils, elle pourrait également aider sa propre sœur à se venger de son époux volage. Dans le mariage, la vérité, fût-elle cruelle, ne valait-elle pas mieux que n'importe quel mensonge ? Erminia n'avait-elle pas vu depuis le début de leur mariage que Corsan était un être malfaisant ? Elle aiderait la naïve Elodie à se venger de lui, qu'elle le veuille ou non.

Pour ce faire, les deux sœurs devaient se revoir, avait dit Zélie. Et quoi de mieux que de proposer à Elodie une villégiature dans cet endroit retiré, au cœur de ces montagnes ? Cette idée, Erminia l'avait aussitôt faite sienne. Elle pourrait ainsi faire toucher du doigt à sa sœur ce qu'elle-même savait depuis toujours : Corsan était un rufian qui dissimulait, sous le couvert de ses idées politiques révolutionnaires, une âme noire. Son mariage, pour lequel Elodie avait renié sa famille, était un lamentable échec. Elodie devrait en convenir, reconnaître enfin ses torts. Preuve en était l'existence de ce fils illégitime. En contraignant Elodie à accepter de séjourner au Castelletto dei Lamberti, les deux femmes, l'épouse et la maîtresse, toutes deux outragées par le même homme pourraient unir leurs forces, l'une pour se venger de son mari, l'autre pour retrouver son fils. Elodie reviendrait à la raison, et, contrite et avilie, reconnaîtrait la clairvoyance et la sûreté du jugement de sa sœur qu'elle avait tant méprisée. Erminia accepterait ses excuses, et c'était à Zélie qu'elle devrait le bonheur de cette victoire.

Il fallait seulement qu'Elodie vienne seule, selon les recommandations de Zélie. Ce qui semblait quasiment impossible s'avéra d'une facilité déconcertante, comme toujours, lorsque son ingénieuse amie se mêlait de quelque chose. Erminia n'avait eu qu'à suivre à la lettre ses directives. Elle entra donc en contact avec l'une de ses anciennes compagnes de couvent afin de transmettre certains messages destinés à Elodie en dehors du contrôle de ses proches pour la diriger vers Badia-Prallana. De son côté, Zélie disposait de l'aide de ses nombreuses amies qui, comme elle, avaient connu la déchéance à cause d'un homme et qui l'aideraient dans cette tâche : « Car voyez-vous, elles sont plus nombreuses qu'on le croit. La vie leur a appris à se battre comme des amazones, avait dit Zélie. Elles n'ont peur de rien : elles savent mieux que les hommes ce que signifient les mots d'honneur et de vengeance ! » Erminia connaissait maintenant le pouvoir que lui apportait Zélie dont elle se faisait forte comme s'il lui appartenait : elles étaient nombreuses et bien organisées, autour d'elle, ces femmes plus fortes que des hommes : « une sorte de société secrète dont je ne puis rien vous dire sans trahir le serment qui me lie à elles, avait dit Zélie… ». Mais Erminia ne se souciait pas de ces détails. Elle ferait toujours de son mieux ce qu'on lui demanderait de faire, ce ne serait que jeu d'enfant. Et si elle n'en comprenait pas toujours les tenants et aboutissants, peu importait.

Erminia ne voyait qu'une seule chose : il lui était donné ainsi l'occasion de réparer les souffrances inutiles des années languissantes passées auprès de sa vieille mère dont la seule activité était d'attendre un signe d'Elodie, la seule de ses filles qui comptât pour elle : or, de cette fille préférée qui parcourait l'Europe aux côtés de son époux, engagée dans les méandres d'une organisation patriotique dont personne ne savait grand-chose, leur mère avait attendu en vain le retour, et elle avait quitté ce monde sans avoir pu la revoir. Erminia pouvait-elle pardonner à Elodie d'avoir pris tant de place dans le cœur de cette mère qui, vers la fin de sa vie, n'était empli que d'elle ? Quant à Elodie, elle savait comment s'y prendre avec elle : elle n'avait rien oublié des guerres de leur enfance. Elle saurait avoir le dessus d'autant plus qu'aujourd'hui, comme par miracle, lui était échue la chance d'avoir les meilleures armes en main. Ainsi Elodie arriva-t-elle à Badia-Prallana, en suivant des indications si discrètement transmises qu'Utto ni personne ne put les intercepter.

Si le séjour d'Elodie s'était terminé d'une façon qui ne correspondait pas à son attente, Erminia n'était pas découragée. Elle avait d'autres cartes à jouer préparées par Zélie qui n'était jamais à court d'idées. Car elle s'apprêtait aujourd'hui à accueillir les amis d'Elodie et s'en réjouissait. La promesse d'une prochaine victoire que lui laissait entrevoir l'action menée de main de maître par Zélie ne la quittait pas lorsqu'elle vit entrer Marthe précipitamment, suivie d'Utto, dans le salon où elle les attendait. Elle les toisa, déjà prête à donner l'assaut, convaincue d'avance qu'elle aurait vite raison d'eux. Jamais le moindre doute n'avait traversé son esprit quant au bien-fondé de l'entreprise qu'elle avait mené jusque-là aux côtés de Zélie. Elle allait maintenant réaliser la deuxième partie du plan ourdi par son amie dont elle était fière d'être devenue en quelque sorte, le bras armé. Et elle se montrerait à la hauteur.

*

Assise devant le feu qui brûlait dans l'âtre, comme accablée sous un poids trop lourd pour ses frêles épaules, d'un geste las de la main, Erminia leur offrit un siège. Elle se déclara désolée pour eux : Elodie se trouvait encore ici il y a peu, dit-elle, mais elle s'était volatilisée du jour au lendemain sans donner d'explication. Elle l'avait laissé choir de manière si peu convenante qu'elle avait peine à s'en remettre. Mais telle était la manière de sa sœur ! Zélie l'avait pourtant accueillie avec tous les égards dans sa demeure. Et elle-même avait éprouvé une joie indicible, après tant d'années de séparation imposée par Elodie au mépris des liens si étroits qui les unissait autrefois, tels qu'elles ne pouvaient vivre l'une sans l'autre… Et voilà qu'elle était repartie comme si elle avait le diable à ses trousses. Mais eux, qui connaissaient bien Corsan devaient être au courant de quelque chose. Avait-elle été entraînée dans de nouvelles vicissitudes liées aux activités douteuses de son époux ? Pourquoi sa sœur s'obstinait-elle à lui imposer de tels tourments ? Ne savait-elle pas qu'Erminia ne cessait de se torturer à son sujet ? Elle avait tant besoin d'être rassurée ! Depuis toujours, elle avait fait tout ce qui était en son pouvoir pour éviter la moindre peine à sa sœur. Mais Elodie n'avait pas changé : comme autrefois, elle n'écoutait rien ni personne… Quant à elle, elle n'était pas une aventurière et était de loin la plus raisonnable des deux. Elle n'aimait que le calme de sa maison et une vie bien réglée, la lecture des textes sacrés, la broderie et les longues conversations au coin du feu avec son confesseur. Elle vivait en bonne chrétienne sans manquer une messe, toutes choses que sa sœur avait toujours méprisées. Erminia avait vu Elodie prendre les chemins dangereux qui mènent à l'enfer. Et en voulant lui faire comprendre qu'elle se trompait de voie, voilà ce qu'elle avait récolté : sa sœur la fuyait comme une pestiférée et ne cachait plus sa rancœur !

Dans cette pièce qui aurait pu être chaleureuse si leur espoir avait été comblé, un grand silence froid était tout à coup tombé. La personne que Marthe avait sous les yeux n'avait rien à voir avec Elodie mis à part quelques vagues traits. C'était comme si Erminia avait usurpé et flétri quelque chose qui n'appartenait qu'à Elodie : une sorte de sacrilège pour Marthe qui la regardait sans comprendre. Sans pouvoir articuler un mot, elle constatait qu'elle s'était trompée. Elle avait voulu croire que le message transmis par la sœur converse du couvent de Savone ne pouvait provenir que d'Elodie. Mais s'il était vrai qu'Elodie avait été reçue dans cette maison, pourquoi avait-elle fui, et pour courir où ? Pouvait-on faire confiance aux dires d'Erminia ? Tout était si étrange ici, tout paraissait irréel, jusqu'à la vague ressemblance qu'Erminia avait volée à Elodie.

Erminia s'efforçait de garder une mine avenante de bon aloi, même si ses demi-sourires se transformaient souvent en un rictus d'aigreur. La veille, elle était sortie quelques heures pendant l'absence de son amie Zélie et elle n'avait plus retrouvé sa sœur à son retour. Les domestiques lui avaient rapporté que des hommes étaient venus et Elodie était partie avec eux. Erminia ne les avait pas vus. Si elle ne se trompait pas et en dépit de l'élémentaire description faite par les domestiques, l'un des deux était un religieux, le Père Corba, un ami de la famille qu'Erminia avait bien connu autrefois et qui était toujours resté en relation avec Elodie après son mariage. Il était accompagné d'un homme de main, un rustre à l'aspect louche dans la description duquel Utto et Marthe espérèrent avoir reconnu Canelli. Erminia les soupçonnait d'avoir utilisé la force pour emmener sa sœur, mais elle ne pouvait l'assurer. Les domestiques interrogés semblaient ne pas vouloir en dire davantage. Quoi qu'il en soit, la situation avait inquiété son amie Zélie : à peine rentrée, elle était aussitôt partie à la recherche d'Elodie. Car son amie Zélie qui l'aidait en toute chose se montrait toujours prête à la soutenir. Ils étaient son hôte, le savaient-ils ? Sa maison était la sienne. Ce fut ainsi qu'ils entendirent parler de Zélie Nance pour la première fois et très longuement. Erminia ne cessa plus de se référer à elle. Ils comprirent qu'Erminia ne faisait rien sans elle. Ils ne se trompaient pas. Erminia continua à parler longtemps sans attendre de réponse. Ce long soliloque quelque peu indécent prit fin de manière abrupte quand elle leur annonça l'heure à laquelle le dîner serait servi et qu'en attendant, accablée par toutes ces émotions que le départ de sa sœur avait ravivées elle préférait se retirer. Et sur ce, elle les quitta.

De retour dans sa chambre, Marthe s'occupa de démêler le vrai du faux de ce qu'elle venait d'entendre de la bouche d'Erminia, ces longs récits d'un passé plein de souffrance, si lourds de ruminations jamais apaisées. Durant les deux heures qu'elles avaient passées ensemble, Erminia avait étalé son amertume avec jubilation sans imaginer un seul instant à quel point ses indiscrètes révélations bouleversaient Marthe. Désorientée par son agaçant bavardage, Marthe avait maintenant du mal à mettre bout à bout le fil des événements anciens qui éclairaient d'un jour nouveau le passé d'Elodie. Car c'était bien cela que cette sœur pleine de ressentiment venait de dévoiler de manière si impudique : le secret du passé d'Elodie, ce secret dont Marthe avait toujours soupçonné l'existence mais qu'Elodie avait jugé préférable de ne pas lui confier. Et Marthe l'avait reçu comme un coup de poing en plein cœur, Erminia ne se souciant pas de le trahir sans vergogne.

C'était ce secret douloureux qui avait figé tout le reste de la vie d'Elodie dans un carcan dont elle n'avait jamais pu se débarrasser. L'événement s'était passé au début du mariage des Corsan. Erminia n'avait pas épargné le Père Corba, « un faux jésuite et un véritable escroc », vieil ami de la famille. Il avait soutenu Elodie et pris son parti contre sa famille. Puis il était resté en relation avec le couple tout au long de sa vie chaotique et avait été mêlé à toutes ses troublantes affaires. Car on ne pouvait pas dire que ce couple avait eu une vie tranquille, avait ajouté Erminia sur un ton qui cachait mal la récrimination qu'elle ne formulait pas, sans parvenir toutefois à la tenir cachée. Et d'ailleurs, questionnait-elle, était-ce encore un couple ? Le religieux avait joué un rôle primordial dans le drame qu'avaient vécu les jeunes époux lors de la naissance de leur malheureux fils. C'est après la naissance de cet enfant que Corsan avait véritablement fait le malheur d'Elodie. Il l'avait chargée d'une certaine mission à Vienne, l'obligeant à laisser son nouveau-né aux mains d'une nourrice. Et quelle nourrice ! Erminia s'en souvenait bien. Ils n'auraient pas pu choisir pire nourrice, s'était-elle exclamée, haussant tout à coup la voix et oubliant sa lassitude. Le bébé avait été atteint de diphtérie, et au lieu d'appeler un médecin, cette nourrice l'avait fait soigner par une guérisseuse qui n'avait évidemment rien pu pour lui. Le pauvre enfant était mort de ce manque de soin. « Une vie dissipée se paye, hélas, un jour ou l'autre, continuait Erminia. Ah ! Si elle m'avait écoutée ! Si elle avait écouté les conseils de notre chère mère ! Mais elle était obstinée, répétait-elle sur ce ton amer qui était la marque de sa conversation. Et Corsan était d'une cruauté inimaginable… Mais je n'en dirai pas davantage, avait-elle conclu. » Toutefois, l'occasion était trop bonne et elle avait continué sans fin, revenant sur le choix de cette nourrice, une montagnarde arriérée, des gens dont il était sûr, disait-il. « Il a choisi la montagne et de laisser mourir leur enfant parmi des paysans miséreux, illettrés et ignares pour la seule raison qu'ils partageaient les mêmes idées politiques que lui. Quelle hérésie, s'indignait Erminia ! Mon infortunée Elodie ne demandait pas grand-chose : elle suppliait Corsan de laisser voyager leur fils à leurs côtés ! Elle eût emmené sa nourrice pour prendre soin du nourrisson ! Elle pouvait se passer de sa femme de chambre ! Mais, insensible à ses larmes, il avait froidement tranché. J'ai encore dans mes oreilles le son de sa voix, à ce moment-là et chaque jour de ma vie je revois cette scène cruelle comme je vous vois ! »

Bien sûr, ce n'était plus le moment de parler de ces vieilles histoires de famille, avait ajouté Erminia en retrouvant tout à coup une voix doucereuse teintée de résignation, et il faut savoir pardonner aux insensés. Les deux sœurs étaient arrivées à un âge où il était préférable d'oublier le passé ainsi que les blessures qu'il avait laissées dans leurs vies. Erminia voulait seulement que sa sœur reconnaisse l'amour qu'elle lui portait en toute sincérité, c'est pourquoi aujourd'hui elle était désireuse de venir en aide aux amis qui s'inquiétaient pour elle. Cependant, pour conclure, force lui était de constater qu'Elodie n'avait pas changé. Elle était toujours sous la coupe de son époux. « Et me croirez-vous, ma chère, si je vous dis que c'est l'exemple de l'aveuglement d'Elodie qui m'a dissuadée de prendre époux ? »

Quand Erminia s'était enfin tue, Marthe était submergée de tristesse à la pensée de la vie d'Elodie durant ses années de deuil. Ce terrible drame qu'elle cachait sous sa façon de prendre la vie à bras-le-corps expliquait aussi les sautes d'humeur, les fulgurantes colères, la noire mélancolie d'Elodie qui, au fil du temps, l'avaient enfermée un peu plus dans son insoutenable douleur. Utto seul connaissait le sort du malheureux enfant d'Elodie et de Corsan. Il avait assisté aux crises de désespoir de cette mère torturée par le remords et la rancœur contre son époux. Il avait vainement essayé de lui venir en aide. Marthe, arrivée depuis peu dans l'organisation, avait été tenue éloignée du secret si jalousement gardé par Elodie, et si éhontément étalé par Erminia. Ces révélations avaient le pouvoir de la renvoyer à l'étrangeté de l'attachement qu'elle avait pour Elodie et qui était si essentielle dans sa vie. Or, l'idée qu'elle se faisait de leur relation n'avait fait que s'opacifier depuis la disparition d'Elodie, cette disparition qui ressemblait maintenant à une fuite, si

Erminia disait la vérité. Mais pouvait-on faire confiance à une personne comme elle ?

Depuis son départ de Turin et avant qu'elle ne renvoie Debrume, leurs différentes recherches leur avait fait découvrir l'activité cachée de leur amie au sein de certaines œuvres de bienfaisance, dédiée à la protection de jeunes personnes perdues sans protection, et devant choisir entre leur survie et l'abandon de leur enfant. Par ailleurs, elle touchait maintenant du doigt qu'une faille dans le système de communication du groupe que Debrume avait suspectée était bien réelle et qu'elle avait été la première expression de la menace à laquelle était soumise l'organisation. Marthe et Utto avaient atteint Badia Prallana grâce à un message qui ne provenait pas d'Elodie. Ils étaient tombés dans un piège comme Elodie sans doute avant eux. Mais tout ce qu'ils savaient à ce sujet provenait des dires d'Erminia.

Ils étaient reçus au Castelletto dei Lamberti par Erminia, la sœur d'Elodie, mais ils apprenaient que cette maison appartenait à Zélie Nance dont ils n'avaient jamais entendu parler. C'était également de ce bourg isolé que Canelli et le Père Corba avaient permis à Elodie de partir, peut-être de s'évader. Il restait à savoir si ce départ était bien une fuite et la raison de ces précautions qu'Elodie semblait prendre.

24

Plusieurs années auparavant, Zélie Nance avait convaincu Erminia de quitter sa maison familiale de Pérouse où elle vivait seule désormais et de venir habiter avec elle dans sa résidence d'été, loin des ragots de la ville et à l'abri des préjugés. La vie des deux femmes s'était donc organisée à l'écart du monde pour leur plus grand confort. Des sortes de rites qui avaient été établis par Zélie scandaient le rythme de leurs journées à seule fin de combler de bonheur Erminia. Ils restaient inchangés en son absence. Ainsi, tôt le matin ou vers la fin de l'après-midi, en toute saison, les deux femmes se promenaient-elles dans le grand parc boisé de cette vaste maison, respirant l'air limpide des Apennins toscans. Sous les grands arbres du parc, le murmure de leurs voix s'entendait à peine tant il était couvert par le chant des oiseaux, au moment du crépuscule. Elles étaient seules et personne ne pouvait comprendre ce qu'elles disaient. Le sujet de leurs longues conversations était toujours le même :

- Hélas ! il s'agit de ma propre sœur, disait Erminia

- Je comprends votre souffrance, elle ne vous a jamais épargnée, cela a été la pire des épreuves pour vous qui l'aimiez tant… et pourtant vous l'aimez encore… Vous êtes trop bonne, mon amie.

- Elle reste tout de même ma sœur. Et puis, ne doit-on pas pardonner à ceux qui nous ont offensés ?

- Oui bien sûr mon amie, mais parfois, mettre les choses au clair ne nuit pas !

- Oui, oui… et j'en suis convaincue… A ce propos, comment comptez-vous vous y prendre ?

- Ne vous inquiétez pas de cela, je me charge de tout. Faites-moi confiance, vous savez à quel point je vous suis dévouée ! Et vous verrez comme vous vous sentirez soulagée quand cela sera fait ! Il vous suffit de me faire confiance.

- Quand vous séjourniez à Turin, vous avez donc rencontré… ?

- Qui de droit. Ne vous embarrassez pas de ces détails. Mon plan sera bientôt mis à exécution. Et je ne suis pas seule, soyez rassurée. Comme je vous l'ai déjà dit, nous sommes puissantes. Notre intention est pour toutes la même : nous devons punir les coupables. Nos sœurs de combat sont partout, très nombreuses à avoir subi des outrages. Elles sont à l'œuvre dans l'anonymat.

Ils ne sauront jamais à qui ils doivent leur destruction. Car nous les détruirons, soyez-en sûre. Croyez-moi, notre action a une ampleur que vous ne pouvez imaginer. Penthésilée nous inspire et nous nous vengerons. Ils devront rabaisser leur morgue ! Votre sœur sera la première bénéficiaire de cette action que nous allons mener ensemble.

- Je devrais m'en réjouir. Jusque-là, j'ai fait ce que vous m'avez demandé, ma chère Zélie, mais ce que vous attendez de moi me semble insurmontable… Tout cela me semble trop… Saurai-je… ?

- Bien sûr que vous saurez ! Vous n'aurez que très peu de choses à faire. J'ai déjà réglé tous les détails. Bientôt Elodie sera ici, dans cette maison. Vous pourrez alors commencer… Il sera bon que je me tienne éloignée pendant un temps.

- Ah ! Vous me laisserez seule ! Aurai-je la force, sans vous auprès de moi…

- Cessez de douter de vous, mon amie. Vous êtes plus forte que vous ne croyez. Et puis je vous donnerai les moyens de réussir. N'avons-nous pas déjà prouvé que nous sommes capables de mener à bien ce que nous entreprenons ?

- Oh oui… en quelque sorte… Mais jusque-là, il ne s'agissait que de… lettres… de recommandations… et pas de…

- Je le sais bien, mais nous sommes engagées maintenant. On attend des résultats de nous. C'est pourquoi nous devons continuer à faire notre part ! Mais vous ne serez pas déçue du résultat. Ne pensez qu'à une chose : ils ramperont tous à nos pieds un jour. Il faut nous en réjouir à l'avance !

- Mais le traitement que vous avez prévu…

- Nous en reparlerons plus tard, le maniement sera très facile, les doses seront déjà prêtes. Vous n'aurez qu'à vous arranger pour préparer vous-même le thé. Mais vous frissonnez ma chère…

- Rentrons, les ombres s'allongent et envahissent le parc... la brume du soir ... les arbres s'y noient ... rentrons, dit Erminia d'une voix nouée par l'angoisse.

- Vous avez raison, il serait imprudent de s'attarder. Les domestiques ont déjà apporté les lampes et fait du feu... voyez... toutes les cheminées fument...

*

Quelques temps plus tard, l'habitude des promenades matinales ou crépusculaires étant désormais bien ancrée dans la vie des deux amies, elles ne trouvèrent aucune raison d'en changer même en présence de nouveaux invités. Cette habitude ayant acquis force de loi dans cette maison où ils n'étaient que des hôtes de passage, Marthe et Utto s'en accommodèrent sans prétendre y participer. Le lendemain de leur arrivée, ces dames reprenaient leurs habituelles déambulations dans le parc sous le soleil radieux de cette matinée d'automne.

De la fenêtre de sa chambre, Marthe les vit entrer sous le couvert des arbres. Elle avait ouvert en grand la fenêtre qui donnait sur le parc pour profiter du généreux soleil réapparu après la grisaille des jours derniers. Respirant à pleins poumons l'air parfumé de l'automne, elle observait le dédale des allées qui disparaissaient sous les sapins et les marronniers formant de hautes voûtes sombres au-dessus d'elles. C'est de l'une de ces allées qu'un peu plus tard elle vit sortir les deux amies. Elles semblaient maintenant engagées dans une conversation très animée. A l'affût, s'écartant de la fenêtre pour ne pas être vue, Marthe les vit se rapprocher de la maison. Bientôt elles furent assez près pour qu'elle puisse distinguer certaines paroles de Zélie qui parlait d'une voix forte, pleine de véhémence. Elle voyait l'attitude contrite d'Erminia mais n'entendait pas sa réponse. Des bribes de conversation lui parvenaient, le reste était emporté par l'air léger qui venait des montagnes.

- Mais vous ne reveniez pas… et j'ai cru… abandonnée…

- C'est bien ce que j'aurais dû faire, vous abandonner !

-… sans vous… comment pouvais-je… ?

Quand elles se furent encore rapprochées de la maison, si Marthe ne pouvait toujours pas entendre la voix d'Erminia, elle entendait ses pleurs.

- Il suffisait de vous appliquer à cette tâche et de faire ce que je vous avais dit de faire, sans prendre d'initiative… Les doses avaient été préparées par avance ! Ce n'était pas sorcier !

- Hélas ! mon amie, de grâce épargnez-moi, sanglotait Erminia

- Mais, stupide créature, quand nos amies l'apprendront, personne ne vous épargnera ! Vous êtes une bavarde invétérée doublée d'une incapable ! Comment vous faire confiance encore !!!

- Je vous en prie, ne leur dites rien. Ne dites rien à personne. Je vais faire amende honorable. Cette fois-ci, je ferai ce que vous voulez, exactement ce que vous avez dit de faire… Il est encore temps, puisque… mais je vous en conjure, ne me quittez jamais, suppliait Erminia en tentant de ravaler ses larmes.

- Allez au diable, sombre idiote, éructa Zélie et elle tourna les talons pour se précipiter vers les écuries.

Marthe entendit claquer la porte du jardin et des pas hâtifs dans l'escalier. Puis à nouveau une porte claqua. Erminia s'était enfermée dans sa chambre.

La journée se passa sans qu'ils ne revoient Erminia ni Zélie. Un déjeuner fut servi dans le petit salon de musique pour Utto et Marthe. Ils se questionnèrent beaucoup sur les raisons du désaccord entre les deux femmes. Ne sachant que faire de leur temps, ils attendirent en tentant de s'occuper d'une manière ou d'une autre pour éviter de tourner en rond, mais ils ne trouvèrent rien pour les distraire de toutes les questions qui se posaient à eux. En fin d'après-midi, ils firent à leur tour une promenade dans le parc. Ils n'y rencontrèrent personne.

Le soir enfin, leurs deux hôtesses réapparurent pour un dîner donné dans la grande salle de réception. Tandis qu'Erminia, les yeux rougis, se tenait silencieuse et mangeait, le nez dans son assiette, la pétulante Zélie entreprenait une conversation à bâtons rompus à laquelle Marthe mit peu d'enthousiasme à répondre. Affichant une bonne humeur inaltérable, Zélie soliloquait avec persévérance, ponctuant sa parole de rires gracieux. Quand on apporta les desserts, elle annonça qu'elle devait s'absenter pour ses affaires, expliquant qu'elle possédait une filature de laine dans la vallée. Celle-ci se trouvant trop loin de Badia Prallana, elle évoquait les difficultés qu'il y avait à faire le déplacement dans la journée. Elle était donc contrainte de passer plusieurs nuits sur place malgré l'inconvénient que cela représentait. Mais ils ne lui en voudraient pas : elle les laissait dans de bonnes mains, Erminia serait ravie de s'occuper d'eux.

Après ces explications sur lesquelles Zélie s'était attardée plus que nécessaire, la conversation commença à s'enliser. Erminia évitait soigneusement le regard de Marthe. Sa gêne était si visible que Marthe, se souvenant qu'elle avait été traitée de « bavarde invétérée » le matin même, pensa que la semonce était due aux longues confidences qu'Erminia lui avait faites et qu'elle aurait dû garder pour elle. En voyant qu'elle tentait parfois un regard apeuré vers son amie, regard que celle-ci ignorait, Marthe jugea le manège aussi édifiant que la dispute du matin.

De son côté, Utto était resté silencieux, ses yeux ne cessant d'aller de l'une à l'autre des convives. Marthe espérait le voir mettre le sujet qui les préoccupait sur la table par une question sans détour comme il savait en poser. Mais il gardait le silence. Marthe, n'y tenant plus, le fit à sa place. Dans un grand éclat de rire, Zélie répondit que le départ d'Elodie était prévu depuis longtemps, qu'Elodie l'en avait informée quelques jours auparavant. Tout cela était sa faute, elle avait cru bien faire : elle avait évité de transmettre l'information à Erminia pour lui permettre de profiter des derniers jours que les deux sœurs avaient encore à passer ensemble sans qu'une ombre ne vienne entacher le bonheur d'être ensemble. L'annonce d'une nouvelle séparation l'eût accablée. Elle connaissait la sensibilité de son amie. Elle se devait de la protéger de cette mélancolie qui la rongeait en permanence et qui reviendrait la torturer bien assez tôt. Ils n'étaient pas sans savoir qu'un tel tempérament se laisse vite emporter par son imagination. En fait, Zélie savait qu'Elodie n'était que de passage et qu'elle devait repartir aussitôt pour régler une question concernant son époux. Où se rendait-elle ? Allez savoir ! Elodie était discrète et parlait peu d'elle-même. Et, bien que de santé fragile, et malgré son âge, elle ne craignait pas de voyager. Qui avait pu émettre l'hypothèse saugrenue qu'elle avait été enlevée par des gens qu'on n'avait jamais vus ici ?

*

Plus tard dans la nuit, Marthe ne pouvant trouver le sommeil laissait sa chandelle brûler comme si le faible halo pouvait l'aider à y voir plus clair dans ses pensées. Les propos de Zélie contredisaient les précédentes déclarations d'Erminia. Ils avaient voulu cacher d'inquiétantes vérités qui ne devaient à aucun prix être révélées. La conversation volubile de Zélie, les yeux rougis d'Erminia n'avaient fait que mettre en relief l'hostilité que Marthe avait perçue dès son arrivée, à peine passé le lourd *portone* de cette maison, et qui n'avait fait que croître depuis. Ce soir, elle pouvait l'entendre bruire dans les murs de cette chambre et y distiller une sourde angoisse que rien ne pouvait faire oublier, ni la beauté des paysages montagnards, ni la présence des grands arbres dans le parc, ni les bonnes manières avec lesquelles ils étaient reçus. Les allures de forteresse inexpugnable du *Castelletto de' Lamberti* n'étaient pas seules en cause : cette même hostilité avait ressurgi aujourd'hui même dans les propos de Zélie envers Erminia, lors de leur rude dispute dans le parc. Ainsi, quand le bruit des lourds verrous de la porte cochère se fermant à double tour traversa la nuit d'un claquement sec, il sonna avec la dureté d'une sentence irréversible. Ils n'étaient plus en sécurité ici. Il fallait partir au plus tôt.

Ils n'avaient que trop tardé. Car, si le Père Corba et Canelli étaient venus arracher Elodie à cette demeure, c'était parce qu'ils l'y avaient sue en danger. Un danger que Zélie, qui mettait tant de zèle à vouloir tout expliquer, s'était employée à nier d'une manière grossière ce soir. Ce qui laissait à penser que le même danger pesait sur Utto et Marthe comme l'avait craint Debrume qu'elle n'avait pas voulu écouter.

Elle décida de réveiller Utto pour lui proposer de se tenir prêt à partir aux premières heures du jour. Elle se leva, s'enveloppa dans son châle et prit sa chandelle. Elle tourna la poignée de la porte : elle était fermée à clef de l'extérieur : le piège qui venait de se refermer sur eux était le même qui s'était refermé sur Elodie avant eux. C'était donc Erminia qui avait dit vrai. Elodie avait quitté cette maison, cette prison, avec l'aide de Canelli et du Père Corba. Si on ne pouvait tirer quelque certitude de ce qui s'était passé ici, une chose était sûre : ce qu'avait pensé Debrume était bien en train de se réaliser. Et dans cette situation inquiétante autant qu'humiliante, ce qui contrariait le plus

Marthe était de devoir reconnaître qu'il ne s'était pas trompé. Elle regrettait amèrement de ne pas l'avoir écouté. Et pour la première fois l'envahissait le remords d'avoir injustement infligé à cet ami dévoué une peine inutile. Ce remords lancinant que jusque-là elle avait réussi à tenir à distance, elle savait maintenant qu'il ne la quitterait pas de longtemps.

La nuit coulait lentement autour d'elle, noire, pâteuse, oppressante : aucun mouvement, aucun bruit dans ce silence où Marthe se sentait clouée sur place. Il lui fallait pourtant communiquer avec Utto. Le moindre bruit pouvait la trahir. Plusieurs tentatives échouèrent. Impuissante, elle devait se résigner à une longue immobilité. Quand le temps se remettrait-il en mouvement ? On eût dit qu'il ne le ferait jamais. Aucun clocher ne sonnait pour le mesurer. Et les heures ralentissaient, comme retenues par une volonté maléfique. La maison semblait vidée de toute présence humaine. Elle espérait pourtant qu'une servante viendrait refaire du feu aux premières lueurs de l'aube selon les habitudes des bonnes maisons. Mais personne ne vint.

Enfin, une faible lumière perça derrière les rideaux. Le jour se levait sur une brume épaisse qui ne laissait pas deviner les silhouettes des arbres du parc serrés en masse compacte derrière la fenêtre. La porte de sa chambre était toujours verrouillée. Elle avait froid. Elle se demandait jusqu'à quand on allait les laisser ainsi, et quelle était l'intention de leurs hôtesses quand elles avaient donné l'ordre de les enfermer à double tour. De quoi voulait-on les tenir à l'écart et pour combien de temps ? Voulait-on simplement punir leur curiosité jugée dangereuse ?

Dans la lumière crépusculaire, par des coups sur la paroi de sa chambre elle réussit enfin à communiquer avec Utto selon le code convenu entre eux. Il y avait peu à dire. Lui aussi avait trouvé sa porte verrouillée. Il cherchait une solution pour crocheter la serrure comme elle avait tenté vainement de le faire. Mais ils durent interrompre leur dialogue sans parole : quelqu'un venait, des bruits de pas résonnaient dans le vaste escalier.

Un sbire, qu'ils avaient pris à leur arrivée pour le jardinier, déverrouilla la porte de la chambre de Marthe. Armé d'un fusil de chasse, il précédait une brigade de servantes. Il se posta sur le seuil, tandis qu'elles s'employaient vivement à exécuter diverses tâches. Un autre, qui avait apporté des bûches, entreprit de faire du feu. Il avait un coutelas au côté. Deux servantes dressèrent une table, nappe blanche, vaisselle d'argent. Elles servirent un repas soigné, alors que Marthe s'attendait à un brouet insipide versé dans une écuelle. Pendant ce temps, deux autres servantes avaient refait le lit, apporté de l'eau chaude pour la toilette et renouvelé les chandelles. L'homme armé surveillait chacun des gestes de Marthe comme on surveille un dangereux criminel. Puis toute la brigade quitta la pièce, passa dans la chambre d'Utto pour y déployer les mêmes services avec la même rapidité. Et on entendit à nouveau claquer les serrures des deux portes.

Sous cette surveillance, ni Utto ni Marthe n'avaient pu tenter un mouvement. Personne n'avait répondu aux nombreuses questions que l'un et l'autre avaient posées. Marthe avait insisté en vain pour qu'on lui permît de voir leur maîtresse. Mais ces gens étaient frappés de mutisme et semblaient ne pas les voir. Quand ils avaient disparu, le silence était revenu. On ne savait pas s'il prendrait fin un jour. Ils surent que personne ne se montrerait quand ils entendirent partir un attelage. Les deux amies avaient-elles quitté la maison ?

Il était maintenant urgent d'élaborer un plan. Une longue journée était devant eux. Ils la passèrent dans une impatience difficile à soutenir, cherchant à trouver une échappatoire à cette situation ridicule. Cette geôle ne tenait qu'à quelques verrous et à la loyauté d'une domesticité dont il était à espérer, quant à elle, qu'elle ne tenait pas à grand-chose. Peu importait de connaître la raison de leur réclusion, ni même si elle était le fait de la seule Zélie. Pour l'heure, on n'avait aucun élément pour savoir qui faisait agir Zélie. On avait pu constater seulement l'emprise qu'elle exerçait sur Erminia qui avait déçu ses attentes et qui n'était qu'un pion minable, jouant mal son rôle. On ne pourrait pas non plus savoir quel jeu ce pion avait été censé jouer. On n'avait d'autre solution que de laisser passer le temps avant de pouvoir mettre un terme à tout cela. Car encore une fois, c'était le temps qui commandait maintenant. Marthe n'en était plus le maître comme il le lui laissait croire quand elle avait la possibilité d'organiser ses journées à son gré.

Pour tuer le temps, elle furetait, prenant chaque chose en main, l'examinant et la reposant machinalement. Mais les objets ne lui apprenaient pas grand-chose de l'histoire de cette pièce, ni des gens qui l'avaient habitée avant elle. C'était une chambre aménagée pour une femme, avec sa table de toilette, ses brosses d'argent de différentes tailles, ses pots de senteurs et de crème vidés de leur contenu mais conservant l'odeur des cosmétiques qui y avaient été entreposés, une odeur ancienne, une odeur de passé oublié, une odeur pleine de nostalgie et de tristesse. Mais rien ici qui pouvait appartenir en propre à Elodie.

Des piles de livres disparates étaient entassés sur une haute commode surmontée d'un tableau représentant Sainte Rita les yeux levés vers le ciel, les doigts noués d'un chapelet. L'anarchie y régnait, une pagaille qui défiait les lois des bibliothèques bien organisées. Quelques livres en latin des Pères de l'Eglise, des livres en langue vulgaire des poètes du *Dolce stil novo*, les pétrarquistes les plus connus … Marthe se mit à les feuilleter.

Elle ne se souvenait pas de la dernière fois qu'elle avait lu un livre de poésie…, était-ce avant l'incendie de Combeferres ? Dans une autre vie donc… Le souvenir de Debrume citant quelques vers de Pétrarque lui revint, ravivant le malaise laissé par la mauvaise conscience de l'avoir congédié de façon si brutale. Il n'y avait aucun exemplaire du *Canzoniere* dans ces piles de livres mal assemblées qui se chevauchaient parfois en menaçant de s'écrouler. Elle osait à peine les toucher et, elle se penchait pour lire les titres dorés qui y étaient gravés. Tout à coup un nom lui sauta aux yeux : Gaspara Stampa, une poétesse du seizième siècle. Marthe se souvenait de ce livre. Elodie en avait toujours un exemplaire sur sa table de chevet. Gaspara Stampa avait longuement chanté le désespoir d'avoir été trahie par son amant et Elodie disait qu'elle trouvait en elle une sœur de galère. Marthe le retira avec précaution de sa pile et elle l'ouvrit.

Les sonnets qui y étaient imprimés laissaient de larges marges dans lesquelles elle vit apparaître avec bonheur et inquiétude la fine écriture d'Elodie, quelques notes tracées à la mine de plomb dans les marges, des mots soulignés. C'était bien l'exemplaire auquel Elodie tenait tant. Sa présence pourtant ne signifiait pas grand-chose, il avait pu lui avoir été substitué et avoir été rangé là parmi les autres, pensa-telle d'abord. Mais Marthe préférait y voir une autre explication : Elodie avait été séquestrée dans ce lieu et en avait été arrachée par le Père Corba et Canelli comme l'avait affirmé Erminia. Son départ avait été une fuite et non un départ programmé comme l'avait affirmé Zélie. C'était donc Zélie qui avait menti. Il y avait sans doute dans les marges quelque message qu'elle aurait vite fait de décoder. Et peu importait si elle n'en trouvait pas : ce livre qui appartenait à Elodie était un signe d'elle, la preuve de sa présence auprès d'elle, avec tout ce qu'elle lui avait appris depuis son plus son âge et tout ce qu'elles avaient vécues ensemble et qui ne pourrait jamais être effacées.

Le soir, la scène du matin se renouvela : on leur apporta un repas frugal, de l'eau chaude et des bûches pour la nuit. Le domestique chargé de la surveillance remit solennellement à Marthe un message de Zélie : « Vous me voyez contrainte de vous retenir ici jusqu'à nouvel ordre. Ne tentez pas de fuir, il en coûterait à votre amie si chère. » Si Zélie les intimidait avec tant de maladresse c'était qu'ils représentaient un véritable obstacle à ses projets, sans doute le même qu'Elodie avait représenté avant eux.

Toute à ses réflexions, Marthe n'avait pas vu revenir la nuit, une nuit aussi dense et inerte que la précédente, et qui s'étirait sans fin dans le même silence. Puis comme la veille, le jour était apparu avec la même extrême lenteur, diffusant sa lumière blafarde filtrée par la même brume épaisse dans laquelle étaient immobilisés les fantômes des arbres du parc. Mais aujourd'hui ils étaient prêts. Utto avait façonné de quoi crocheter les serrures et avait improvisé une échelle. Ils s'étaient rejoint dans la chambre de Marthe. Ils s'évaderaient par la fenêtre qui donnait sur le toit des écuries, derrière la maison. Dans quelques minutes ils seraient en train de seller les chevaux. Marthe emportait avec elle le volume des sonnets de Gaspara Stampa, cette poétesse oubliée, dans laquelle Elodie reconnaissait une sœur en butte aux mêmes servitudes de l'amour qu'elle et qui les avait bravées autant qu'Elodie avait eu à le faire.

Mais alors qu'ils étaient sur le point d'enjamber la fenêtre, ils entendirent un galop de chevaux. Des cavaliers s'étaient arrêtés devant la porte cochère. Il s'ensuivit un craquement de porte qu'on force à coups de boutoir. Avant que les domestiques n'aient pu venir à la rescousse de l'homme qui montait la garde, Canelli accompagné de trois cavaliers était auprès d'eux : « Allons, dit-il, il faut faire vite ! » Ils s'éloignèrent au grand galop de cette demeure maudite dans un fracas de sabots. Ils ne s'arrêtèrent qu'après avoir chevauché pendant plusieurs lieues. Ils avaient atteint une bergerie isolée, perdue au milieu de pâturages dont l'herbe d'un vert cru pailleté de rosée était éblouissant dans le soleil du matin. Des amis les y attendaient. Leur libération avait été si facile qu'ils se demandaient avec étonnement ce que ces deux femmes avaient voulu faire, quel était le sens de cette pantomime qu'elles leur avaient jouée.

Marthe eut le temps d'y penser pendant les quelques nuits qu'ils durent passer dans ces montagnes désertes où ils furent retenus par de terrifiants orages. Pour autant, Marthe n'avait aucune réponse aux questions qui s'étaient posées depuis leur départ de Savone. Elle n'avait aucune idée de l'intrigue dont Erminia s'était faite complice. Ni de la menace qu'elle avait contribué à faire peser sur Corsan et son organisation. De Zélie on ne savait rien, sauf ce que Marthe avait entendu de sa bouche : elle avait de nombreuses amies à qui elle était liée par une promesse de vengeance.

Le séjour à Badia Prallana avait pourtant été riche d'enseignements : Marthe y avait découvert le secret d'Elodie, le deuil qui l'avait marquée à jamais. Ce petit mort avait accaparé Elodie tout entière et n'avait laissé aucune place dans son cœur. Marthe s'était fourvoyée seule sur les chemins arides de cette exigeante amitié. Elle s'y était perdue, abandonnée à elle-même et à son absurde jalousie. Elle avait construit sa vie autour de ce lien sacré qui l'attachait à Elodie et qui avait effacé tout autre projet d'avenir. Aveuglée, elle avait sans cesse buté contre cette paroi de verre dure et infrangible qu'Elodie avait dressée entre elles. Elle n'avait reçu, en retour de son amour absolu, qu'un faible sentiment qu'Elodie eût tout aussi bien voué à une autre. Marthe mesurait ainsi la vanité de ces engouements qu'on laisse façonner sa vie avec une sorte de volonté implacable dans laquelle on s'enferme à double tour : et si ce choix s'avère ne pas être seulement une lamentable erreur d'estimation mais une illusion montée de toute pièce, on persiste à s'y s'engluer parce que, grâce à lui, la vie semble avoir du sens.

*

Le ruban doré de l'Arno glissait lentement entre les demeures ancestrales en y instillant cet apaisement que certains venaient chercher dans la ville auprès de ses trésors. Après avoir longé le fleuve, ils quittèrent cette zone lumineuse pour s'engouffrer dans de petites ruelles étroites où se serraient les boutiques des artisans et où régnait une agitation permanente. Se frayant un passage dans la foule des travailleurs, ils entrèrent dans une cour où officiait un maréchal-ferrant. Ils laissèrent leurs chevaux aux mains de Canelli et de ses hommes.

Au bas d'un modeste escalier un domestique les attendait. S'inclinant devant eux avec respect, il leur demanda de les suivre et les fit entrer dans une pièce étroite et sombre, l'unique fenêtre étant occultée par d'épais rideaux. Elle ne recevait que la lumière d'un grand feu qui crépitait dans la cheminée et qui ne réussissait pas à la sortir de la pénombre. Le mobilier y était succinct, une longue table et quelques chaises suffisant à la remplir. L'homme leur demanda d'attendre. Une servante leur apporta du pain, du fromage et du vin. On était ici dans l'humble maison d'un des membres de l'organisation qui avait proposé de les accueillir et de les héberger. C'était là qu'avant Marthe et Utto, Elodie avait trouvé un abri provisoire. Ils attendirent le cœur battant. Quelques minutes plus tard Elodie entrait dans la pièce, soutenue par l'homme qui les avait accueillis et qui s'avérait être le maître de maison.

Les émouvantes retrouvailles de ces amis de toujours avaient quelque chose d'irréel. La conversation qui s'engagea par la suite mit à jour des faits qui semblèrent plus irréels encore. Ils y découvrirent les raisons de ce long silence qui les avait séparés et ils mesurèrent l'ampleur des dangers auxquels ils avaient échappé. En effet, non seulement toute l'organisation avait été mise en péril, mais ils avaient failli perdre la vie dans le piège où ils étaient naïvement tombés les uns après les autres. Ils apprirent ainsi d'Elodie qu'Erminia, qui l'avait d'abord accueillie avec joie, avait eu ordre de verser chaque jour du poison dans son thé. Le poison, administré à dose infime, ne fit son effet qu'au bout de quelques temps. Quand les premiers malaises étaient survenus, Erminia, prenant conscience de ce qu'on lui avait demandé de faire, fut prise de panique et ne put aller jusqu'au bout. Elle comprenait du même coup dans les mains de qui elle était tombée. Anéantie, elle avait avoué à sa sœur la punition que Zélie et ses complices voulaient infliger aux hommes qui les avaient trahies, dont Corsan faisait partie. Quant à elle, elle avait agi sur les ordres de Zélie, mais elle jurait n'avoir jamais soupçonné que les doses qu'elle devait administrer à Elodie contenaient du poison. En pleurs, elle avait fait appeler un médecin et Elodie avait été tirée d'affaire. Plus tard, le Père Corba et Canelli avaient fait irruption au Castelletto et personne ne s'était interposé quand ils avaient emmené Elodie, encore souffrante, avec eux.

« C'est donc grâce à ma propre sœur que le piège, pourtant grossièrement tendu, s'est refermé sur moi, continuait

Elodie. Et ce, seulement parce que j'ai toujours espéré qu'un jour une réconciliation avec elle serait possible… L'enfance est un royaume sacré que nous ne cessons de préserver et d'embellir toute notre vie par le souvenir. Erminia faisait partie de cette enfance pourtant pleine de tristesse. Malgré nos nombreuses dissensions et de quelque manière, elle en était la garante du fait qu'elle en était le dernier témoin. Mais je me berçais d'illusions : elle n'a toujours cherché que l'affrontement avec moi. L'amertume et la haine sont sa façon d'être au monde. Le temps et l'expérience de la vie ne l'ont pas changée.

- Erminia trouvait l'occasion d'épancher sa rancœur avec cette alliée qui lui tombait du ciel, commenta Utto ! Mais qu'en est-il de Zélie Nance aujourd'hui ? Elle avait quitté la maison quand nous y étions prisonniers. A-t-elle compris que tout était perdu pour elle ?

- Le Père Corba vient de nous informer qu'elle a été arrêtée par la police pour un tout autre méfait, alors qu'elle essayait de passer en Suisse.

- Notre groupe n'était donc pas sa seule cible ?

- Non. De plus, on a eu la preuve qu'elle n'agissait pas seule. On connaît maintenant certains de ses complices qu'une enquête diligentée par Canelli a permis d'identifier en suivant le cheminement des faux messages qui ont perturbé notre communication. Mais nous ne savons encore rien du commanditaire, de la personne ou de la société secrète pour laquelle Zélie Nance agit.

- Il nous faudra continuer à chercher. Tant que nous ne trouverons pas, Corsan et vous-même ne serez pas à l'abri.

- Je suis confiante, nous avons déjoué bien d'autres dangers ! Mais pour l'heure, nous devons seulement nous réjouir d'avoir retrouvé le fils d'Evangéline. Le plan de Zélie eût réussi sans la clairvoyance du Père Corba. Car c'est bien lui qui a éventé le complot autour du fils d'Evangéline. Quand il a été prévenu par les moines de l'enlèvement de l'enfant, il a sollicité l'aide de son réseau de religieux qui dispose d'un système de renseignements bien supérieur au nôtre, un réseau qui a nui à Corsan dans d'autres occasions mais qui paradoxalement, dans ce cas précis, nous est venu en aide. L'enfant a été retrouvé dans une maison de Naples où Zélie avait espéré le tenir caché. Mais tout cela est derrière nous maintenant. Zélie Nance et ses complices ne peuvent plus nous nuire et ma sœur s'arrangera de sa solitude qu'elle va pouvoir nourrir de toute l'amertume qu'elle voudra bien y mettre. Quant à nous, nous devons passer à autre chose : il y a maintenant cet enfant dont il va falloir s'occuper. Vous allez bientôt le rencontrer.

- Je dois faire acte de confession, ajouta Marthe. Debrume avait compris que de faux messages envoyés, de vrais messages qui avaient été captés et détournés traçaient des pistes dangereuses dans lesquelles il valait mieux ne pas s'engager. Je n'ai pas voulu l'écouter et je m'y suis engouffrée sans prudence.

- Et en fait, il avait raison : Marthe et moi étions voués à suivre le même sort...

- Ces différentes attaques ont permis aux ennemis de Corsan de fragiliser un peu plus, s'il en était besoin, notre société secrète qui désormais n'a plus de secret que le nom. Mais elle a résisté et n'en a pas été démantelée pour autant. Elle a encore beaucoup d'influence sur certains membres du parlement qui appuient Gustav et ses alliés.

- Oui, et c'est heureux. Tout n'est pas encore perdu. Et si notre groupe parlementaire continue d'être la cible permanente de ses ennemis politiques qui ont mal digéré leur défaite, il a des moyens de se défendre et d'agir.

- Les ennemis de Corsan ont saisi l'opportunité que représentait l'existence du fils caché d'Evangéline lorsqu'ils en ont eu vent. Qui les en a informés, demanda Utto ?

- Pour l'heure c'est encore un mystère. Ce dont on est absolument sûr, on le tient des moines qui avaient la garde du fils d'Evangéline à Turin : c'est bien Zélie Nance qui a organisé le rapt du fils d'Evangéline. Elle a mis en place le stratagème qui lui a permis de soustraire l'enfant à leur surveillance grâce à l'aide d'un des moines convers qu'elle a réussi à soudoyer et qui, pris de remords, a tout avoué. Nous pouvons tous aujourd'hui penser aux erreurs commises, dit Elodie en guise de conclusion. En écartant Debrume, sans le savoir ni même le vouloir, Marthe a fait le jeu de Zélie Nance et de ses complices. Quant à moi, j'ai cru à la possibilité de voir revenir Erminia à un sentiment préservé de l'enfance. De son côté, Erminia s'est laissé convaincre au moyen de quelques flatteries par sa nouvelle amie qui lui offrait le bonheur sur un plateau et une revanche à prendre sur la vie. Nous avons cru à des illusions, nous avons suivi nos besoins personnels, nos rêves. Voilà à quoi cela nous a tous menés… »

Pendant qu'Elodie continuait à parler de sa voix devenue rauque et lasse, Marthe sentait la honte l'envahir. Elle savait que le remords ne cesserait de grandir et qu'il lui dicterait sa conduite jusqu'à la fin de ses jours. Mais, alors que le silence était retombé dans cette pièce sombre et commençait à devenir lourd à porter, Elodie reprit la parole :

« Mes amis, notre organisation a montré ses faiblesses dans l'attaque qu'elle vient de subir. Bientôt, elle sera dissoute et n'existera plus. Car il est temps qu'elle disparaisse : ses limites ont été atteintes. Nous entrons dans une époque moderne où notre action politique ne tardera pas à être reconnue. Nos idées progressistes seront offertes désormais à tous, connues et adoptées par le plus grand nombre. Elles sont déjà officiellement représentées au parlement par Gustav et le groupe politique qui le soutient et ce n'est pas une petite victoire. L'époque a changé et si notre organisation est devenue obsolète, on doit lui reconnaître qu'elle a fait sa part du chemin vers la démocratie. Grâce à elle, un certain nombre d'idées ont fait leur nid dans les esprits, même si hélas, nous pouvons déplorer de n'avoir pas réussi à aller jusqu'au bout de notre idéal. L'organisation va disparaître mais ce qu'elle a accompli lui survivra ! »

Puis Elodie ajouta qu'elle les avait retrouvés avec un bonheur indicible, qu'elle leur était reconnaissante de ce qu'ils avaient tenté pour elle, mais que leur tâche n'était pas terminée. Elle leur demandait de ramener l'enfant à Combeferres et de prendre soin de lui, car il était le fils d'Evangéline qui avait donné son sang pour eux tous. Ceux qui avaient été témoins de la bravoure d'Evangéline ne devaient pas l'oublier : l'organisation restait une famille et ses membres devaient continuer à prendre soin les uns des autres. Quant à elle, elle avait atteint l'âge de se retirer. Son état de santé ne lui permettait pas un voyage de retour jusqu'à Couraurgues. Elle avait choisi de s'établir à Rome où Gustav qui y résidait depuis peu pourrait prendre soin d'elle. Elle s'en remettait aussi au Père Corba qui l'aiderait à trouver une retraite où elle cultiverait la paix du cœur, et où de temps à autre elle bénéficierait de la compagnie de ce fils que le destin lui avait donné.

Marthe et Utto eurent beau tenter d'infléchir la décision d'Elodie, elle ne se laissa pas convaincre. Les trois amis qui avaient partagé tant de choses ensemble se séparèrent en voulant croire que d'autres retrouvailles seraient un jour à nouveau possibles : on se reverrait, ici ou là, à Combeferres, à Rome ou ailleurs, c'était une promesse solennelle, un nouvel espoir comme il y en avait eu tellement d'autres qui ne s'étaient jamais réalisés. Désormais, les promesses ne leurraient plus personne : tout était si étrange maintenant que les illusions avaient été usées jusqu'à la corde et que la fatigue avait gagné. Cependant, ils avaient encore une mission à accomplir et elle ne finirait pas avec leur retour à Couraurgues : une fois de plus, ils avaient charge d'âme.

Marthe et Utto prirent la route quelques jours plus tard. L'enfant était à leurs côtés, ce fils d'Evangéline, ce jeune inconnu qu'il allait falloir découvrir et comprendre. Le voyage de retour leur permit de faire sa connaissance. C'était un garçon plein de sagesse et de curiosité. Ebloui par la beauté de la mer et des paysages traversés, il semblait voir le monde pour la première fois. Il s'employa à partager avec eux son enthousiasme avec force commentaires et cris de stupeur. Quand le soleil disparut dans le ciel en laissant derrière lui un flamboiement de couleurs que la mer leur renvoyait avec force, il laissa retomber son attention, et, bercé par le balancement des rails, il finit par se blottir contre Marthe pour s'endormir d'un profond sommeil.

25

Rosine avait fait la classe aux enfants à Combeferres avant de se rendre à Terpane pour s'occuper des chevaux. La journée s'étirait mollement, comme les précédentes qui avaient pris l'allure lasse et trouble de ces moments où l'on redoute un malheur imminent. Il n'était plus là pour s'occuper des chevaux avec elle et pour faire leur promenade dans la forêt. Chevauchant côte à côte, s'arrêtant pour faire souffler les bêtes, ils n'échangeaient jamais un mot, car il n'est point besoin de parler quand on a sous les yeux ce qu'on aime d'une même force joyeuse et extasiée. Aujourd'hui, elle avait beau scruter les collines, elle savait qu'elle n'éprouverait pas ce petit pincement au cœur en voyant paraître au bout du chemin sa silhouette de cavalier malhabile qui l'émouvait tant, alors que depuis son retour d'Italie, comme avant son départ, elle l'y avait vu arriver chaque jour montant Icare, et c'était comme s'il ne venait que pour elle. Depuis quelques jours maintenant, la route qui serpentait avec nonchalance entre les buis roussis par ce début d'automne restait déserte. Et même le village au loin paraissait vide dans l'immobilité du crépuscule, malgré le soleil rosé qui caressait encore ses murailles et soulignait d'un trait d'ombre les fenêtres de ses austères façades. Tout ce qui l'entourait et qu'ils avaient si souvent observé ensemble avait perdu son charme discret dont la subtilité s'était évanouie dans des formes inconsistantes et ordinaires, frôlant les lisières de l'absurdité. Les couleurs du ciel et la transparence de l'air étaient également affectées par cette transformation soudaine. Celui qui l'avait sauvée de la folie de son frère Basile (*voir le Taureau d'Apreville*) et pour qui elle gardait toute sa reconnaissance avait disparu et rien n'avait plus de sens.

Elle attendait avec impatience les nouvelles que lui apporterait Marino qui ne faisait plus que de brefs passages à Terpane, tant l'enquête en cours le mobilisait. Désormais livré à lui-même, il ne bénéficiait que de l'aide de Baptiste. Et aussi bien que Marino, Rosine se désolait de constater que le juge Jobelin les avait abandonnés, malgré l'amitié qui le liait de longue date à l'inspecteur.

Pourtant, elle n'était pas fille à se laisser abattre. Quand l'anxiété la cernait de trop près, elle refusait de s'y abandonner sans lutter contre elle. Elle l'effaçait du même geste de la main qu'elle avait pour effacer la craie du tableau noir. La peur n'aurait jamais raison d'elle, se disait-elle en s'ébrouant comme une jeune pouliche. Aujourd'hui plus que jamais, elle voulait agir, comme elle l'avait toujours fait, se battre comme un homme avec ses forces de femme - qui n'étaient pas moindres, elle l'avait montré - contre cet ennemi qui cachait son visage et agissait dans l'ombre. Mais comment s'y prendre ? En attendant, elle avait beaucoup à faire à l'écurie malgré l'aide efficace des deux jeunes neveux de Gigi. Mais le temps passait et Marino n'avait toujours rien découvert. Un simple indice aurait pu calmer cette anxiété qui la faisait trembler le soir, quand, de la colline de Terpane déjà dans l'ombre descendait le vent froid qui annonçait l'arrêt de toutes les activités, celles-là même qui l'avaient aidée tout au long du jour à maîtriser son inquiétude.

Devait-elle se résigner, ce soir encore, à rentrer à Combeferres sans que Mamma Marietta ne puisse sécher ses pleurs ? Car, inutile de les lui cacher ! Lorsque petite fille, elle se réfugiait dans sa cabane de planches pour échapper aux tourments que lui administrait son frère, elle n'avait jamais réussi à le faire ! Laisserait-elle peser encore une fois sur elle son regard plein d'inquiétude alors qu'elle servait la soupe en silence à la famille réunie autour de la table ? C'étaient pourtant eux, Mamma Marietta, Gigi, qui lui avaient toujours donné la force de faire face à ses malheurs. Et tous le savaient : ce soir non plus Debrume ne viendrait pas prendre le café avec eux, comme il le faisait les jours où quelque affaire urgente l'ayant retenu au village, il n'avait pu venir à Combeferres. Autour de cette table souvent joyeuse, ce soir elle ne pouvait plus laisser régner ce silence désolé qui disait la tristesse de tous, et leur impuissance devant son chagrin. Ce serait indigne d'elle et d'eux.

Le chagrin était destructeur. S'y abandonner ne ferait pas revenir Debrume, s'était-elle répétée toute la journée. Il lui fallait reprendre ses esprits au plus tôt et garder la tête froide. Et elle avait décidé de mettre le problème sur la table pour l'affronter enfin. Elle s'était levée et avait pris la parole. Il était impossible que l'inspecteur se fût évaporé ainsi dans la nature par pur caprice ou par fantaisie, avait-elle dit. Elle le savait trop conscient des responsabilités que lui avait confiées Mademoiselle Marthe envers Combeferres et son école. Elle pensait donc qu'il devait être retenu quelque part par quelque être malfaisant dont il dérangeait les agissements. Il était temps de mettre la main à la pâte. Ils n'allaient pas rester à attendre qu'on leur apprenne qu'une de ses mains avait été retrouvée dans un saloir ou ailleurs. Il fallait tout simplement se mettre à le chercher. Le chercher partout et avec obstination. Ils étaient assez nombreux, ils pouvaient le faire. Agir, car en somme, c'était ce qu'eût fait l'inspecteur en pareille circonstance et c'était exactement ce qu'il avait fait pour elle lorsqu'elle était petite, se souvenait-elle. Tous l'écoutaient en approuvant, certains se souvenant bien de cet épisode ; d'autres plus récemment arrivés en avaient seulement entendu parler. Debrume était leur ami, il les avait aidés et respectés depuis le jour de leur arrivée, lorsque les villageois les avaient déclarés indésirables, voire nocifs et les avaient parfois même agressés. « J'ai besoin de vous tous » avait-elle dit en se penchant vers eux, les mains appuyées sur la table. Peu après, ils enfourchaient leurs chevaux et se dirigeaient vers le village.

Entre-temps, quand Marino, affolé, avait fait appeler le docteur Courbet, la nouvelle du malaise de Baptiste, aussitôt connue de tous, avait provoqué un attroupement devant la maison du brigadier. Toutefois, la potion que le praticien lui avait administrée avait fait reprendre des couleurs au malade. Le médecin avait ordonné le repos et qu'on le ramenât chez lui : il irait chaque jour l'examiner et lui apporter les remèdes qu'il préparerait pour lui dans son officine. Le père de Baptiste et quelques voisins avaient transporté le garçon geignant sur une civière de fortune. Le médecin avait dû également rassurer une population de badauds apeurés rassemblés devant la maison du brigadier par des discours excluant toute contagion possible du mal dont souffrait Baptiste. Le brigadier avait profité de l'occasion pour prendre la parole en vue de faire revenir préventivement le calme devant une éventuelle échauffourée possible, étant donné qu'il avait senti frémir une certaine agitation au sein du groupe. Il intima à chacun de rentrer chez soi, sans omettre de rappeler que l'assassin rôdait toujours, qu'il se trouvait sans doute parmi eux et que chacun pouvait être accusé d'assassinat d'un moment à l'autre et se retrouver en prison tant les pistes qui se présentaient se recoupaient dans leur complexité.

Pendant ce temps, le groupe de cavaliers en provenance de Combeferres était entré dans le village par le côté ouest, occupé seulement par les granges et les remises donnant directement sur les champs et ne comportant pas d'habitations. Il n'y avait plus personne dans les rues déjà noires malgré les quelques torches qui brûlaient aux carrefours. Ils se faufilaient le long des murs comme des chats en quête de proies nocturnes, dans un silence troublé seulement par le cliquetis des harnachements et le pas mesuré des chevaux. Ils se voulaient discrets parce que, les piémontais le savaient, leur présence dans le village n'était pas appréciée de tous. Arrivés devant la porte du brigadier, ils ne trouvèrent plus personne : après la déroutante allocution de Marino, les badauds avaient préféré suivre la civière et le père de Baptiste qui ramenait le fils malade à la maison.

Marino, resté seul, en grand désarroi, se sentit tout à coup pousser des ailes en voyant arriver Rosine et ses amis piémontais : il avait toujours été certain que c'étaient les meilleures personnes du monde. Tous l'avaient démontré depuis longtemps et ils le confirmaient aujourd'hui par leur présence. S'il avait été hésitant à leur sujet au début, il regrettait de s'être trompé, mais qui ne se trompe pas un jour, surtout au sujet d'étrangers, s'interrogeait-il… ? Ce soir, Marino jubilait. Enfin, avec du renfort, on allait pouvoir agir. Il donna à ses amis un aperçu de la situation, et, dans son enthousiasme, réussit à être bref. Il raconta comment, après le vol des objets liturgiques qu'il avait constaté à l'église, Debrume lui avait demandé de prendre les choses en main. Le brigadier avait alors ordonné à Baptiste de creuser la faille du rocher sous le rempart sud du village, à cause de l'odeur d'encens suspecte qui en émanait. L'ouverture mise à jour, par laquelle on sentait ces odeurs incongrues, avait laissé échapper des vapeurs toxiques qui avaient empoisonné le garçon : le médecin venait de le certifier. Cela était désolant pour ce pauvre gamin, mais aussi pour l'enquête qui réclamait maintenant une intervention urgente de personnes de confiance. Et il en avait peu autour de lui, mais au moins deux sur qui il pouvait compter : il les avait postés devant cette faille mortifère. Par ailleurs, il avait découvert au nord du village, exactement à l'opposé de cette faille, l'entrée de ce que les anciens villageois avaient toujours estimé être celle d'un souterrain. Elle se trouvait sous le rempart nord. Elle avait été condamnée par un éboulement. On raconte que lorsque l'accès en était encore possible, les anciens avaient la terreur de cet endroit : le vieux curé qui officiait alors et leur apprenait le catéchisme leur avait affirmé que ce passage menait droit à la porte de l'enfer ; ils ne devaient y entrer sous aucun prétexte, de peur d'être maudits jusqu'à la septième génération. Ce qui n'avait pas empêché quelques intrépides mécréants d'y trouver la mort en bravant l'interdiction. Après l'éboulement déclenché par ces sceptiques, le passage avait été muré.

« Néanmoins, continuait Marino, Baptiste et moi-même avons constaté que d'étranges silhouettes avaient peut-être trouvé le moyen de s'y faufiler, mais jusque-là, nous n'avons jamais réussi à les interpeler. C'est moi qui ai vu la première : il s'agissait d'une silhouette épaisse couverte d'une houppelande de berger ; elle a disparu dans le brouillard avant que j'aie pu la rejoindre. J'en ai informé l'inspecteur. La nuit étant très noire, nous avons exploré l'endroit le lendemain matin. Il y avait en effet une ouverture étroite qui pénétrait sous la roche, mais qui s'arrêtait aussitôt devant un mur de pierre sommairement agencé. Nous convînmes que cette piste ne donnerait rien de plus. Cela se passait juste après le retour de l'inspecteur de son dernier voyage en Italie. Je lui avais déjà signalé par courrier la première main trouvée dans le saloir de l'abattoir. Mais de cela, l'inspecteur a décidé de s'en occuper seul. Il m'a ordonné de continuer à enquêter au sujet des objets volés à l'église. Et que les deux affaires n'avaient rien à voir l'une avec l'autre. 'J'ai à nouveau demandé au juge Jobelin de venir, m'avait-il dit, nous n'avons plus qu'à l'attendre et nous ne ferons rien sans lui, Marino ! avait-il ajouté de cette voix que vous lui connaissez.' Il ne m'en a pas dit davantage. Parce que vous savez, Mademoiselle Rosine, cet homme est très secret comme tous les gens qui réfléchissent beaucoup et ne s'en vantent jamais ! Or, deux jours plus tard, l'inspecteur avait disparu. Et hélas, je me demande si la piste sur laquelle il était ne l'a pas mené trop loin et si à cette heure il est encore de ce monde ! »

Marino avait expliqué tout cela d'une voix cassée, sans avoir l'idée de se hausser du col du fait qu'il était en train de jouer le rôle qui en temps normal était tenu par son Mentor. Il était tout simplement épuisé par son chagrin, par ses nuits de veille et par l'émotion que lui avait procurée Baptiste avec son empoisonnement. Mais Rosine avait aussitôt évalué la situation et vu l'opportunité qu'offrait la faille ouverte au sud du village. L'expédition fut décidée par elle et organisée sur le champ, sous les yeux hagards de Marino devenu muet. On explorerait la faille cette nuit.

Vers deux heures du matin, alors que tout le village était endormi et plongé dans le noir, le dispositif était en place. Des sentinelles avaient été postées au nord comme au sud, dans le silence et la discrétion la plus totale. Marino et Gigi se proposèrent pour entrer les premiers par l'ouverture et Rosine insista pour les suivre. Ils disparurent dans le passage souterrain qui s'ouvrait au fur et à mesure devant eux, et continuèrent malgré son étroitesse. Lorsque le passage ne fut plus qu'un boyau, ils n'eurent aucune peur de s'y engager en rampant. Ils débouchèrent dans un espace plus large où l'on pouvait à nouveau tenir debout. Ce qu'ils découvrirent là les figea sur place et les fit frémir d'effroi. A la lueur des lampes ils se regardèrent : c'était bien en enfer qu'ils avaient mis les pieds.

26

A Couraurgues, comme dans tous les lieux où l'on vit en vase clos, les secrets prospéraient, se propageaient à la vitesse de la lumière, enflaient comme baudruche puis éclataient au grand jour, avec la déflagration d'une bombe à retardement. C'est dire que les précautions prises par Rosine et Marino pour maintenir cachée leur expédition souterraine avaient été vaines. Tout le village se trouvait massé devant l'ouverture pratiquée par Baptiste sous le rempart sud, à l'aplomb de la porte d'Orient, quand, vers deux heures du matin, on en ressortit le corps pantelant de Debrume. Quelqu'un dit : « Il est mort ». On se découvrit et on se signa. Et on resta là sans bouger.

Marino, qui avait laissé la veille la direction des opérations à Rosine, retrouva le premier une vague contenance. Aussi bien que Rosine, il ne pouvait se résoudre à ce qu'il fût trop tard. Il se pencha sur le corps sanguinolent. Puis, se redressant d'un seul coup : « l'inspecteur respire encore », déclara-t-il avec une feinte assurance qui tentait de conjurer le sort, en même temps qu'il contenait un reproche à ceux qui avaient déjà enterré le blessé. Dans un sursaut d'énergie et avant de s'effondrer, il ordonna qu'on allât sur le champ quérir le médecin qui était le seul à pouvoir préjuger de la vie ou de la mort de quelqu'un.

Il demanda ensuite des volontaires pour explorer le souterrain qui, au vu du résultat de cette expédition, semblait traverser le village de part en part. Mais, au lieu d'une réponse franche et massive, celle que, connaissant la curiosité des habitants, il attendait, il vit les villageois reculer en bloc, comme si la foudre était tombée à leurs pieds. Après un silence, certains commencèrent à murmurer des excuses incompréhensibles : l'un devait se rendre au chevet de sa vieille mère malade, l'autre avait un enfant nouveau-né réclamant son lait et une chèvre à traire…

Mais certains, plus déterminés, entreprirent de justifier leur refus d'une voix forte. Ils n'iraient pas dans le souterrain, ils savaient trop ce qui pouvait leur arriver : cet endroit était un lieu maudit, on le savait. Aujourd'hui, ils étaient les seuls à pouvoir témoigner des drames qui avaient eu lieu ici et dont leurs grands-pères leur avaient fait le récit, le tenant eux-mêmes de leurs propres grands-pères qui, eux-mêmes..., et ainsi pouvait-on remonter à la nuit des temps. Ils connaissaient bien l'histoire de ces morts d'autrefois : ces morts sans sépulture qui revenaient persécuter les vivants et dont la malédiction avait le pouvoir d'exterminer des familles entières. Et ils citaient les noms des familles maudites, et des victimes privées à jamais du repos éternel. Oui, on l'avait vu, après l'écroulement du souterrain, ce grand diable aux yeux rouges qui avait surgi de la porte de l'enfer pour se nourrir des corps tendres des petits enfants et les jeter dans les flammes qui jaillissaient derrière lui. Voilà la raison pour laquelle le souterrain avait été bouché ! Ils avaient bien essayé de prévenir Baptiste quand il était en train de creuser comme un forçat, mais il n'a rien voulu savoir et voilà ce qui arrive aux sceptiques ! Maintenant qu'il avait ouvert ce passage, la mort allait l'emporter, de même que l'inspecteur dont ils ne donnaient pas cher de la peau, et ils seraient tous les deux maudits. Bref, les couraurguais se défilaient comme un seul homme et d'une seule voix, foudroyés par la terreur ancestrale grossie de génération en génération. Mais Marino et les piémontais gardaient leur sang-froid. Il ne restait plus qu'eux pour continuer à explorer les lieux, et en extraire d'autres éventuelles victimes. Toutefois, dans l'assistance, tous n'étaient pas mauvais bougres : quelqu'un s'était montré volontaire pour aller réveiller le médecin et l'amener au chevet du mourant.

L'inspecteur était en piteux état et ne montrait pas de vouloir reprendre connaissance. Des marques de brûlures marquaient son corps dénudé jusqu'à la taille. Sous ses vêtements en lambeaux maculés de sang, des plaies suintaient. Sa peau était livide et avait la couleur de la mort. Sa respiration tout juste perceptible faiblissait et l'immobilité de ses membres était celle d'un défunt. Rosine essuyait son front pâle en lui parlant doucement. Des femmes s'étaient agenouillées autour de lui et s'étaient mises à prier ; et quelqu'un était allé appeler Monsieur le Curé. Fort heureusement, le docteur Courbet avait précédé le prêtre sur les lieux. Et avant que ce dernier ne s'approchât pour donner l'extrême-onction à la malheureuse victime, le médecin avait pris la situation en main avec la vigueur qu'on lui connaissait. On amena un brancard et on transporta le blessé avec toutes les précautions du monde. Quelques femmes suivirent pour assister le médecin, comme il le leur avait demandé.

L'action menée avait été rapide mais lourde. Marino en subissait le contrecoup. Défait de voir son inspecteur anéanti avec tout ce qu'il représentait pour lui, figé sur place, aussi livide qu'un cadavre, il était incapable d'un seul mouvement. Rosine, le voyant sur le point de s'effondrer le rappela à son devoir : « Il n'est pas encore mort, brigadier ! Nous avons réussi ! Allons, gardons espoir et courage ! Montrez-nous le chemin, nous avons besoin de vous. Nous devons comprendre ce qui s'est passé. Il nous faut trouver le coupable ! » Tout en titubant comme s'il était saoul, Marino se remit en marche lentement mais il laissa à Rosine le soin d'organiser l'opération. Après avoir rechargé leurs lampes sourdes, les piémontais entrèrent l'un après l'autre dans le souterrain sous les yeux horrifiés des villageois pour qui l'état de Debrume était une preuve éclatante de la véracité de ce qui les terrifiait depuis toujours.

Ils remontèrent le boyau avec la même difficulté que la première fois, jusqu'au lieu où ils avaient trouvé Debrume. Il s'agissait d'un espace assez large formant une pièce voûtée soutenue par de gros pilastres de pierre disposés en un arrondi parfait : « C'est une crypte ancienne, une crypte paléochrétienne, déclara Rosine. L'église que nous connaissons a été construite sur ses restes. Nous serions donc à l'aplomb de l'église ? Y aurait-il un accès à l'église, questionnait-elle ? » Personne ne pouvait lui répondre, sans doute parce que personne n'avait jamais entendu parler de crypte paléochrétienne. Mais, le nez en l'air, promenant sa torche sur les murs, Rosine ajoutait : « Nous serions donc juste à l'aplomb de l'église ? Au cœur même du village ? Y aurait-il un passage ? ... »

L'odeur était suffocante, et même si l'endroit semblait vaste, on avait du mal à respirer. On découvrait l'organisation de ce lieu où ils avaient eu la vision du corps supplicié de l'inspecteur. La grande croix qui avait disparu de la nef de l'église trônait face à l'emplacement où il avait été abandonné. A sa gauche était disposé, sur une avancée de rocher, un semblant d'autel sur lequel se trouvaient les objets volés à l'église : l'encensoir dont la navette était vide et le grand missel. Du côté droit de la croix, le grand tableau du martyre de Saint Sébastien était adossé à l'un des pilastres. Sur le visage implorant du corps du saint transpercé de flèches, on avait collé une feuille de papier. En approchant sa lanterne, Marino distingua le daguerréotype du visage d'une femme : celui d'Evangéline. L'odeur d'encens mêlée à une odeur prégnante de pourriture saturait le lieu. Marino s'appuya à l'épaule de Gigi qui lui-même avait du mal à supporter la nausée qui tourmentait son estomac.

Pendant ce temps, Rosine, imperturbable, promenait toujours sa torche contre les murs. « Il y a forcément un passage pour rejoindre la sacristie ou le centre même de l'église répétait-elle ». Cheminant le long des murs, son pied buta sur quelque chose de mou. Baissant sa lumière, elle découvrit un cadavre dans un état de putréfaction avancé. Sa main droite avait été amputée. Mais Rosine n'en fut pas émue. Elle continuait de poser des questions tout haut, au fur et à mesure de ses découvertes : « L'inspecteur n'était pas ligoté, et la première victime avant lui non plus. Il a pu vaquer dans le noir à la recherche d'une issue, s'il était toujours conscient… Mais quand on l'a laissé ici à demi-mort et non loin de ce cadavre, il ne l'était déjà plus, dit-elle après un silence. C'est dans une tombe qu'ils ont été enfermés l'un après l'autre. Ils n'y sont pas venus seuls… ! Et l'assassin a bien dû trouver un moyen d'en ressortir… ! » Marino tentait de détourner Rosine de ses réflexions : « Il nous faut enlever ce corps, disait-il sans beaucoup de conviction. » Mais elle continuait, comme envoûtée, sans rien entendre. D'autres questions la taraudaient, en particulier celle qui concernait la présence du daguerréotype d'Evangéline : « Pourquoi a-t-on mis le portrait de cette femme posée sur le corps supplicié de Saint-Sébastien ? Que signifie cette mise en scène ? S'agirait-il d'une vengeance ? D'après ce que j'en ai entendu dire, c'était Evangéline qui torturait les hommes en les rendant fous d'amour. Vous, Marino, vous êtes bien au courant de tout cela ? » « Je n'en sais pas beaucoup plus que ce qu'on en disait dans le village, vous savez, Mademoiselle Rosine. Certes elle n'a pas dû manquer de provoquer des jalousies… des drames familiaux peut-être. En revanche, l'inspecteur disait qu'elle était la personne la plus généreuse qu'il eût connue. Etonnant, n'est-ce pas ? Et notre inspecteur connaissait bien les femmes, pour qui il avait le plus grand respect… et d'ailleurs, il semble… » Mais il sentit que c'était le moment de s'interrompre. Il avait été témoin à Terpane de l'estime que Rosine vouait à son sauveur et il ne voulait pas détruire l'image édulcorée que pouvait se faire d'un homme une demoiselle, même si elle était par ailleurs, comme il le voyait aujourd'hui, aussi intrépide qu'une amazone et n'avait peur de rien, pas même des morts.

Quelques minutes plus tard, Gigi découvrit un livre sur le sol de pierre de la crypte : « Je crois savoir à qui appartient ce livre, dit Rosine. Mais sera-t-il une indication suffisante pour démasquer le tortionnaire ? » Une page était marquée et il fallait comprendre si le texte avait un rapport quelconque avec ce qui s'était passé ici.

Marino l'implorait maintenant : il était temps de remonter à la surface. Mais Rosine était fermement décidée à ne pas interrompre ses recherches : « Non, nous ne quitterons pas ce lieu avant d'en avoir trouvé l'issue cachée. Allumons toutes les torches qui nous restent, nous avons de la lumière pour quelques heures et la crypte est assez vaste pour que nous ne mourrions pas asphyxiés ! »

Sans tenir compte des réticences de Marino, Gigi avait entrepris de sonder les murs à la manière des maçons. Tandis que Marino tournait en rond sa lanterne à la main, ils entendirent enfin la résonnance tant attendue : « C'est ici, dit Gigi, ça sonne creux ! »

Depuis qu'elle était entrée dans l'action, Rosine n'avait plus envie de pleurer du tout. Elle avait autre chose à faire et elle savait quoi : elle retrouverait l'assassin de Debrume, ce fou qui l'avait laissé là dans le noir, le corps couvert de plaies, pour qu'il y meure de faim et de solitude dans d'atroces souffrances. C'était là son devoir car elle avait une dette envers l'inspecteur. Elle lui rendrait le bien qu'il lui avait fait. C'était ce dont elle avait toujours rêvé.

Dehors, le jour devait être déjà levé. Ils n'avaient pas dormi de la nuit. Malgré la fatigue qui gagnait, ils entreprirent de creuser à l'endroit où Gigi avait entendu sonner le creux. Des pierres grossièrement posées les unes sur les autres par une main sans expertise, vaguement cimentées, s'écroulèrent à leurs pieds, manquant de les blesser. Elles ouvraient l'entrée d'un étroit passage. Ils s'y faufilèrent, le cœur battant mais sûrs que bientôt ils arriveraient au bout de leurs peines. Quand ils auraient démasqué l'assassin, le village retrouverait la paix à laquelle il aspirait. C'était le plus cher désir de Rosine de revenir aux jours identiques, au travail à accomplir, à l'enseignement à prodiguer aux enfants en leur donnant l'amour qu'ils réclamaient. Mais tout cela n'avait d'intérêt que si Debrume était auprès d'elle : lui seul pouvait donner un sens à cette vie tranquille à laquelle elle aspirait, le seul sens que cette vie méritait d'avoir.

Un escalier étroit et malcommode dont les pierres des marches roulaient sous leurs pieds s'ouvrait devant eux et les mena tout droit là où Rosine l'avait imaginé. Ils purent soulever sans difficulté une dalle de pierre. Ils provoquèrent une panique terrible au milieu de l'église pleine de fidèles en prière qui crurent voir surgir le diable en personne lorsqu'ils passèrent la tête pour sortir de ce lieu maudit.

27

Quelques jours plus tard, Debrume s'apprêtait à quitter la maison du docteur Courbet où il avait été accueilli et soigné après sa mésaventure. A chaque moment il avait été entouré de ceux à qui il devait la vie et pour lesquels il garderait à jamais une reconnaissance sans limite. Mais en dépit de la bienveillance dont il était comblé, il lui faudrait du temps pour éloigner de lui les cauchemars que son bourreau lui avait fait vivre. S'il ne s'était pas trouvé devant la porte de l'enfer, du moins avait-il vu de près le visage du mal, de la cruauté gratuite, celui de la folie.

Aujourd'hui, il revenait à lui peu à peu. Il était étonné de retrouver le monde de toujours, celui qu'il avait connu, celui de la réalité ordinaire. La porte des légendes n'existait pas, mais celle qui était ouverte en permanence entre les humains provoquait souvent ce courant d'air glacial de turpitudes et de bassesses au pouvoir destructeur qu'il venait de connaître.

Le souvenir des tortures subies lui revenait par petites touches. Il avait maintenant à son oreille des paroles qui lui étaient répétées alors qu'il vaquait dans la demi-inconscience où l'avaient fait sombrer les tortures physiques : « *Lasciate ogni speranza voi ch'entrate...* » Ces paroles, au moment où il les avait lues et admirées en lisant l'œuvre de Dante, lui avaient paru terrifiantes. Or, tandis que son corps sombrait dans la douleur et dans l'inconscience des drogues, elles sonnaient comme une douce litanie. A sa grande honte, il s'était abandonné à cette étrange douceur. Il avait abdiqué, il avait renoncé à l'espoir, il avait renoncé à se battre : peu à peu, il avait sombré sciemment dans l'eau trouble de la volonté qui émanait de cette voix. Il était entré dans la tentation absurde qu'elle lui proposait, celle de la mort. Il avait glissé avec volupté dans l'eau tiède de ce bain qu'il avait cru apaisant. Il s'était offert à de voluptueuses caresses. Mais l'apaisement ne durait pas. Les sévices corporels reprenaient de plus belles. Des entailles dans sa chair vive en témoignaient aujourd'hui ainsi que des brûlures infligées à l'aide de tisons amenés là dans un chaudron de fonte. La voix le lui avait dit. Tout concordait à ce que sa mort advienne, même les objets : ce chaudron du boulanger qui y laissait refroidir la cendre devant la farinière avait été là depuis toujours pour son sacrifice disait cette voix qui ne cessait jamais à tel point qu'il n'était plus entouré que d'elle. Mais parfois, dans la pénombre, une silhouette passait devant ses yeux mi-clos. Était-ce une femme, se demandait-il, une de ces villageoises qu'il connaissait, mère de famille sans histoire, vaillante ménagère transformée en bourreau ? Non, ce n'était qu'une voix, une voix qui répétait dans l'obscurité où ne perçait qu'une faible lumière : « *Lasciate ogni speranza…* »

Dans l'incompréhension de ces moments qui avaient précédé sa perte de connaissance, c'était volontairement qu'il s'était laissé envoûter par la voix. Ses réveils intermittents où il voyait à la lueur des torches, dans les vapeurs de l'encens, son corps couvert de blessures sanguinolentes qui le faisaient hurler de douleur, il fallait les écourter : très vite il replongeait dans le bain apaisant de l'abandon, donnant crédit à ces paroles : « *Lasciate ogni speranza voi ch'entrate…* ». Car la voix disait juste : il ne méritait plus de revoir la lumière du jour, ni de revoir Céleste, ni que quelque chose subsistât de lui-même. Son bourreau avait le pouvoir de tout emporter : sa conscience, sa mémoire, son âme. Et il lui avait tout cédé, tout abandonné. Il avait même appelé de ses vœux, avec une conviction sereine, ce lieu sans espoir où, dépouillé de tout, il ne serait plus rien et n'aurait plus à lutter. Et sa vie, cette absurdité, disparaissait, lentement, inéluctablement…

Puis il s'était réveillé, le corps criblé de pansements, dans un lit tout blanc, sous une lumière douce. C'était une voix d'homme chaleureuse et amicale qu'il avait entendue en premier : « Allez, mon vieux ! Vous êtes sorti d'affaire ! Vous n'avez plus qu'à vous reposer. Et pas de plaisanteries surtout ! Restez tranquille !» Debrume encore à moitié inconscient tentait de parler mais aucun son ne sortait de sa bouche. « Allons, allons, nous parlerons plus tard ! » C'est seulement lorsque l'homme avait quitté la pièce qu'il avait identifié le docteur Courbet. Alors, comme épuisé par une longue marche, il s'était laissé aller, mais cette fois avec la conscience d'entrer dans un sommeil réparateur qui lui promettait de le ramener à sa véritable vie.

Les jours suivants avaient été imprégnés d'étrangetés et de bizarreries. Prostré dans son lit, il était aux aguets. La gouvernante du médecin le priait de tendre ses bras pour refaire ses pansements ou de soulever son buste pour remonter ses oreillers ; il faisait de son mieux sans beaucoup de résultat ; il était toujours sans force. Mais sa présence lui était un réconfort. Plus tard, son esprit vaquant dans un demi-sommeil, il savourait le moment où Marino, le croyant profondément endormi, lui faisait quelques confidences d'une voix tendre qu'il ne lui avait jamais connue, parfois étranglée de sanglots : « Vous m'avez fait peur, inspecteur, j'ai tellement tremblé pour vous… » et du plus profond de sa torpeur, il tentait de lui sourire. Rosine l'éveillait parfois lorsque, entrée dans la chambre à pas de loup, elle questionnait la gouvernante de sa voix caressante, chargée d'anxiété. Et ce moment était si doux qu'il attendait sa visite comme on attend l'événement majeur de toute une vie. Elle s'asseyait auprès de lui, attendant qu'il ouvrît les yeux, mais il ne les ouvrait pas et elle lui prenait la main. Il ne disait rien mais dégustait chaque parole qu'elle prononçait de sa voix douce et rassurante.

Peu à peu, sa vie renaissait. Et elle renaissait différente. Il eut la conviction qu'il ne serait plus jamais le même, que la mélancolie qui le tenaillait depuis toujours, il serait désormais capable d'en avoir raison : elle allait trouver de quoi parler avec lui. Il la chasserait de son existence dont elle avait empoisonné les plus belles années. Car maintenant Rosine était près de lui. Le monde serait désormais illuminé par son beau sourire. Il possèderait un jour ce sourire qui n'appartiendrait plus qu'à lui, parce qu'elle le lui offrirait avec tout l'amour et toute la bienveillance dont, il le savait maintenant, elle était seule capable. Il évoluerait sous son regard plein de tendresse et de reconnaissance pour lui qui l'avait sauvée autrefois et libérée de la folie de son frère alors qu'elle n'était qu'une enfant. Il appréhenderait les choses de la vie par le biais de ce regard confiant qui éclairerait ses deuils et ses amours passées d'une autre lumière, une lumière qu'il pourrait enfin soutenir. Guidé par ce regard, il construirait un avenir tellement différent de ce qu'il avait vécu qu'il ne pouvait imaginer l'ampleur des richesses qu'il lui apporterait jusqu'au dernier jour de sa vie. Cet avenir, il le construirait pierre à pierre, Rosine à ses côtés. Elle l'y aiderait avec la volonté et l'optimisme qu'elle avait acquis pour survivre à son enfance et qu'elle déployait comme l'archetier tend son arc, décochant des flèches qui touchaient toujours au but. C'était ainsi, avec une pleine confiance qu'il revenait au monde.

Plus tard, il fut en mesure d'écouter le récit de ses propres aventures et de celles de ses proches. Quand il retrouva la force de se lever, il avait eu tout le temps de réfléchir. Il avait décidé avec une assurance, un enthousiasme et une joie jamais éprouvés, de clore cette enquête et de faire donner une sépulture chrétienne aux corps martyrisés. Car il savait maintenant où trouver d'autres dépouilles et pourquoi ces victimes avaient subi le sort auquel il venait d'échapper. Et ce sort eût été celui de la moitié des hommes du village si Marino n'avait pas eu le nez si fin que l'odeur incongrue d'encens l'avait chatouillé au point de le pousser à enfreindre ses ordres : s'obstinant dans son idée, il avait fait creuser les rochers et permis de découvrir le lieu du supplice. De son côté, Baptiste avait failli payer de sa vie sa libération, empoisonné par les vapeurs d'encens, mêlées à certains produits toxiques que le médecin ne tarderait pas à identifier. Ce que Debrume devait également à ces deux hommes, il ne l'oublierait jamais.

28

Mais alors qu'il était encore cloué au lit, couvert de pansements et de bandages et forcé d'avaler les potions amères du docteur Courbet, pour occuper ses longues heures de solitude, Debrume passait en revue les événements advenus depuis son retour de Savone. Sa réflexion, quelque peu lente et chaotique, prenait soin de tenir à distance le souvenir de Marthe et cette âpreté qui avait tout à coup empoisonné leur relation. Elle s'attardait autour de la sinistre découverte rendue possible par l'odeur de l'encens. Ainsi vint-elle à se fixer sur les pouvoirs de l'odorat. Ces pouvoirs, Marino les lui avait décrits dans ses longues lettres absconses. Debrume devait admettre que les réflexions de cet homme l'avaient stupéfié. Ses notes maladroites sur le fonctionnement et le pouvoir étrange que les odeurs ont sur nous, les humains, qui, malgré leur évanescence, sommes incapables de nous passer d'elles, lui donnaient matière à penser. Il ne se souvenait pas des paroles exactes du brigadier, mais de ce qu'il avait tenté de dire : l'odorat ouvre un monde d'émotions oubliées reliées entre elles ; il nous sert de guide discret pour y accéder, nous plonge dans les arcanes de la mémoire, nous permet ainsi de remonter le temps et d'envisager le bonheur de l'instant présent dans sa complexité et dans sa plénitude, enrichi de sensations lointaines revenues en force du fond de notre âme pour nous emporter. Marino avait longuement péroré sur ce thème comme à son habitude, peinant à préciser sa pensée, alors que, loin de Couraurgues, Debrume s'attendait à des nouvelles précises à propos des faits insolites qui y avaient lieu. Encore une fois, les digressions inutiles du brigadier n'avaient pas manqué de l'agacer. Néanmoins, alors qu'il avait toujours considéré ce docile collaborateur comme un peu niais, il devait lui rendre cette justice : c'était bien parce que Marino était obsédé par les odeurs et connaissait tout de leurs précieux secrets qu'il avait couru après celle de l'encens, jugée inhabituelle dans ce lieu. Ainsi avait-il pu lui sauver la vie. Debrume n'eût jamais pensé devoir reconnaître un jour au brigadier le discernement et l'acuité de réflexion que celui-ci avait montrées en l'occurrence. Il décida - certes un peu à contrecœur - de modifier son jugement sur lui et de faire mille efforts pour accepter les défauts de cet homme dévoué, ces défauts qui le lui rendaient absolument insupportable, mais auxquels au bout du compte il devait la vie.

Toutefois, sans l'insistance de Rosine qui, par son intervention, avait précipité l'action, sans son courage et sa ténacité, sans l'énergie de sa belle jeunesse... La réflexion de Debrume s'arrêtait là, en butte à une image. Elle se fixait avec obstination sur le visage de Rosine qui ne lui avait jamais paru aussi doux et apaisant. « Personne, répétait Marino, ne voulait s'aventurer dans le boyau ! Tous ces gaillards... si vous les aviez vus trembler comme des fillettes ! La porte de l'enfer, c'était la seule réalité pour eux. Ils y croyaient dur comme fer ! On les aurait coupés en morceaux plutôt que de les faire entrer là-dedans ! ... Quelle idée de raconter de telles fadaises aux enfants ! ... Mais Rosine, elle, toute femme qu'elle est, ne s'en laisse pas conter ! Elle a plus de jugeote que tous ces grands dadais réunis. Et pourtant elle est si jeune, si délicate... ! » Et Debrume, le sourire aux lèvres, le regard perdu, se délectait à écouter Marino chanter les louanges de Rosine sans s'offusquer le moins du monde de son prolixe discours qui, comme toujours, ne tarissait pas. Il eût écouté le brave homme des jours entiers pourvu qu'il lui parlât de Rosine. Il regardait le brigadier sans l'interrompre, le sourire aux lèvres, comme s'il avait vu apparaître devant lui un ange. Et il s'envolait dans des rêves merveilleux comme il n'en avait jamais connu.

Au bout de quelques temps, c'est au bras de Rosine qu'il avait fait ses premiers pas. La jeune fille, séjournait également dans la maison du docteur Courbet pour pouvoir aider dans les soins à donner au malade. Debrume savourait chaque moment qu'il passait à ses côtés comme s'il vivait une parenthèse enchantée de sa vie. Il écoutait parler Rosine, il aimait le son de sa voix autant que son sourire. Il appréciait les judicieuses questions qu'elle se posait au sujet du drame que connaissait le village. Il s'abandonnait à la douceur de sa compagnie.

Cependant Rosine avait gardé le sens des réalités contrairement à l'inspecteur qui avait sombré dans une sorte de rêve paradisiaque et montrait encore une totale indifférence pour ce qui s'était passé et pour ce qui restait à faire. Car Rosine était d'avis qu'on ne pouvait s'en tenir là : un tueur était toujours dans la nature. Il fallait le retrouver et savoir ce qui s'était passé afin de découvrir l'assassin. Elle harcelait l'inspecteur de questions espérant lui faire retrouver dans sa mémoire perturbée quelques indices qui les mettraient sur une piste étant donné qu'il était le seul à avoir vu l'assassin à l'œuvre. Elle lui imposait ainsi avec fermeté de chercher assidument ce qu'il avait effacé de son esprit. Car il en avait tout effacé, jusqu'à l'identité de son bourreau. Enfin un jour il sembla revenir à lui : « C'était une femme », déclara-t-il d'une voix lasse, comme si l'effort avait eu raison de ses dernières forces.

Enfin, quelques jours plus tard, il sortit de son enchantement. Il venait de prendre la décision de clore l'enquête. Cependant, il était encore trop faible pour la mener lui-même :

« C'est à vous que cela va revenir, hélas…, ma chère Rosine ! Vous devez trouver l'autre issue, lui expliqua-t-il. Marino vous aidera, je lui en parlerai ce soir même quand il viendra me rendre sa visite journalière. Vous savez qu'on peut compter sur lui en toute circonstance : c'est un brave homme. Voyez-vous, reprenait-il sans s'étendre sur le compliment, je suis sûr qu'il existe une autre issue. On ne m'a pas traîné là en passant par cet escalier qui monte à l'église depuis l'ancienne crypte. Ma mémoire n'est pas nette, mais… »

La mémoire lui revenait peu à peu, des images se précisaient : il se souvenait d'une allée étroite maintenue par de larges voûtes. Elle s'étrécissait par moments puis en s'élargissant, elle ouvrait des espaces qui, dans sa demi-conscience, lui avaient fait penser à des salles de corps de garde. Il avait eu l'impression de traverser les souterrains d'un vaste château laissé à l'abandon ou d'une ville enfouie. Son corps gisait alors sans force sur un chariot entre les brancards duquel il voyait paraître par intermittence le visage d'une femme, celle qui allait devenir son bourreau. Aujourd'hui encore, il ne pouvait mettre un nom sur ce visage. Il y avait quelqu'un d'autre à ses côtés peut-être plusieurs personnes, il ne savait pas. Drogué, brinqueballé de droite et de gauche, il voyait des silhouettes se déformer à la lueur des torches ; et des visages monstrueux l'avaient empli de terreur. Puis, l'attelage chaotique s'était enfin immobilisé : on était arrivé au lieu de son supplice. On l'avait basculé au sol en prenant moins de soin que s'il avait été un sac de grains. Des mains de fer l'avaient saisi. Elles l'avaient traîné à terre. Il avait eu un bref moment de lucidité et la conscience aiguë de ce qui se passait. Il se souvenait même avoir tenté une question : « Qu'avez-vous mis dans mon café ? » Mais ses mots étaient restés prisonniers dans sa gorge. Et cette question du café qu'il n'avait pas formulée avait continué à le tourmenter. Aujourd'hui, il ne savait dire pourquoi il avait pensé à son café à ce moment-là. Et il ne pouvait expliquer ce qui lui était arrivé, toutes ces images et impressions morcelées et mises bout à bout dessinaient une fresque terrifiante qu'un peintre eût laissée inachevée. Toutefois, en racontant ces bribes de souvenirs à Marino cela lui était revenu : « Et pourtant, c'est au moment précis où on m'a basculé à terre que j'ai compris, expliqua-il. Evidemment, il était inutile de lutter : le café avait été drogué. Et c'est là que j'ai pensé à Socrate. Vous vous rendez-compte, Marino ? Si vous ne m'aviez pas ramené à la vie, je serais probablement mort en ayant pour dernière pensée ce pauvre Socrate ! »

Marino, qui ne connaissait personne de ce nom dans le village ni aux alentours, s'abstint de faire les commentaires dont il ne se serait pas privé en d'autres temps. Emu jusqu'aux larmes au récit des tortures inhumaines qu'avait endurées l'inspecteur, il ne pensait plus à discourir et bondir d'un sujet à un autre. Il avait la conscience aiguë du rôle qu'il avait encore à jouer : il était pressé d'accomplir la mission urgente dont il avait l'indicible fierté de se voir confier la charge aux côtés de Rosine. Il était temps pour lui de sécher ses larmes et de prendre congé de l'inspecteur. Pour commencer, il se mit en quête d'un gamin et l'envoya à Combeferres afin de s'assurer du concours de Gigi et de ses amis. Ils se montrèrent aussitôt disponibles : tout le monde savait désormais qu'ils étaient les seuls à avoir le courage d'aborder sans trembler la porte de l'enfer.

L'issue de la crypte découverte grâce à Rosine dont l'insistance enthousiaste avait galvanisé ses amis, les avait menés tout droit au centre de l'église. C'est par cet escalier qu'ils descendirent à nouveau, avec l'accord de Monsieur le Curé qui avait fermé l'église à ses ouailles pour l'occasion. Ils étaient mieux équipés que lors de leur première incursion et disposaient maintenant d'outils et de toute la lumière nécessaire. Au bas de l'escalier qui commandait l'étroit passage menant à la crypte du supplice de Debrume, ils sondèrent les murs et trouvèrent sans beaucoup de peine un passage grossièrement obstrué d'un ciment encore frais. C'était sans doute la même main qui avait muré le passage vers l'église, refermant sur Debrume ce qui devait devenir son tombeau. En dégageant l'amas de pierres sans beaucoup de peine, ils se trouvèrent dans un espace assez large, surmonté d'une longue voûte en berceau qui formait ce qui ressemblait à une rue couverte. En effet un chariot sans grande envergure de la largeur de ceux qu'on utilise pour transporter le fumier des écuries aux jardins clos, pouvait y passer. Et il y en avait partout dans le village. Ils traversèrent les salles de corps de garde que Debrume avait identifiées. Elles étaient surmontées de croisées d'ogive de la même facture que celles de l'église. Après avoir parcouru de somptueux espaces dont les voûtes s'élevaient majestueusement à une hauteur qu'effleurait à peine la lueur de leurs torches, ils avaient hésité à quelques carrefours. Ils avaient fait des retours en arrière, quand ils avaient butté contre un cul-de-sac. Ils se trouvaient dans un véritable labyrinthe et il fallait en sortir. Tout à coup, la lueur des torches fit surgir la brillance d'une surface plane : c'était une porte située en haut d'un escalier. Une porte de chêne dûment verrouillée. Il fallut se battre longtemps avec la serrure réticente, mais l'habileté de Gigi en vint à bout. La porte ouverte, ils se trouvèrent au cœur d'une habitation. Marino l'identifia aussitôt : c'était la maison de la brodeuse, cette Madame Hortense qui avait de l'amitié pour Debrume.

Dans cet intérieur feutré dont l'odeur fétide les avait aussitôt saisis à la gorge, ils avançaient à petit pas, entre des portants où pendaient des jupons de soie brodée et de longues chemises de fin linon, du linge délicat repassé et amidonné prêt à être porté, des robes de dentelle destinées à quelque princesse imaginaire, et des ouvrages de toute sorte contenant mille merveilles de dextérité, d'infinie patience et de savant raffinement. On voyait des armoires ouvertes et en désordre où des piles de draps brodés aux initiales des futures mariées, du linge de table marqué aux chiffres des familles aisées de Couraurgues débordaient et menaçaient l'effondrement. Regardant de toute part à la lueur de leurs torches, ils continuaient d'avancer précautionneusement, allant de découverte en découverte. Ils entrèrent dans une pièce aveugle où sur des tables recouvertes de nappes blanches d'un lin finement tissé, attendaient des robes de baptême et des bonnets d'enfants ornés de rubans roses ou bleus. Le travail terminé était en ordre et enveloppé dans du papier de soie, chaque pièce étiquetée au nom de son destinataire.

Ils abordèrent enfin une pièce éclairée par la lumière naturelle qui y entrait à flot. Devant la fenêtre, la lampe était éteinte, le tambour, les dés d'argent, la pelote d'aiguilles, les ciseaux à broderie étaient éparpillés sur la table. On comprit aussitôt que tous ces objets ne serviraient plus : la brodeuse qu'ils voyaient de dos, assise sur son fauteuil, la tête appuyée sur le rebord de la table, était immobile. Elle était morte. Elle avait laissé une lettre. Marino la remit à Debrume qui les attendait avec impatience dans la demeure du médecin :

« J'ai lavé dans le sang les souillures qu'ont infligées ces hommes à la plus pure des créatures qui, dans sa grande générosité, s'était fourvoyée pour les sauver. Elle s'était bercée d'illusions, pauvre âme, car on ne peut pas sauver les hommes. Aujourd'hui, ceux qui sont morts ne méritaient plus de vivre. Un châtiment spécial a été réservé au pire d'entre eux, celui qui a eu l'audace et l'outrecuidance de la rendre mère. Pour lui, elle a subi les douleurs de l'enfantement. C'est à Charles Debrume qu'elle a donné un fils, à ce petit inspecteur qui n'en était pas digne. Mais ce fils, il ne le retrouvera jamais. J'ai pris des dispositions auxquelles personne ne pourra s'opposer. C'est ma seule consolation car hélas, j'ai appris par la rumeur, que le scélérat vit encore et qu'on l'a trouvé en piètre état dans la tombe que j'avais préparée pour lui. Les autres, bien malin sera qui les découvrira.

Quant à moi, je pars sans l'ombre d'un remords. Ne m'infligez pas votre pitié condescendante. J'ai empli la partie de la mission qui me revenait. Mais ne croyez pas que mon œuvre s'arrêtera avec ma disparition. Désormais nous sommes nombreuses, toutes filles de Penthésilée, invincibles, à déployer nos armes secrètes pour administrer aux hommes la punition qu'ils méritent. J'ai fait ma part, d'autres continueront après moi.

Aujourd'hui, il ne me reste plus qu'à rejoindre celle que j'ai aimée plus que ma vie et qui est morte sous les coups d'un monstre indigne de son amour. »

On décida d'alerter Jobelin pour hâter sa venue. Il fallut envoyer chercher le maire aux champs, les labours ayant déjà commencé, pour qu'il vienne faire fonctionner le télégraphe dont il était seul à avoir la clé. Un grand remue-ménage ébranlait le village entier avec la force d'un tremblement de terre.

Quelques jours plus tard, Debrume se trouvait en état de tenir debout. Soutenu d'un côté par Rosine, de l'autre par Marino, il se fit conduire chez la brodeuse. Le soleil brillait quand ils entrèrent dans la pièce où il avait été reçu tant de fois, et où, près de sa table de travail, Hortense Lanchenay s'était donné la mort en laissant cette lettre qui avouait ses crimes et son suicide, ainsi que la naissance de ce fils dont il n'avait jamais été informé. Il était encore hébété de ce que cette étrange femme lui avait fait subir, de cette trahison qu'il n'avait vu venir à aucun moment, et encore davantage de ce qu'elle avait révélé dans sa lettre. Car elle n'était venue à lui que parce qu'il avait été l'amant privilégié d'Evangéline pour laquelle elle avait nourri une passion désespérée. Cette passion jamais assouvie l'avait conduite à une cruelle vengeance. Il tremblait de tous ses membres, sous le choc de cette nouvelle qui bouleversait sa vie : il était le père de l'unique enfant qu'Evangéline avait porté et dont elle ne lui avait jamais révélé l'existence. Il se jura de le retrouver coûte que coûte. Sans indice et en suivant son seul instinct, il le chercherait au hasard partout dans le monde et cette quête qu'il savait perdue d'avance deviendrait le seul but de sa vie. Peut-être resterait-il seul pour toujours avec cet espoir impossible, comme il était resté seul avec, face à lui, à chaque instant de sa vie, le souvenir inoubliable de Céleste qu'aucun nouveau rêve, aucun nouvel amour n'avaient réussi à effacer jusque-là. Aujourd'hui sa vie basculait et il décida de repenser à tout cela à tête froide, lorsque les battements de son cœur se seraient un peu apaisés.

Pour l'instant il n'avait qu'une chose à faire : conclure cette désastreuse affaire qui avait mis le village à feu et à sang. Et pour ce faire, il fallait ouvrir la fenêtre, dit-il à Marino qui le regarda comme s'il avait perdu la raison. « Oui cette porte-fenêtre, répéta-t-il en la désignant de la main. Faites-moi donc confiance Marino ! » Celle-ci donnait sur le jardin clos enserré entre deux murs des remparts. Debrume en franchit le seuil, s'aidant toujours de ses béquilles. Les massifs de cœurs de Jeannette avaient prospéré depuis sa dernière visite. Ils emplissaient maintenant tout l'espace, et avaient envahi les petites allées qui, il y a seulement quelques semaines, départageaient encore les étroites plates-bandes du minuscule jardin. Immobile devant ces massifs, il les observait, comme subjugué par leur extrême luxuriance : « C'est beau n'est-ce pas ? - Je n'en ai jamais vu de si beaux ! s'exclama le brigadier, tout attendri de voir que son supérieur avait l'attention des poètes pour les fleurs, ce qui par ailleurs ne l'étonnait guère et confirmait ce qu'il pensait de lui.

- Oui, ils sont magnifiques… et pour cause ! avait répondu Debrume en balançant sa canne sur les fleurs et les décapitant furieusement sous le regard stupéfait de Marino et de Rosine. Ces fleurs sont aussi démoniaques que celle qui les a plantées et dont elles se sont rendues complices. Elles ont profité de l'aubaine !

Et au moyen de l'une de ses cannes, il décapita sans pitié les massifs au feuillage charnu, aux fleurs aériennes et angéliques, se vengeant sur elles de tout ce qu'il avait vécu dans ces lieux.

- Mais que faites-vous, inspecteur ?

- Vous allez vite comprendre. Faites chercher quelques-uns de vos hommes avec bêche, pic et pelle, et vous verrez ! Selon vous, Marino, est-ce qu'on aurait l'idée de les chercher, ces victimes, si la meurtrière n'avait pas eu l'idée plus saugrenue encore de jeter leurs mains droites dans les deux saloirs qui lui étaient à peu près accessibles et dont elle était sûre qu'un jour ou l'autre elles seraient découvertes ? Car vous n'êtes pas sans avoir combien les courauguais tiennent à leur cochon qui doit les nourrir pendant une année ! Ils y tiennent autant qu'à leur potager qu'ils enferment entre quatre murs comme s'il s'agissait d'un trésor. Elle a dû chercher un moment avant de trouver un saloir moins gardé que les autres ! Mais il lui fallait le trouver, parce qu'il fallait qu'on le sache que quelqu'un exterminait les hommes de ce village qui avaient approché son idole de trop près ! Il fallait que l'opprobre fût rendu public, que la honte pèse sur ceux ou celles qui avaient fermé les yeux, que leur punition fût totale et ruinât ce qui restait de bonheur dans ce village où Evangéline ne reviendrait plus jamais. Toutefois, elle n'a pas eu de chance avec moi. Elle a été contrainte de différer son action étant donné que je suis parti précipitamment en Italie sur les traces de Madame Elodie Bonacci da Corsan. Mais à mon retour, son dispositif était déjà prêt à l'emploi avec tout le décorum nécessaire. En fait, mon absence prolongée en Italie m'a sauvé : elle vous a permis, à vous Marino, de trouver une autre issue à la crypte où elle m'a enfermé dès mon retour. C'est à vous tous mes amis que je dois la vie !

Marino essuya une larme d'émotion tout en bombant le torse de fierté, deux gestes antagonistes qu'il s'appliqua à faire avec le plus de cohérence possible.

- Nous avons eu si peur pour vous, dit-il en regardant Rosine qui se tenait coite aux côtés de l'inspecteur comme si elle ne voulait plus le lâcher d'une semelle.

- Il fallait, comprenez-vous, que tous les hommes du village qui avaient mis les mains sur le corps d'Evangéline puissent craindre pour leurs propres mains. La meurtrière avait dû trouver une solution pour faire disparaître les corps. Comme elle avait accès depuis le lieu de la torture directement à son propre domicile, cela lui a été facile. Mais à mon retour d'Italie, elle a compris qu'il ne fallait plus tarder pour m'éliminer. Je l'ai vu à son regard, alors que j'admirais ses massifs de cœurs de Jeannette et que je m'étonnais qu'ils fussent devenus géants en si peu de temps, et en particulier dans cette partie du jardin. Elle savait que je n'avais aucune notion de botanique et que les fleurs ne m'intéressaient guère. Elle en a vite conclu que mes paroles n'étaient pas anodines et que j'étais devenu dangereux. Je lui avais échappé une fois, il ne fallait pas que je lui échappe la deuxième ! Hélas, j'ai manqué d'une élémentaire prudence en acceptant de boire le café qu'elle me tendait. Je l'avais toujours écoutée avec plaisir parler d'Evangéline. Elle la connaissait depuis son enfance, disait-elle. Elle l'avait retrouvée par hasard, adulte. Elle avait admiré la belle personne qu'elle était devenue. Je corroborais ses dires au sujet de la vie aventureuse de la marquise de Bourdaine qui nous l'avait rendue si attachante. Je lui parlais à nouveau de ses dangereux engagements et de ses intrigues menées tambour battant, au mépris des lois de la société mais au service d'un idéal qui avait pris toute sa place dans sa vie. Comment aurais-je pu comprendre qu'Evangéline était justement celle dont il ne fallait pas parler ? Et au contraire durant de longs mois, à chacune de nos rencontres, je lui avais longuement parlé d'elle et de nos amours, de cette belle relation que j'ai eue avec cette femme d'une beauté et d'une intelligence rares... Mais … je ne devrais pas… devant cette jeune fille…, se ravisa-t-il tout à coup.

- Certes, Monsieur, ce n'est pas le genre de choses qu'on doit raconter à une femme… la jalousie est un sentiment redoutable… Quelle étrange idée ! On ne parle pas de ces choses à sa nouvelle maîtresse, voyons ! le morigéna Marino.

- Une femme qui aime d'amour véritable pourrait comprendre et passer outre, intervint Rosine en rougissant.

Mais Debrume était trop pris par son récit qu'il tenait à conclure avant l'arrivée des ouvriers pour comprendre le sens profond de la timide remarque de Rosine.

- Elle m'avait dit avoir retrouvé Evangéline à Aix-en-Provence, reprit Debrume. C'était quelques années après que toutes deux avaient quitté le couvent, et tout à fait par hasard, lors des fêtes qui y étaient données pendant l'hiver. Elle était alors mariée à ce

Lanchenay qui la trompait éhontément. Les deux amies ne se quittaient plus. Mais cela n'a duré qu'une saison. Evangéline avait d'autres… enfin vous voyez ce que je veux dire. Quand le mari gênant et peu attentionné a abandonné Hortense, la laissant dans la misère, celle-ci est venue à Couraurgues, sachant qu'Evangéline y avait son père, Maître Trabon. Mais hélas, elle n'y est arrivée que pour assister à son inhumation : Mademoiselle Marthe et moi venions de ramener sa dépouille d'Italie. C'est de ma bouche qu'elle a appris comment Evangéline était morte, étranglée par Avrillé. Peut-être ne m'a-t-elle pas cru lorsque je lui ai raconté le drame. M'a-t-elle rendu responsable de sa mort ? On ne le saura jamais. Après la disparition d'Evangéline, elle a mis à peu près dix ans pour mettre à exécution son plan diabolique interrompu à temps, parce qu'il faut dire qu'elle avait l'intention de mutiler tous les amants d'Evangéline, ce qui fait beaucoup de monde.

- Oui, plus de la moitié des hommes valides de ce village, constata Marino !

- N'exagérons rien non plus, s'insurgea Debrume. Ils en parlaient beaucoup mais, … même si elle n'osait pas les dissuader, bien sûr… Pourtant, je peux témoigner que…

Devant le visage pourpre de Rosine il arrêta net son discours.

- Bref, Hortense Lanchenay voulait que tous tremblent devant son juste châtiment.

- Là où elle est maintenant, elle ne punira plus jamais personne, ajouta Marino, qui, on le sait, avait le don des épitaphes rapidement envoyées. Quant à sa complice, l'épouse de Félix le jeune, cette Magali Ragne qui se met à pleurer comme une fontaine dès qu'on lui pose une question, elle a été appréhendée. Baptiste l'a retrouvée errant dans la forêt de Terpane, sans doute à la recherche de sa complice. Elle savait que la meurtrière voulait quitter Couraurgues après ses méfaits et elle avait promis de l'emmener avec elle. Magali Ragne s'est trouvée à la Croix de Terpane, au jour et à l'heure où elles s'étaient donné rendez-vous, là où le matin la patache fait sa première halte. Mais elle est arrivée trop tard pour la patache. Elle a dû penser que son amie si chère était partie sans elle. Elle s'est retrouvée seule et elle ne s'y attendait pas. Abandonnée, déroutée par l'absence de cette compagne qui depuis des années sans doute dirigeait tous ses actes, elle s'est sentie perdue. Elle a erré pendant des jours et des jours dans la forêt de Terpane. Tous ces événements ont eu raison de sa santé mentale. Il faut lui reconnaître cependant une chose : pendant votre séjour sous terre, elle a pris le plus grand soin d'Icare. Il a été étrillé, nourri et choyé chaque jour. Un coq en pâte ! Et je me dis qu'une personne qui aime les chevaux ne peut pas être totalement mauvaise, mais ce n'est que mon avis personnel…, conclut Marino.

Le jour même, lorsque les corps furent enfin prêts, une grande messe fut dite pour les défunts victimes de la folie d'Hortense Lanchenay. Monsieur le Curé eut une pensée pour l'âme de la tueuse mais refusa obstinément de lui donner une sépulture chrétienne. C'est pourquoi, on creusa sa tombe au cœur le plus noir de la forêt de Garmagne qui se trouve être la plus éloignée du village. Elle fut recouverte d'un pierrier de grande envergure pour empêcher les loups de déterrer le corps. Les loups avaient bon dos : ils offraient une version officielle qui ménageait la dignité de tous. En vérité, la raison était autre. Les villageois avaient besoin d'être rassurés : plus le pierrier avait d'envergure et de poids, moins cette âme maléfique pourrait sortir de terre pour venir hanter leur sommeil, l'emplissant des tortures cauchemardesques auxquelles ils avaient échappé de justesse. Certains, néanmoins, avaient compris la leçon. Tout en continuant de trembler pour le reste de leurs jours, ils ne se permettraient plus jamais une infidélité. Et au fond de leur cœur, ils garderaient le souvenir éternel de la jeune marquise, Evangéline de Bourdaine, si belle et si convoitée, dont la générosité leur avait enseigné, bien contre leur gré, la contraignante loi du mariage et l'ascèse qui l'accompagne.

29

Elodie décida de séjourner quelques temps à Florence avant de se rendre à Rome. Elle avait pris une chambre dans une pension de famille où Gustav viendrait la rejoindre. Elle y avait fait la connaissance de deux délicieuses vieilles dames avec lesquelles, pour tuer le temps, elle jouait aux dominos l'après-midi. Elle écoutait avec bonheur le récit des aventures de ces célibataires avides d'émotions esthétiques et encore étonnées d'avoir pu entreprendre un tel voyage. Elodie se gardait bien de raconter ses propres aventures, plus prosaïques, qui auraient choqué la sensibilité de ses prudes compagnes. Avec la volonté de jeter le passé aux oubliettes, elle avait mis fin pour toujours au rôle qu'elle avait dû jouer pendant de si nombreuses années. Les dépouilles de son ancien costume gisaient à ses pieds et elle se sentait nue, comme si elle venait de naître. Elle entamait aujourd'hui une nouvelle vie, loin du monde et loin de ceux qu'elle avait aimés. En disparaissant, le groupe de Corsan reléguait les luttes armées de leur jeunesse au rang de ces vagues souvenirs que les vieilles personnes racontent le soir au coin du feu sans peur de fatiguer leur auditoire. Pour l'heure, désirant plus que tout échapper aux encombrantes histoires conjugales qui avaient rendu sa vie invivable, Elodie voulait également panser les blessures plus anciennes réouvertes récemment par sa sœur Erminia. Après avoir fait table rase des émotions qui l'avaient inutilement torturée, elle pourrait entreprendre enfin la quête de cette paix de l'âme dont elle avait toujours rêvé sans jamais se donner les moyens de la chercher.

Pendant son séjour florentin, devant les couchers de soleil qui coloraient d'or les eaux nonchalantes de l'Arno, elle revenait inlassablement sur les derniers événements, sur les choix et les erreurs qui en avaient découlé. Même si Couraurgues faisait maintenant partie d'un monde qui, s'éloignant d'elle à grands pas, lui devenait de plus en plus étranger, elle avait été éprouvée par les nouvelles qu'elle en avait reçu. Marthe, qui lui écrivait souvent, lui avait relaté l'affaire qui avait secoué le village : Debrume avait été fait prisonnier, torturé et arraché à la mort de justesse, alors qu'avant lui, plusieurs autres n'avaient pas eu cette chance. Hortense Lanchenay, coupable de ces méfaits, s'était donné la mort après avoir révélé que Debrume était le père du fils d'Evangéline. Parmi toutes ces nouvelles bouleversantes, Elodie en trouvait une dont elle pouvait se réjouir : Corsan ne lui avait pas menti, il n'était pas le père du fils d'Evangéline. Malgré tout, cela ne changerait rien : il était trop tard pour effacer les années de suspicions et de doutes qui avaient miné leur relation. Reprendre la vie commune avec Corsan contre qui elle s'était si souvent battue n'avait pas de sens ; il était inutile de raviver d'interminables tourments. Elle ne reviendrait pas sur sa décision.

Quant à Marthe, après leurs émouvantes retrouvailles, elle l'avait vu accueillir la nouvelle à sa manière. Elle avait affiché une certaine distance, comme si tout cela ne la concernait pas, ou bien comme si elle était déjà préparée depuis longtemps à ce choix, et qu'elle s'y attendait. Pour autant, Elodie ne s'y trompait pas : elle savait ce que cette fausse indifférence recouvrait de douleur secrète. Mais après avoir supporté si longtemps, sans réussir à le tempérer, l'amour exclusif et passionné que Marthe lui vouait, elle ne pouvait plus désormais soutenir les contraintes qu'il lui imposait. Justifications ou explications étaient superflues : elle le savait, Marthe jugerait toujours son choix comme une trahison. Malgré son acceptation affichée, elle ne lui pardonnerait jamais de l'avoir quittée ainsi, comme si leur longue amitié n'avait eu aucune importance dans sa vie.

La seule chose positive restait la satisfaction d'avoir accompli la tâche qu'autrefois son amie Evangéline, se sachant en danger de mort, lui avait confiée avant d'être assassinée. Son fils était maintenant à l'abri, et il grandirait auprès de son père, de son grand-père Trabon et de Marthe. L'école de Combeferres qu'Elodie avait contribué à créer mais à laquelle elle n'avait plus le courage de participer était également dans de bonnes mains. Elle n'attendait d'assentiment de personne. Seul Utto pouvait comprendre à quoi correspondait sa détermination. Dans la solitude qu'elle s'imposait, c'était lui qui lui manquerait le plus.

Se débarrasser des fardeaux imaginaires qu'elle avait dû porter au cours de son existence était la seule raison. Comme ses compagnons, Elodie avait tout sacrifié à un idéal impossible à atteindre. Elle y avait cru pourtant, comme on croit en Dieu. Mais tous les rêves ont une fin. On les abandonnait un jour, sans savoir tout à fait pourquoi, et ils devenaient si étrangers que l'on se demandait pourquoi on avait cru en eux. Elle avait bâti sa vie sur des erreurs cimentées de mensonges délétères et sur des déceptions ravalées dans les tourments desquels elle s'était perdue. La vérité révélée au sujet de Corsan ne pouvait plus rien changer : elle semblait plus irréelle encore que celle qu'on invente pour se sauver de situations impossibles à accepter… Ironie du sort ! Cette révélation arrivait trop tard. Tout arrivait toujours trop tard ! Pourtant, elle regrettait amèrement de s'être trompée sur le compte de son époux ; de cette erreur engendrée par son absurde ressentiment avait découlé une suite de dommages irréparables. Si elle avait fait preuve d'un minimum de clairvoyance, au lieu de s'abandonner à sa stupide obstination et à ses colères insensées contre lui, elle aurait pu anticiper le danger qui venait d'être évité de justesse et qui avait failli non seulement lui coûter la vie mais aussi provoquer la mort de Debrume. Et que serait-il advenu de l'enfant si on ne l'avait pas arraché des mains de Zélie Nance et d'Erminia, sa stupide sœur ?

Ce danger venait de loin, mais il était visible. Elle aurait dû le comprendre : il participait du destin débridé d'Evangéline que la mort avait tronqué. Si Elodie avait été plus attentive aux circonvolutions de cet étrange destin, elle aurait pu empêcher ces drames. Car, à sa manière hâtive, Evangéline elle-même les avait tous prévenus en joignant à son testament les lettres passionnées, jaunies par le temps, dont l'encre palie avait été délavée par les larmes, ces lettres que lui avait envoyées son amie Hortense Lanchenay. Celle-ci y chantait l'amour qu'elle avait éprouvé dès l'apparition de cette petite fille pleine de charme dans le couvent où, de quelques années son aînée, elle avait passé son enfance et qu'elle allait quitter bientôt afin qu'on la marie. Or, les lettres d'Hortense attestaient que leur relation avait duré bien après qu'elles eurent quitté le couvent. Les réponses d'Evangéline pour essayer d'éteindre ce feu allumé par des jeux d'enfants innocentes n'avaient sans doute pas été du goût d'Hortense dont les missives étaient pleines de reproches et de récriminations. De lettre en lettre, sa colère avait atteint son paroxysme quand Evangéline lui avait appris qu'elle allait devenir mère. La promesse d'une vengeance terrible sur l'auteur de ce forfait, jamais mentionné, concluait cette correspondance pleine d'amour et de haine mêlées.

Elodie, bien trop occupée d'elle-même et de sa relation tourmentée avec son époux n'avait pas tenu compte de cet avertissement que constituait la présence de ces lettres dans le testament. A vrai dire, elle n'avait même pas pris la peine de les lire. Elle comprenait aujourd'hui avec effroi que c'était parce qu'Evangéline avait tenu compte des sentiments enflammés d'Hortense et de sa dangereuse passion qu'elle avait voulu protéger le père de son fils en ne révélant son nom à personne. Si elle avait vécu, elle aurait trouvé un moyen d'apaiser Hortense ou de la neutraliser, et elle aurait peut-être choisi un autre abri pour son enfant, révélant enfin son existence à Debrume… Mais le temps pressait, on était en guerre, elle avait une lourde charge sur ses épaules et un espion à ses trousses[3]. Il lui avait fallu parer au plus pressé. Elle avait caché sa grossesse et mis au monde l'enfant dans le plus grand secret. Quand Avrillé l'avait découvert, fou de jalousie, il l'avait tuée. La veille de sa mort, elle avait eu le temps de confier son testament au Père Corba, en même temps que son nouveau-né par l'intermédiaire des religieuses.

On savait qu'à Badia Prallana, après l'arrestation de Zélie Nance et d'Erminia, le Castelletto des Lamberti avait été fouillé par la police. Des papiers avaient révélé la complicité de Zélie Nance et d'Hortense Lanchenay ainsi que les noms de quelques comparses et leur désir clairement exprimé de vengeance et de sang. L'échange de courrier était explicite : on avait la preuve que c'était Hortense Lanchenay qui tirait les ficelles de cette folie furieuse.

---

[3] Voir *Paluds*

A Couraurgues, Hortense Lanchenay avait réussi à donner le change, car elle avait été la patience même. Etait-il possible de manquer de patience quand on pratiquait l'art délicat de la broderie ? Il lui avait fallu plusieurs années pour réunir ce groupe qu'elle avait soudoyé et mis sous la responsabilité de son amie Zélie Nance en Italie. Puis elle avait dû trouver quelqu'un susceptible de l'aider à Couraurgues et elle avait mis un certain temps à convaincre Magali Ragne et à séduire Debrume. Puis, elle avait coordonné l'entreprise : un courrier régulier faisait la navette entre Badia Prallana et la ville de V où Hortense se rendait discrètement pour le rencontrer et lui transmettre ses instructions. C'était à Couraurgues, où elle venait de s'établir, que devait se dérouler la deuxième partie de son plan, celle qui lui tenait le plus à cœur.

Mais désormais, ce qui n'étonnait plus Elodie, c'était la facilité avec laquelle Zélie Nance avait réussi à persuader Erminia de mener cette entreprise dont elle, sa propre sœur, devait être l'une des victimes : Zélie avait tiré parti de la crédulité d'Erminia seulement parce que celle-ci n'avait demandé qu'à la croire. Epaulée par sa nouvelle amie, elle imaginait ainsi régler enfin les vieux comptes de sa triste vie. Désormais, Elodie comprenait bien tout cela et en vérité, c'était de sa propre naïveté qu'elle se sentait le plus coupable. Elle voyait ainsi s'allonger le décompte des illusions contradictoires dont elle s'était nourrie, et qui démontraient, s'il en était besoin, à quel point elle s'était trompée sur elle-même en se trompant sur ceux qu'elle aimait.

*

Les grands marronniers de l'avenue ouvraient un passage majestueux vers la maison de son enfance. La calèche passa la grille et entra dans le parc. Le silence y régnait, le silence vibrant du début de l'automne. Elodie le reconnut aussitôt à son frémissement particulier, comme on reconnaît une odeur aux fragrances qui la composent. Pourtant, il n'était plus tout à fait le même : ses longues parenthèses d'autrefois qui semblaient allonger le temps à l'infini y étaient réduites à de brefs espaces dans lesquels il fallait être prompt à entrer. Car aujourd'hui, aux chants des oiseaux se mêlait le roulement continu des calèches et des fiacres du boulevard ouvert depuis peu, en contrebas de la propriété. Il suivait le tracé d'un ancien chemin muletier reliant la ville haute à la vaste plaine du Tibre que se partageaient les grands domaines agricoles. Mais la maison était toujours la même : autrefois seule habitation du secteur à inscrire sa silhouette lisse et cubique dans ce refuge de verdure, elle s'adossait au flanc de la colline que couvraient sycomores et charmes, parmi lesquels s'imposait parfois la silhouette charnue de quelque yeuse centenaire. Et si la ville nouvelle avait étendu ses tentacules jusqu'à l'entrée du parc de la gentilhommière et le cernait de son agitation, dans son enceinte, le silence ancien gardait quelque chose de son identité. Elodie le retrouvait comme on retrouve un ami que l'on reconnait malgré les années qui ont altéré ses traits.

Elle venait de quitter Florence où Gustav était venu la chercher pour lui permettre de faire cette visite à la maison de son enfance. Ils s'étaient retrouvés avec un bonheur partagé et de pudiques démonstrations de tendresse. Elle lui avait fait part de sa décision de s'établir à Rome. Il en était très heureux, comme si, le préférant à ses vieux amis, elle avait fait ce choix seulement pour être auprès de lui. Il s'était jeté à ses pieds, lui avait juré de ne plus la quitter. Tout à sa dévotion, il ferait toujours passer ses obligations après elle. Elodie n'en demandait pas tant, mais seulement de l'emmener là où elle était née, là où elle avait appréhendé avec anxiété les pas qu'elle aurait à faire jusqu'à sa vie d'adulte, là d'où elle était partie aux côtés de Corsan, toute jeune épouse et mère. Dans cette maison elle voulait revenir avant de se diriger vers la demeure de ses derniers jours. Comme si là où tout avait commencé tout devait prendre fin. Gustav avait déchanté : non, elle n'habiterait pas auprès de lui. Il avait supplié de ne pas l'abandonner, lui qui n'avait qu'elle.

Les erreurs du passé ne pouvaient être effacées, et elle ne savait au juste ce qu'elle espérait de cette visite dans la maison de son enfance. Mais Gustav, toujours attentionné, lui offrait la force de sa jeunesse et de son affection dans l'épreuve qu'elle s'imposait. Et peut-être sa présence l'aiderait-elle à oublier les fantômes qu'elle allait y rencontrer.

La maison était inhabitée depuis longtemps. Seule la famille des gardiens occupant encore le sous-sol en prenait soin. Au bras de Gustav, Elodie explorait l'une après l'autre les vastes salles vides dont les meubles avaient été recouverts de draps de chanvre. On les aérait de temps à autre, mais elles conservaient une odeur d'abandon derrière laquelle Elodie reconnaissait le parfum de camphre qui avait toujours imprégné la maison, cet odeur amère et rêche qui contenait tous les souvenirs de son enfance. Marchant à petits pas, s'appuyant au bras de Gustav, le nez en l'air, elle humait cette atmosphère évocatrice de tant de souvenirs, cherchant ça et là quelques signes de sa vie d'autrefois. Elle s'arrêta longtemps dans le petit cabinet où elle avait vu sa mère écrire des lettres passionnées à son père : de ce père toujours absent, elles attendaient chaque jour toutes trois un retour imprévisible, la belle surprise qui eût illuminé leur vie.

Elle revoyait aussi les jours heureux de son enfance auprès de sa sœur Erminia. Elle s'attardait devant la lourde table de chêne de la grande salle sous laquelle elles se cachaient et qui devenait à l'envi cabane au fond des bois, antre des sorcières ou château de fées. Toutes sortes de personnages surgissaient de leur imagination pendant les heures longues des après-midi pluvieux. Elles y oubliaient la pâle lueur crépusculaire porteuse d'anxiété qui précédait le moment où on allumait la lampe et où on se rassemblait à l'abri de son faible halo, tandis que le reste de la vaste pièce était abandonné à la redoutable obscurité de la nuit. Et le rond de lumière devenait refuge sous le regard bienveillant de leur mère.

Les jambes d'Elodie tremblaient. Gustav tira un fauteuil pour la faire asseoir. Il faisait froid dans ces grandes pièces au plafond démesurément haut, toujours fermées, et qui ne recevaient plus le soleil depuis que la vie les avaient désertées. Le cœur d'Elodie tremblait aussi, et le froid n'y était pour rien.

Elodie n'avait plus revu sa mère et sa sœur que de loin en loin après son mariage avec Corsan. Lorsque sa mère avait disparu sans crier gare, lors de la contagion de choléra qui avait atteint la ville, elle n'était pas à ses côtés mais à l'autre bout du monde, courant comme toujours derrière les illusions de son époux et ses rêves patriotiques. De même, elle s'était trouvée à l'autre bout du monde à la mort au berceau de son seul et unique enfant qu'elle n'avait pu emmener avec elle. Et elle revenait dans cette maison pour la première fois depuis la disparition de ces deux êtres qu'elle ne pouvait oublier. Elle avait reculé d'année en année ce moment, comme si rejeter le lieu maléfique du drame pouvait l'aider à oublier, à refuser la peine, à effacer les blessures qui ne voulaient pas cicatriser. Ce lieu les contenait toutes : il renfermait les tragédies du passé comme un coffre-fort qui garde de terrifiants secrets. Elle avait appris, au cours des années que le chagrin ne se laisse pas si facilement abolir : plus elle fuyait devant lui, plus il envahissait chaque moment de son existence. Malgré la vie tumultueuse de sa jeunesse, il l'avait rattrapée, continuant de ronger son âme. Aujourd'hui c'était encore lui qui lui dictait tous ses gestes, l'amenant à emprunter ce chemin dans lequel elle allait s'engager, munie des faibles forces qui lui restaient. Quand s'apaiserait-il ? Etait-il encore temps de lui trouver une juste place dans son cœur ?

Toutefois, ce n'était pas une mince consolation de penser qu'elle avait contribué à sauver le fils d'Evangéline. Elle avait accompli son devoir envers son amie et compagne de galère auprès de qui elle avait milité pendant des années. Savoir que le garçon grandirait à Couraurgues, auprès de son père, là où sa mère était née, la rassérénait. Le grand-père de l'enfant, Maître Trabon y était toujours établi. Elle pensait au bonheur que l'apparition de ce petit-fils inespéré procurerait au vieil homme qui avait adoré sa fille et ne s'était jamais remis de sa mort.

Il y avait des années que l'idée de vivre loin du monde et de ses vaines passions avait germé en elle. Elle lui avait été suggérée par la poétesse qui avait toujours semblé exprimer les mêmes violents sentiments qu'elle avait éprouvés tout au long de son douloureux mariage avec Corsan. A l'instar de Gaspara Stampa en laquelle elle reconnaissait son double, en se retirant du monde, elle chercherait l'aide de Dieu :

« (…) e prego che mi porghi mano
A trarmi fuori del pelago, onde uscire,
S'io tentassi da me, sarebbe vano. »

¹ Et je prie pour qu'il me tende la main
M'arrache à cet océan en m'en sauve
Si j'essayais seule, ce serait en vain

Cette page qu'elle tournait était la dernière de sa vie. Le cercle se refermerait avec lenteur et sans violence dans l'effacement prochain de sa mémoire. Elle ne reviendrait plus à Turin et elle regretterait à jamais Combeferres, c'était le prix à payer.

Toujours au bras de Gustav, elle quitta la maison qui retomba aussitôt dans le silence et l'obscurité de ses vastes pièces. Aujourd'hui, c'était sur son cœur que fenêtres et contrevents se refermaient. Elle abandonnait là ce qu'elle avait désiré en vain bannir de sa vie. Elle sentait sa respiration prendre un autre rythme et sa perception des choses devenir plus aiguë et essentielle. Dehors, elle rechercha le silence du parc parmi les nouveaux bruits de la ville. Elle l'écouta pour la dernière fois. C'était lui qu'elle emportait avec elle comme la seule chose dont elle devait se souvenir. De son pas lent et fatigué, elle se dirigeait vers un lieu où elle mettrait toute sa volonté à atteindre la lumière et la paix. L'idée qu'il n'y aurait pas de retour lui donnait un semblant d'apaisement.

30

Ils avaient obéi au désir d'Elodie de les voir éviter Turin où Canelli et ses hommes avaient rejoint Corsan. Arrivés à la gare de Nice par le train en provenance de Savone, ils avaient loué une voiture. Ils étaient repartis le lendemain pour V et y avaient passé la nuit dans une auberge. Enfin, ils avaient pris la patache de Couraurgues qui quittait la ville vers midi pour arriver sur la place de la Combe à la tombée du jour. Ils y trouvèrent une foule compacte dans laquelle la voiture dut se frayer un passage : tout le village était là et les attendait.

Marthe voyait se terminer avec un vrai soulagement ce long voyage où, contre toute espérance, elle avait pu retrouver Elodie saine et sauve. Le sentiment rassurant que tout rentrait dans l'ordre estompait l'impression qui l'avait soudainement accablée quand Elodie avait annoncé qu'elle ne reviendrait pas avec eux à Couraurgues : ce sentiment que le sol se dérobait sous ses pieds et qu'elle ne saurait plus jamais où les poser était ce qu'elle avait toujours redouté. Elle savait pourtant depuis toujours que la certitude sur laquelle elle avait bâti sa vie s'effondrerait un jour. Elle avait vu les signes de cet effondrement prochain se multiplier en prenant soin de ne pas en tenir compte. Aujourd'hui pourtant, si elle continuait de s'étonner que le monde tel qu'elle avait voulu le voir avait disparu avec tant de facilité dans la brume irréelle des années écoulées, elle savait aussi que l'absurdité des derniers événements avait bel et bien balayé ce qui restait de ses anciennes chimères. Sans doute valait-il mieux ainsi. Car, fort heureusement, la vie continuait à la pousser en avant : aujourd'hui, la réalité promettait de prendre une autre tournure. Il y avait maintenant cet enfant qu'il fallait apprendre à connaître et qu'il allait falloir guider, ce qui s'avèrerait peut-être un défi moins facile à relever que celui des folles aventures dans lesquelles les Corsan l'avaient entraînée jusque-là.

A son arrivée à Florence le jeune garçon avait d'abord montré la plus grande timidité, impressionné par tous ces inconnus qui se pressaient autour de lui. Au premier abord, les démonstrations de joie et d'amitié l'avaient effarouché. C'était tout à coup beaucoup d'agitation pour lui qui depuis toujours avait vécu dans une austère solitude, entouré de la discrète sollicitude des moines qui en avaient la charge. A Florence, il devenait tout à coup le centre d'un monde qui lui était inconnu la veille. Néanmoins, il avait été prompt à se familiariser avec lui. Il avait montré tout de suite une certaine confiance envers Marthe. Quant à Utto, sa sévérité naturelle l'avait d'abord rebuté, mais peu à peu il avait réussi à l'apprivoiser. Cela, il semblait savoir le faire sans l'avoir appris de personne : avec la beauté de sa mère, il avait hérité d'un charme dont il n'avait pas encore conscience.

Marthe savait qu'il faudrait un jour ou l'autre lui parler de sa naissance. Les révélations qu'on devrait forcément lui faire déclencheraient une montagne de questions au sujet de ses deux parents. Comme Elodie semblait vouloir se détacher du problème, Marthe serait la seule, avec son grand-père Maître Trabon, à pouvoir lui parler de cette mère disparue qui avait été l'une de ses plus proches amies après Elodie. Il faudrait expliquer à cet orphelin, dans la quête anxieuse de son passé, ce qui avait poussé Evangéline à entrer dans l'organisation de Corsan où elle avait acquis un rôle essentiel grâce à sa détermination, son courage, son désir de liberté absolue qui lui permettait de tout entreprendre. Il faudrait aussi lui parler de l'emprise qu'elle avait sur les êtres qui l'entouraient, du charme qui attirait vers elle les hommes les plus vertueux, de l'envoûtement qu'elle faisait peser sur eux. Cet enfant ne rêvait sans doute que d'elle et de connaître ceux qui l'avaient aimée mais qui n'avaient rien pu pour la sauver d'elle-même. Serait-il fier d'être le fils d'une telle mère ?

Ils seraient tous là, à Combeferres, autour de lui, pour l'aider à juguler sa souffrance d'enfant ballotté aux quatre vents de la vie, mais cela suffirait-il ? A l'école de Combeferres, il fraterniserait avec les élèves, orphelins comme lui et tout aussi perdus. Peut-être apprécierait-il la douce compagnie de Rosine. Peut-être aurait-il de la sympathie pour Debrume que sa mère avait tant aimé, comme elle l'avait confié à Marthe un jour : « Il est le cœur de ma folie… ». Marthe voulait se convaincre que cet arrangement était le meilleur qu'on pouvait prendre pour l'enfant que le passé leur avait rendu, afin qu'il puisse construire son avenir au sein de leur groupe. Mais qui pourrait lui parler de son père dont personne ne savait rien ? Car pour Marthe et Utto qui n'avaient plus eu de contact avec Couraurgues depuis que Debrume avait quitté Savone, le problème restait entier à ce sujet. Le Père Corba affirmait qu'une preuve de paternité existait quelque part mais qu'elle avait été subtilisée ou perdue.

On arrivait à Couraurgues. En ce début de l'automne où les premiers orages avaient rendu sa fraîcheur à l'air, une certaine douceur régnait dans le village. Cette douceur, Marthe l'aimait et c'était elle qui l'avait rappelée dans ce lieu à maintes reprises, tout au long de sa vie. C'est là que l'enfant, en descendant de la diligence, respira pour la première fois l'air embaumé des journées pluvieuses d'automne qu'on ne sent qu'ici. Il ne savait pas ce qui l'attendait mais elle le savait prêt à affronter avec confiance l'avenir qui s'ouvrait à lui auprès de ces personnes qui venaient d'entrer dans sa vie. Marthe ne le lâchait pas des yeux. Et elle n'était pas la seule à l'épier. La place de la Combe connaissait une activité inhabituelle à cette heure. On avait été informé de l'arrivée du fils d'Evangéline et tout le village était présent. On l'attendait. Qu'espérait-on ? Revoir dans ses traits ceux de sa mère tant aimée et détestée à la fois ?

Debrume aussi était venu, toujours claudiquant, au bras de Rosine, le cœur battant et plein d'espoir en cette journée où il savait que d'un moment à l'autre tout allait changer pour lui :

c'était son propre fils qu'il était sur le point de voir pour la première fois. Un fils qu'il n'avait jamais espéré, et dont l'existence ne lui avait été révélée que depuis quelques jours par la meurtrière. Ce cadeau que lui faisait la vie aujourd'hui, qui le terrifiait tout en le remplissant d'un bonheur indicible, c'était à Elodie qu'il le devait. Il ne l'oublierait jamais.

Quelques semaines plus tard, tandis que la vie à Couraurgues connaissait des transformations importantes, les nouvelles d'Elodie arrivèrent enfin. C'étaient des lettres très brèves où elle disait à chacun l'attachement qu'elle garderait pour lui malgré l'éloignement. Pour Marthe, elle évoquait son douloureux retour sur les drames de son passé. Elle avouait qu'elle avait beaucoup à se faire pardonner d'elle. Elle concluait : « Je n'oublie pas le lien puissant qui nous unit et je sais ce que je lui dois. Mais il me faut choisir cette voie… la voie ardue, que je dois parcourir seule, ce chemin qui devrait m'amener à la réconciliation avec moi-même et avec les autres. En attendant, je te demande d'assumer à ma place le rôle que m'avait confié Evangéline et que je n'ai plus la capacité de tenir. Il n'est pas des moindres. Il s'agit de veiller sur cet enfant que je te confie. Ce bel enfant si prometteur qui sera à son aise parmi les siens à Combeferres, auprès de vous tous. C'est aussi ce que je te demande de me pardonner, ma chère amie, cette charge supplémentaire que je t'impose pour encore une fois me venir en aide. Je sais que tu en es la seule capable, car tu es la seule personne à m'aimer de véritable amour (…) »

31

Cet enfant, que tout le village attendait, c'était moi. J'ai aujourd'hui atteint un âge vénérable et bientôt ma vie va se refermer sur moi comme leur vie s'est refermée depuis longtemps sur ceux que j'ai aimés et qui m'ont accueilli avec chaleur ce jour-là. Aujourd'hui, ils reposent tous dans le petit cimetière de Couraurgues, sous la coupole du Couron que balayent les vents d'automne et que brûle le soleil de l'été à l'éclat redoublé sous l'emprise du Mistral. Je n'ai qu'à faire quelques pas pour aller me recueillir sur leur tombe et ces pas, je les fais chaque jour avec amour et reconnaissance.

Ce sera bientôt l'hiver. Pour l'annoncer, hier, légère et silencieuse est tombée la première neige. Le Couron est saupoudré de blanc comme un gâteau de mariage et les corneilles ont déserté le ciel. Au petit matin, la bise s'est levée et a balayé l'épaisse couverture de nuages pour laisser place à ce soleil d'hiver qui fait tant de bien à mes vieux os. Mais le froid ne m'empêche pas de faire ma visite journalière au cimetière, à petits pas, en prenant mon temps. Le parfum de la neige plane autour de moi et son silence m'enchante et me parle du passé.

Le village est désert. On pourrait croire que c'est le froid qui retient les villageois autour de l'âtre en ces brèves journées où le temps ralentit et fige les mouvements de la vie sur eux-mêmes. Mais il ne s'agit pas de cela : il n'y a plus désormais que quelques rares habitants dans les rues autrefois si pleines d'activités. Je les croise parfois. Aussi chenus que moi, ils longent les murs comme des fantômes ressurgissant d'un temps révolu. Car il ne reste plus qu'eux : la guerre a emporté les hommes valides, les seuls capables de travailler la terre. Leurs veuves sont parties à la ville où elles ont trouvé du travail et où elles élèvent leurs enfants, tant bien que mal, dans une misère contenue et digne.

Non, le village n'est plus ce qu'il était du temps de la jeunesse de mon pauvre père. La patache dont il a attendu la promesse d'une lettre de Marthe durant tant d'années n'arrive plus à Couraurgues. D'ailleurs la route que celle-ci empruntait a été délaissée au profit d'une autre, creusée dans la falaise au-dessus de la plaine du Can à grands renforts de machines mécaniques et du travail de ces ouvriers qui ont depuis trouvé la mort dans les tranchées. Avant la guerre, cette route permettait l'exploitation d'une mine de charbon située au fond du vallon. De jeunes ouvriers campaient dans la plaine et venaient parfois jusqu'au village où ils étaient mieux reçus que, des années auparavant, ne l'avaient été les piémontais de Combeferres, amis de mon père et de Marthe. Ils ne reviendront plus. La route a subsisté mais la mine a été abandonnée, comme tout le reste, les champs, les bergeries, les fours à chaux, le moulin… Les murs de pierre sèche qui soutiennent les anciens pâturages sur les pentes du Couron résistent encore, mais il n'y aura bientôt plus de bergers pour les reconstruire quand ils s'écrouleront. Ils ne seront plus que vestiges dans quelques décennies.

Seul le cimetière garde la trace du passage de tous ces gens qui ont vécu à Couraurgues. Ils s'y trouvent tous, ceux que j'ai connus, que j'ai vu vieillir lentement alors que je découvrais avec impatience ma nouvelle vie et que je grandissais… Ce village n'est plus qu'un vaste cénotaphe où je vois se mouvoir leurs ombres. Ils reposent dans les quelques tombes du petit cimetière laissé aux quatre vents du Couron derrière son enclos de pierre. Oui, chaque jour, tant que mes jambes me porteront, je viendrai leur rendre hommage. Jusqu'à mon dernier souffle je garderai dans mon cœur leur tendre souvenir. Je suis bien trop vieux maintenant pour quitter ce petit village déserté, vidé de ses forces vives et qui respire l'abandon de toute part. J'ai eu l'occasion de voir le monde et c'est ici que j'ai choisi de terminer ma vie, tout simplement parce que c'est le seul lieu où j'ai trouvé de l'amour.

Je me souviendrai toujours du chaleureux accueil que j'y ai reçu à mon arrivée, alors que je n'étais qu'un jeune garçon, seul face à la vie depuis ma petite enfance, sans mère et sans père, abandonné à la douleur de vivre, roulé de droite et de gauche, sans un lieu ou une personne à qui me raccrocher. Après mes premières années passées dans une certaine inconscience, arrivé au seuil de l'adolescence je venais juste de me rendre compte de la nécessité de me mettre en quête de mes racines. Et c'est précisément à cette époque que je suis arrivé à Couraurgues. Je ne parlais pas la langue mais je comprenais certains d'entre eux lorsqu'ils s'efforçaient de parler la mienne. Je ne possédais aucun rudiment de français mais la langue provençale me semblait quelque peu familière. Je me souviens de cette période étrange qui a été en quelque sorte le vrai début de ma vie. Ici, on m'attendait. Il semblait que je distillais autour de moi une sorte de mystère qui les fascinait tous.

Dès que j'eus mis le pied à terre sur cette place de Couraurgues où nous avait menés la patache qui y venait tous les soirs comme je l'appris par la suite, un homme qui me sembla aussi grand que beau vint vers moi, un sourire ému sur les lèvres. Il me prit dans ses bras et me serra très fort en répétant : « Mon fils, tu es mon fils et te voilà enfin... » Puis, me tenant par les épaules à bout de bras, il me dévisagea longuement comme il devait le faire durant toute sa vie, avec une bienveillance qui me faisait chaud au cœur quand je sentais peser sur moi son regard affectueux et tendre, mais qui m'effrayait aussi, tant cette tendresse qu'il ne savait exprimer que par les yeux me menait au bord des larmes. Il me dit : « Nous serons heureux… Tu n'as plus à t'en faire… Je suis là pour toi, rien que pour toi. »

Et dans un certain sens, heureux, nous l'avons été. Mon père a tout tenté pour tenir les promesses de bonheur qu'il m'avait faites. Il m'a aussi appris que la vie n'est que ce qu'elle est et que le bonheur, quand parfois on le touche du bout du cœur, est éphémère. Mais à ce moment-là, j'étais encore très loin d'aborder cet enseignement. J'étais tout simplement ébloui par les découvertes que j'étais en train de faire. Je tournais partout mes regards autour de moi : j'étais tombé par magie dans un autre monde tout entier à découvrir. Et je tournais les yeux de droite et de gauche, comme hébété.

Alors, mon père, qui ne me lâchait pas du regard, décida de quitter cette place trop fréquentée où s'agitaient les palefreniers autour des chevaux et où des tas d'inconnus, en cercle autour de nous, parlaient fort en m'observant des pieds à la tête. Je me laissais emmener, déjà conquis par lui qui avait hâte de partager notre nouvelle intimité. Il ouvrit le cercle d'un geste du bras et donna quelques ordres pour faire descendre et livrer ma malle. Le silence se fit, on se précipitait pour lui obéir. Puis, occupé seulement de moi, il m'emmena chez lui, dans cette maison qui devait devenir la mienne, où j'ai pris racine et que j'habite encore aujourd'hui, alors qu'il a disparu depuis longtemps.

Pendant les premières années de ma vie à Couraurgues, j'ai cru naître enfin à la vie. J'étais chaque jour aux côtés de ce père tendre et attentionné, dont les yeux se remplissaient de larmes quand il me regardait. Nous partagions ensemble de nombreuses activités. Nous nous occupions des chevaux. Mais c'est Marino qui m'a appris à monter : cela, je ne pouvais l'attendre de mon père qui tenait par on ne sait quel miracle sur son petit cheval noir qu'il adorait. Je me souviens de son chagrin lorsque nous perdîmes Icare qu'il ne remplaça jamais, se contentant d'un mulet que Gigi lui avait donné. Mon père était un homme tendre mais taciturne. Il avait une sorte de sévérité qui me faisait trembler et je ne pouvais déroger aux exigences qu'il faisait peser sur moi, tout en les entourant de cette pudique bienveillance qui me faisait fondre d'émotion tant je la sentais profonde et inaltérable.

Pour mon bonheur, je fréquentais assidûment l'école de Combeferres. J'y avais de nombreux camarades de jeu. Quelques jolies filles qui avaient grandi là, recueillies par ma tante Marthe, illuminaient par leur présence les tâches les plus rébarbatives. J'ai passé dans cette école les meilleurs moments de ma vie. L'enseignement qui j'y ai reçu n'a pas de prix. Il m'a ouvert à la lecture des ouvrages les plus ardus, et partant, à la réflexion autant qu'au rêve qui vous sauvent du monde.

En hiver, tante Marthe nous faisait la classe dans une vaste salle ensoleillée aménagée en salle d'étude. Elle était abondamment chauffée par une grande cheminée (il n'en manquait pas à Combeferres) et par un poêle souffreteux dont nous, les garçons, étions chargés de l'entretien. J'ai le souvenir de ses leçons limpides de clarté, leçons d'orthographe ou de calcul, d'histoire, de géographie et de sciences naturelles qui nous donnaient à réfléchir sur la vie et ses mystères. Mais je me souviens aussi de la sévérité de cette femme, de son air de tristesse caché sous une rudesse et sous une aridité qui me tenaient à distance d'elle, malgré l'affection silencieuse et l'admiration que je lui portais. Mademoiselle Marthe ne se laissait pas atteindre. Néanmoins, son intégrité et son sentiment de la justice nous la faisaient aimer telle qu'elle était. Quant à moi, je l'aimais d'autant plus que je la savais la plus proche amie de ma mère que je n'avais pas connue et de mon père qui avait partagé son engagement politique qui les a conduits à traverser tant de nombreuses aventures. J'étais friand des récits qu'elle m'en faisait parfois, souvent après la classe, lorsque, ensemble, nous rangions livres et cahiers, et remplissions les encriers.

En été, le matin tôt, nous, les garçons, partions travailler aux champs, ce qui nous permettait de canaliser notre énergie débordante. En fin de journée, nous nous réunissions, filles et garçons, sous le grand tilleul, autour de ma lumineuse tante Rosine. Elle nous lisait des histoires et nous donnait des livres dont nous devions faire un compte-rendu à tour de rôle. Grâce aux livres je découvrais le monde. J'apprenais qu'une autre vie existait en dehors de celle, bien réglée de Couraurgues. Et je commençais à rêver d'un ailleurs, d'aventures comme celles que m'avait racontées tante Marthe. C'est sans doute à ce moment-là que l'idée a germé en moi de courir le monde à la recherche de ce qui me manquait ici. Je ne savais en quoi ce manque consistait exactement, mais peu à peu un malaise s'était installé en moi, au fond de mon cœur et me tourmentait. Malgré la présence de toute cette vie autour de moi, pleine de joie et d'espoir, c'étaient de vieux cauchemars, de vieilles terreurs qui ressurgissaient du plus profond de mon âme. Et l'infinie tendresse de mon père à mon égard ne faisait que les exacerber.

A cette époque, mon père s'était mis en tête d'écrire les vicissitudes de sa vie et il ne cessa jamais de le faire tant qu'il lui resta la force de tenir la plume. Il me faisait parfois lecture de quelques extraits. Sa sincérité, son désir de vérité me fascinaient. Pour moi, il n'y avait au monde aucun homme aussi juste et bon. Je l'écoutais sans broncher. Je mesurais l'ampleur de ses entreprises et la chance qui lui était échue de pouvoir les mener, et de si souvent les mener à bien. Avec les crimes qui avaient eu lieu dans ce village si paisible en apparence, il me dévoilait la noirceur de l'âme humaine dont il avait fini par ne plus s'étonner. Il me raconta en particulier comment, juste avant mon arrivée à Couraurgues, il avait failli mourir de sévices corporels, avait été sauvé par Rosine, ses amis piémontais et Marino, et grâce à cette terrible aventure avait enfin découvert mon existence. Il me fit rêver en me racontant ses voyages en Italie aux côtés de Marthe, de son amie Elodie ou de ma mère, les batailles auxquelles ils avaient participé pour que l'Italie devienne ce qu'elle est aujourd'hui. C'était pour moi la plus merveilleuse des épopées. Il me fit aussi le récit de la façon dont ma mère avait perdu la vie alors que je n'étais qu'un petit enfant au berceau dont il ne savait rien. Il parlait d'elle comme de la femme la plus intelligente, la plus intrépide et la plus courageuse qu'il eût connue. La plus belle aussi. Il me dit combien il avait été fou d'amour pour elle. Il m'affirmait qu'il n'était pas le seul : elle avait le monde à ses pieds, mais c'était lui qu'elle avait choisi.

C'est sans doute à cause de ce qu'il me disait d'elle qu'il me vint un jour le désir impérieux de voir les lieux où elle avait été assassinée : ce drame qui m'avait privé d'elle était aussi celui de ma vie. Il me semblait que je serais au plus près d'elle en me trouvant là où elle avait vécu ses derniers jours et en passant par les endroits où elle était passée. Je pressentais là le moyen de faire reculer la douleur de vivre qu'elle m'avait laissée comme héritage. Ma présence dans le pays mythique où je suis né révèlerait quelque souvenir d'avant ma naissance qui me permettrait de consacrer ce lien à mon père si tardivement dévoilé. Ainsi pourrais-je recouvrer quelque chose qui n'avait pas pu avoir lieu. Ravaudant en quelque sorte le tissu troué du passé, je lui rendrais sa légitimité et assurerais sa pérennité. C'est à cette démarche que j'ai consacré les premières années de ma jeunesse. J'ai voulu tout savoir sur ma mère. Mais hélas, ce ne fut pas sans dommage car je ne pus éviter quelques écueils malencontreux qui ont failli me perdre,

Quand j'ai eu vingt ans, mon pauvre grand-père, Maître Trabon, dont je n'ai pas encore parlé mais qui m'a tant aimé et que j'ai aimé de même en retour, a quitté ce triste monde. Il me laissait un pécule important : c'était l'occasion de mettre à exécution le projet que j'avais longuement médité pendant les années de mon adolescence. J'ai annoncé à mon père que je partais. Il eut l'air de comprendre ma fascination pour l'Italie et les raisons de mon voyage. J'ai alors parcouru le pays en tous sens, comme s'il n'appartenait qu'à nous deux, ma mère et moi, comme si c'était une maison dont on connaît tous les secrets et dont on peut fouiller les recoins les plus cachés. Je voulais recueillir les témoignages de ceux qui l'avaient connue. Qui restait-il pour pouvoir m'aider ?

Sur les conseils de tante Marthe, je me rendis tout d'abord à Turin. J'y rencontrai le Père Corba avec qui tante Marthe et moi étions toujours restés en contact. Il était encore en vie à ce moment-là et devait décéder peu de temps après notre rencontre. Je le revoyais avec émotion car je me souvenais de lui et je savais ce qu'il avait fait pour moi. Il m'emmena chez les moines qui m'avaient élevé. Puis il me mit en contact avec deux moniales qui avaient connu ma mère. De même que quelques autres de ses connaissances que j'eus l'occasion de rencontrer, elles ne l'avaient pas oublié. Je pus parler à l'une des sœurs converses qui avaient assisté ma mère lors de ma naissance et qui avaient pris soin de nous deux. Elle se souvenait des conditions dans lesquelles cette naissance avait eu lieu, sa recherche d'une nourrice et me décrivit avec enthousiasme l'émoi de tout le couvent devant ce bébé inespéré ! Elle me parla surtout du secret dont on avait demandé de m'entourer. Mais je n'appris pas grand-chose de plus.

Après cette visite, je me rendais directement à Rome. J'ai pu y rencontrer l'amie la plus proche de mes parents mais surtout de ma tante Marthe, Madame Elodie Bonacci da Corsan. J'avais pour elle des lettres et quelques cadeaux et je la saluais pour eux. Elle vivait dans un couvent où elle jouissait d'une position respectable et respectée. Elle était très âgée et déjà très fatiguée. Elle me reçut dans sa cellule. C'était une chambre confortable, seulement meublée d'une petite table de travail, d'un fauteuil paillé et d'un lit de fer surmonté d'un crucifix de bois. Une lumière généreuse ainsi qu'une vue sur un jardin luxuriant étaient les seuls agréments de l'endroit. Cette dame me reçut avec toute la bienveillance qu'on peut imaginer. Nous savions, mon père et moi, que c'était principalement à elle que nous devions d'avoir été réunis. Je la remerciai chaleureusement pour le rôle qu'elle avait joué dans ma modeste vie. Elle me sourit avec douceur. Elle me posa quelques questions au sujet de Combeferres et de ses habitants, mais je ne suis pas sûr qu'elle entendit mes réponses. Elle était tellement détachée des réalités de ce pauvre monde que je compris vite qu'elle non plus ne m'apprendrait pas grand-chose. Comme les autres, elle ne me donna aucune indication au sujet d'un événement qui m'aurait encore été inconnu. Tout ce qu'elle me dit, je l'avais déjà appris par la bouche de mon père et de tante Marthe. Au fil des années, je la vis peu à peu abandonner dans un coin de sa mémoire tout ce qui pouvait la rattacher à un passé plus ou moins lointain. La dernière fois que je la vis, son esprit évoluait dans d'autres sphères d'où était banni le moindre souvenir. Désormais, la vie des humains ne l'intéressait guère que pour pleurer sur les malheurs qui leur étaient communs et implorer le pardon de Dieu pour leurs péchés. Elle vivait en prières, au plus près de Dieu. Poussé par les aléas de la vie, je finis par abandonner mes visites. Je perdais ainsi tout contact avec cette personne qui avait eu un rôle primordial dans la vie de ma mère et partant, je perdais l'un des liens qui me rattachaient à elle. J'en eus une conscience douloureuse et je me trouvais désemparé, assailli par une grande amertume, ne sachant plus quoi faire.

C'est à cette époque-là que j'ai failli me perdre, sans doute par désœuvrement mais aussi par désespoir, ce qui ne m'excuse guère. En quelques années, j'ai connu en Italie toutes sortes d'aventures dans lesquelles je me suis jeté à corps perdu. J'ai mené une vie dissolue, j'ai participé par simple sympathie pour des inconnus à des actions peu claires et peu glorieuses, j'ai failli être jeté en prison, j'ai été détroussé sur la route et laissé pour mort. Je me suis souvent trouvé sans un sou à courir les chemins comme un mendiant, me mêlant aux pèlerins qui se dirigeaient vers Rome. J'ai vécu caché dans les bois, j'ai prié à Assise au pied des fresques de Giotto. J'écrivais si peu souvent à mon père que le pauvre homme a parfois cru qu'il ne me reverrait plus. Ses lettres me parvenaient de temps à autre, lorsque j'étais fixé pour un temps assez long à une certaine adresse, mais combien ont dû se perdre, je ne saurais le dire.

Je dois reconnaître que, durant ces années, j'avais un peu oublié Couraurgues. Pris dans le tourbillon de la vie, emporté comme un papillon par le moindre souffle, je ne savais plus exactement pourquoi j'étais parti et ce que j'étais venu faire dans ce pays qui me séduisait et me broyait à la fois. Je n'avais rien appris ici, je n'avais pas renoué les fils arrachés du passé, et, déçu, j'avais fini par interrompre toutes mes recherches entreprises avec tant d'avidité et de passion à l'âge de vingt ans.

Toutefois, pendant une certaine période, il me sembla enfin avoir trouvé un sens à ma vie : je tombai amoureux. J'étais alors fixé à Pérouse car c'était la ville où était morte ma mère et le seul lieu de ce pays où je sentais renaître en moi des émotions lointaines qui me rattachaient à elle. C'est dans cette ville que je rencontrai la plus délicieuse des créatures. Tout à coup, la vie me semblait évidente et un avenir facile tout tracé devant moi. Je savais enfin pourquoi j'étais au monde. Mais une épidémie de typhus balaya tous mes nouveaux espoirs. Comme mon père sur les chemins de Couraurgues, je me mis à errer dans les rues de Pérouse en cherchant à retrouver, dans la silhouette des femmes que je croisais, celle que j'avais aimée et qui avait disparu. Je tombai dans la boisson et le jeu, perdant tout ce qui me restait de fortune. Quand je n'eus plus que de quoi vivre petitement, je louai une chambre dans un quartier pauvre de la ville où un curé m'avait pris en pitié et tentait de me sortir de ce pas si douloureux. Sur ses conseils, j'allais prier dans cette belle église aux allures de temple où régnait une lumière céleste et je retrouvais un semblant d'équilibre. J'eus alors la force d'entreprendre un examen de conscience.

Il y avait bientôt dix ans que j'avais abandonné mon père et ceux qui m'avaient montré tant de signes d'affection, ceux à qui je devais d'avoir eu une adolescence heureuse. Je compris enfin que je m'étais perdu en route en courant après de vaines illusions. La disparition prématurée de ma mère avait laissé une fêlure dans mon âme et je ne pouvais l'atteindre pour espérer la soigner. Néanmoins, elle existait et je devais l'empêcher de me nuire davantage. Rien ni personne ne me rendrait ma mère ni le passé. Je jugeais donc vain et inutile de prolonger mon séjour. Après tout, c'était Couraurgues, mieux que le lieu où ma mère était morte, qui contenait encore toutes les attaches du passé. Il y avait mon père et il m'aimait. Il y avait tante Marthe, tante Rosine, Gigi et Mamma Marietta et tant d'autres personnes qui se souvenaient de la belle Evangéline de Bourdaine. Sur les conseils du bon curé qui m'avait remis sur le chemin de la réalité et de la prière, je cessai de courir après l'impossible. Ce qui n'avait pu être et ce qui avait été appartenait au passé. Le passé était mort et rien ne serait réparé. Mais tout était à construire. Je décidai donc de rentrer à Couraurgues où m'attendait une vie que je n'aurais jamais dû abandonner. Mon voyage fut décidé du jour au lendemain. J'emportais avec moi un autre souvenir douloureux, celui de la perte de ma bien-aimée. Ce que la vie m'avait volé en emportant ma mère, je ne le retrouverais jamais, comme je ne retrouverais jamais ce que le typhus avait emporté. Ce qui n'avait pu être fixait le sens de ma vie. Et c'était tout ce qui me restait, un manque qui ne pourrait jamais être comblé mais avec lequel je devais vivre.

Je fis le voyage de retour quasiment d'une seule traite, en empruntant tous les moyens de locomotion qui se présentaient à moi. Pour finir, j'embarquai à Gènes sur un petit chalutier qui faisait du cabotage le long de la côte et la longeait de si près qu'on pouvait la toucher du doigt. Je débarquai à Nice. Contrairement à mon père qui avait détesté les voyages en mer, je profitai de la beauté de cette traversée qui me faisait découvrir un paysage aride et insolite de roches majestueuses plongeant leurs racines dans la mer.

J'arrivai à Couraurgues par un matin de printemps pluvieux. J'y reconnus immédiatement l'odeur de la terre que la pluie faisait surgir et qui imprégnait l'air saturé d'humidité. Je laissai mon cheval sur la place de la Combe et je me dirigeai vers la maison de mon père. Tante Rosine m'y accueillit et me serra dans ses bras avec tant d'affection que j'en fus bouleversé. Elle me conduisit au cabinet de travail où je surpris mon père, installé près du poêle et sirotant son abominable mixture qu'il dénommait toujours café mais dont tout le monde savait qu'elle n'en avait que le nom. Il me serra dans ses bras tout en sanglotant sur mon épaule comme un enfant.

Ici rien n'avait changé. La vie avait continué sans moi et je la retrouvais telle que je l'avais laissée. Ceci pour les habitudes. Car les personnes avaient vieilli. J'avais laissé un homme encore jeune à la chevelure à peine saupoudrée de blanc et je retrouvais un vieillard chenu dont la barbe blanche imposait le respect. Mais le regard était le même, d'une profonde intelligence, et le sourire également, d'une tendresse inespérée. Il n'y avait pas de raison pour que mon retour changeât quoi que ce fût. La vie continua pendant des années de la même manière, selon les mêmes règles, les mêmes habitudes, dans la compagnie des mêmes personnes. Le temps passa et nous fûmes heureux. Nous avons vécu les mêmes jours heureux et fait face aux mêmes soucis, tous ensemble, comme pendant ma lumineuse adolescence. Je travaillais à Combeferres, épaulant mon père dans le rôle qu'il tenait depuis des années, aidant tante Marthe qui, toujours ingambe, n'avait jamais failli à sa tâche.

Les premiers deuils survinrent une vingtaine d'années après mon retour, alors que j'allais vers la cinquantaine que je croyais déjà être un âge vénérable. Et depuis ce temps, ils ne cessèrent plus, suivant un rythme plus ou moins régulier. Le cimetière se remplit des êtres que j'avais tant chéris et que j'avais eu le tort d'abandonner pendant tant de temps.

Puis la guerre est venue. Elle a emporté sans pitié coutumes et activités en faisant disparaître toute la jeunesse de ce village qui, à l'instar des autres villages de l'arrière-pays, fut bien éprouvé, comme je l'ai déjà dit. Au sortir de la guerre, l'hémorragie de population a continué. Les veuves partaient pour survivre, emmenant les enfants. Les vieillards pleuraient les jeunes gens disparus avant de les rejoindre dans la tombe. Aujourd'hui, le village s'est immobilisé dans le chagrin. Il sent la mort et l'abandon. Nous sommes quelques-uns encore, de ma génération, à ne pas l'avoir quitté. Je suis vieux et chenu, bien plus que ne l'était mon père à mon retour d'Italie. Mais je marche tous les jours à petits pas vers le cimetière et je le ferai tant que mes forces me le permettront.

Hier nous avons enterré Rosine, la dernière à disparaître. Elle était la plus jeune de tous. Désormais, je n'avais plus de larmes. Ce matin j'ai cueilli quelques feuillages colorés par l'automne pour mettre sur sa tombe. Je fleurirai sa tombe tant que je le pourrai parce que je l'ai aimée comme ma mère. C'est elle qui a pris soin de mon père après mon départ, c'est elle qui l'a accompagné toutes les années de mon absence et qui lui a permis de survivre grâce à l'amour sans faille qu'elle lui a toujours porté depuis son enfance. Je sais tout ce que je lui dois. Mon père aussi le savait.

Le ciel se couvre lentement. On m'a dit qu'on va faire venir l'électricité à Couraurgues. Les temps changent. Au milieu de ces changements que je peux lire dans les journaux, ma vie reste la même. Avec ses chagrins et ses manques, elle baigne dans la même absurdité que la raison ne peut comprendre.

Le soleil s'obscurcit tout à coup. L'embellie n'aura pas duré. De lourds nuages sont en train de s'accumuler sur le Couron et ils vont descendre si bas que sous peu on ne le verra plus. Ce soir nous aurons encore de la neige. Je le sens à l'odeur de l'air. Elle va venir abondante et précise. Elle recouvrira chaque chose de sa candeur envoûtante. Et pour quelques jours, tout sera immobile sous l'emprise de sa féérie et de son silence. Puis, après elle, le soleil reviendra, plus vif encore. L'hiver durera, accompagné du froid du Mistral et sa lumière éblouissante sur la neige fera mal aux yeux. Et le temps s'écoulera si lentement qu'on le croira sur le point de s'arrêter. Ce ne sera qu'une impression. En réalité, il continuera son cours encore plus vite, comme un insensé, pour me mener là où il voudra me mener. Je n'ai plus peur de lui, et j'attends.

La Colle, la Grange, 2019-2022

Principaux noms de personnes

- Adalberto Bonnacci da Corsan opposant politique , marié à Elodie.
- Charles Debrume l'inspecteur amoureux de Marthe mais gardant un précieux souvenir de son épouse décédée Celeste.
- Marthe Regardini fille d'un partisan italien, elle est l'amie de Debrume
- Yves Utto, fidèle aide de Marthe et Elodie, est le fils de la famille d'ouvriers agricoles habitant l'abbaye de Selane
- Marino, le brigadier
- Gustav fils adoptif de Corsan devenu député d'opposition au parlement italien
- Dr Courbet docteur du village
- Maître Trabon, notaire et père d'Evangéline, marquise de Bourdaine
- Gigi, un des piémontais protégés par Marthe, fils de Mamma Marietta et travaille à la reconstruction de Combeferres
- Mamma Marietta
- Aimé Linguier propriétaire d'Apreville et père de Basile et Rosine.
- Basile frère de Rosine, s'est trouvé coupable d'étranges faits
- Rosine, jeune sœur de Basile est venue travailler à Combeférres ou elle fait la classe aux enfants et s'occupe des chevaux de Debrume.
- Icare le petit Mérens noir de Debrume.
- Evangeline de Bourdaine a été la maitresse de Debrume.

- Avrillé, ancien policier devenu traitre et assassin d'Evangeline.
- Juge Jobelin, juge d'instruction et ami de Debrume
- Canelli, messager et aide de Utto..
- Hortense Lanchenay , brodeuse et maitresse occasionnelle de Debrume
- Erminia Sœur d'Elodie
- Zélie Nance amie d'Erminia

Principaux noms de lieux fictifs

- Couraurgues village sur les flancs du Couron
- Combeferres, domaine de Marthe Regardini est en cours de reconstruction après l'incendie qui l'a ruiné quelques années auparavant (cf Selon le feu)
- Villa Palatina, résidence des ancêtres de Corsan et dans laquelle Evangeline a habité.